Eine exhumierte Leiche, ein Giftmord und ein Arzt mit zweifelhaftem Ruf bilden das Szenario für Ricarda Huchs 1917 erschienenen Kriminalroman.
Mingo Swieter wird tot aufgefunden: Sie wurde mit Curare vergiftet. Der Verdacht fällt rasch auf Dr. Deruga, den geschiedenen Mann des Opfers, der einen verschwenderischen Lebensstil pflegt. Als Alleinerbe fällt ihm das Vermögen seiner Exfrau zu – hat er sie deswegen getötet? Nach und nach entfaltet sich das ganze Drama des Falles Deruga und bringt eine überraschende Wahrheit ans Licht …

Ricarda Huch, 1864 in Braunschweig geboren, war Schriftstellerin, Philosophin und Historikerin. Sie studierte in der Schweiz Philosophie und Geschichte und promovierte 1892 an der Universität Zürich. Sie arbeitete als Bibliothekarin und Lehrerin, veröffentlichte zahlreiche Gedichte, Romane, Stücke und zunehmend auch historische Werke. Sie starb 1947 in Schönberg im Taunus.

insel taschenbuch 4313

Ricarda Huch

Der Fall Deruga

RICARDA HUCH

DER FALL DERUGA

Kriminalroman

Insel Verlag

Umschlagabbildung: Mohamad Itani / Trevillion Images

Erste Auflage 2014
insel taschenbuch 4313
Insel Verlag Berlin 2014

Vertrieb durch den Suhrkamp Taschenbuch Verlag
Umschlaggestaltung: Rothfos & Gabler, Hamburg
Druck: Druckhaus Nomos, Sinzheim
Printed in Germany
ISBN 978-3-458-36013-1

Der Fall Deruga

I

»Wer ist der Anwalt, der mit Justizrat Fein hereingekommen ist?« fragte eine Dame im Zuschauerraum ihren Mann, »und warum hat der Angeklagte zwei Anwälte? Fein ist allerdings wohl nur ein Schaustück.«

»Wenn der Betreffende ein Anwalt wäre, liebes Kind, würde er einen Talar tragen«, antwortete der Gefragte vorwurfsvoll. »Aber wer es ist, kann ich dir auch nicht sagen.« Ein vor dem Ehepaar sitzender Herr drehte sich um und erklärte, der fragliche Herr sei der Angeklagte Dr. Deruga.

»Ist das möglich?« rief die Dame lebhaft, »wissen Sie das bestimmt?«

Der alte Herr lachte vergnügt. »So bestimmt ich weiß, daß ich der Musikinstrumentenmacher Reichardt vom Katzentritt bin; der Herr Doktor wohnt nämlich bei mir.«

Die Dame machte große Augen. »Läßt man denn einen Mörder frei herumlaufen?« fragte sie. »Ich dachte, er wäre im Gefängnis. Ist es Ihnen nicht unheimlich, einen solchen Menschen in Ihrer Wohnung zu haben?«

»Ja, sehen Sie, gnädige Frau«, sagte der alte Mann, »der Herr Justizrat Fein hat ihn bei mir eingeführt, weil er mich schon lange kennt und seinen Klienten gut versorgt wissen wollte, und wenn der Herr Justizrat soviel Vertrauen in mich setzt, daß er seine Geigen und Flöten von mir reparieren und sein Töchterchen Unterricht im Zitherspielen bei mir nehmen läßt, so schickt es sich, daß ich auch wieder Vertrauen zu ihm habe. Und er hat mir seinen Klienten wärmstens empfohlen, der sich bis jetzt als ein lieber, gutartiger Mensch gezeigt hat, wenn auch etwas wunderlich.«

»Du darfst nicht vergessen, liebes Kind«, sagte der Ehemann, »daß ein Angeklagter noch kein Verurteilter ist.«

»Sehr richtig, sehr richtig«, sagte der Musikinstrumentenmacher und wollte eben allerlei merkwürdige Fälle von Justizirrtümern erzählen, als das Erscheinen der Geschworenen seine Aufmerksamkeit ablenkte.

Sie finde es doch ungehörig, flüsterte die junge Dame ihrem Manne zu, daß ein des Mordes Verdächtigter sich so frei bewegen dürfe, noch dazu einer, der so aussehe, als ob er zu jedem Verbrechen fähig wäre. »Man soll sich hüten, nach dem Äußeren zu urteilen, liebes Kind«, sagte der Ehemann. »Aber abgesehen davon würde ich auch diesem Menschen nicht über den Weg trauen. Es ist merkwürdig, wie leichtgläubig und wie ungeschickt im Auslegen von Physiognomien das Volk ist.«

Die meisten Zuschauer hatten denselben ungünstigen Eindruck von Dr. Deruga empfangen, der durch Nachlässigkeit in Kleidung und Haltung und mit seinen neugierig belustigten Blicken, die den Saal durchwanderten, der Majestät und Furchtbarkeit des Ortes zu spotten schien.

»Ich dachte, er hätte schwarzes, krauses Haar und Feueraugen«, bemerkte die junge Frau lächelnd gegen ihren Mann.

»Aber Kindchen«, entgegnete dieser, »wir haben doch auch nicht alle blaue Augen und blondes Haar.«

»Er stammt aus Oberitalien«, mischte sich ein Herr ein, »wo der germanische Einschlag sich bemerkbar macht.« Ein anderer fügte hinzu, er vertrete doch einen durchaus italienischen Typus, nämlich den der verschlagenen, heimtückischen, rachsüchtigen Welschen, wie er seit dem frühen Mittelalter in der Vorstellung der Deutschen gelebt habe.

Unterdessen war ein Gerichtsdiener an den Angeklagten herangetreten und hatte ihn aufgefordert, sich auf der Anklagebank niederzulassen, was er folgsam tat, um sein Gespräch mit dem Justizrat Fein von dort aus fortzusetzen.

»Sehen Sie, da kommt der Jäger vor dem Herrn, Dr. Bernburger«, sagte der Justizrat, auf einen jungen Anwalt blickend, der eben den Zuschauerraum betrat. »Den hat die Baronin Truschkowitz auf Ihre Spuren geheftet, und eine gute Spürnase hat er, wie Sie sehen. Er ist Ihr gefährlichster Feind, der Staatsanwalt ist nur ein Popanz.«

Deruga betrachtete Dr. Bernburger, der angelegentlichst in seine Papiere vertieft schien.

»Ich glaube, er ist Ihnen ebenso gefährlich wie mir«, sagte er dann mit freundlichstem Spott, die große, bequeme Gestalt des Justizrats betrachtend. »Eigentlich gefiele mir der Bernburger ganz gut, wenn er nicht ein so gemeiner Charakter wäre.«

Der Justizrat wendete sich um und sagte, den Arm auf das Geländer stützend, das die Anklagebank abschloß: »Bringen Sie mich jetzt nicht zum Lachen, Sie verzweifelter Italiener! Wir haben alle Ursache, uns ein Beispiel an seinen Geiermanieren zu nehmen.« – »Er hat wirklich etwas von einem Raubvogel«, sagte Deruga, »ein feiner Kopf, so möchte ich aussehen. Sehe ich ihm nicht ähnlich?«

»Benehmen Sie sich ähnlich«, sagte der Justizrat, »und halten Sie Ihre Gedanken zusammen! Mensch, Ihre Sache ist nicht so sicher, wie Sie glauben. Der Bernburger hat zweifellos Material im Hinterhalt, mit dem er uns überrumpeln will; also passen Sie auf!«

»Aber ja«, sagte Deruga ein wenig ungeduldig. »Ihren Kopf behalten Sie auf alle Fälle, und an meinem braucht Ihnen nicht mehr zu liegen als mir.«

Jetzt flogen die Türen im Hintergrunde des Saales auf, und der Vorsitzende des Gerichts, Oberlandesgerichtsrat Dr. Zeunemann, trat ein, dem die beiden Beisitzer und der Staatsanwalt folgten. Der Luftzug hob den Talar des rasch Vorwärtsschreitenden, so daß seine stramme und stattliche Gestalt sichtbar wurde. Er grüßte mit einer Gebärde, die weder herablassend noch vertraulich war und eine angemessene Mischung von Ehrerbietung und Zuversicht einflößte. Seine Persönlichkeit erfüllte den bänglich feierlichen Raum mit einer gewissen Heiterkeit, insofern man die Empfindung bekam, es werde sich hier nichts ereignen, was nicht durchaus in der Ordnung wäre. Er rieb, nachdem er sich gesetzt hatte, seine schönen, breiten, weißen Hände leicht aneinander und ging dann an das Geschäft, indem er die Auswahl der Geschworenen besorgte. Es ging glatt und flott voran, jeder fühlte sich von einer wohltätigen Macht an seinen Platz geschoben. »Meine Herren Geschworenen«, begann er, »es handelt sich heute um einen etwas verwickelten Fall, dessen Vorgeschichte ich Ihnen kurz zusammenfassend vorführen will.

Am 2. Oktober starb hier in München, infolge eines Krebsleidens, wie man annahm, Frau Mingo Swieter, geschiedene Frau Deruga. Sie hatte nach ihrer vor siebzehn Jahren erfolgten Scheidung von Deruga ihren Mädchennamen wieder angenommen. In ihrem Testament, das Anfang November eröffnet wurde, hatte sie ihren geschiedenen Gatten, Dr. Deruga, zum alleinigen Erben ihres auf etwa vierhunderttausend Mark sich belaufenden Vermögens ernannt, mit Beiseitesetzung ihrer Verwandten, von denen die Gutsbesitzersgattin Baronin Truschkowitz, eine Kusine, die nächste war. Auf das Betreiben der Baronin Truschkowitz und auf gewisse zureichende Verdachtsgründe hin, die Ihnen bekannt sind, veranlaßte das Gericht die Exhumierung der Leiche, und es wurde festgestellt, daß Frau Swieter nicht infolge ihrer Krankheit, sondern eines furchtbaren Giftes, des Curare, gestorben war.

Als dem seit siebzehn Jahren in Prag ansässigen Dr. Deruga das Gerücht von einem gegen ihn im Umlauf befindlichen Verdacht zu Ohren kam, reiste er hierher, um zu erfahren, wer seine Verleumder, wie er sie nannte, wären, und sie zu verklagen. Es wurde ihm mitgeteilt, daß das Gericht bereits den Beschluß gefaßt habe, die Anklage auf Mord gegen ihn zu erheben, und daß er seine Anklage bis zur Beendigung des Prozesses verschieben müsse. Unter diesen besonderen Umständen, da der Angeklagte sich gewissermaßen selbst gestellt hatte, wurde angenommen, daß Fluchtverdacht nicht vorliege, und von einer Verhaftung einstweilen abgesehen. Verdächtig machte den Angeklagten von vornherein, daß er sich in bedeutenden finanziellen Schwierigkeiten befand. Ferner belastete ihn die Tatsache, daß er am Abend des 1. Oktober vergangenen Jahres eine Fahrkarte nach München löste und erst am Nachmittag des 3. Oktober nach Prag in seine Wohnung zurückkehrte. Einen genügenden Alibinachweis vermochte der Angeklagte nicht zu erbringen.

Dies sind also die Hauptgründe, die das Gericht bewogen haben, die Anklage auf Totschlag zu erheben. Es wird angenommen, daß Deruga seine geschiedene Frau aufsuchte, um Geld von ihr zu erbitten, beziehungsweise zu erpressen, und daß er sie bei dieser Gelegenheit, irgendwie gereizt, vielleicht durch eine Weigerung, tötete. Allerdings scheint der Umstand, daß Deruga Gift bei sich gehabt haben muß, für einen überlegten Plan zu sprechen. Allein das Gericht hat der Möglichkeit Raum gegeben, der verzweifelte Spieler habe damit sich selbst vernichten wollen, wenn sein letzter Versuch mißlänge, und nur in einem unvorhergesehenen Augenblick der Erregung davon Gebrauch gemacht.«

Während des letzten Satzes hatte der Staatsanwalt vergebens versucht, durch Verdrehungen seines hageren Körpers und Deutungen seines knotigen Zeigefingers die Aufmerksamkeit des Vorsitzenden auf sich zu lenken. »Verzeihung«, sagte er, indem er seinem langen, weißen Gesicht einen süßlichen Ausdruck zu geben suchte, »ich möchte gleich an dieser Stelle betonen, daß ich persönlich dieser Möglichkeit nicht Raum gebe. Warum hätte der Mann es denn so eilig mit dem Selbstmorde gehabt? Er amüsierte sich viel zu gut im Leben, um es Hals über Kopf wegzuwerfen.

Ferner möchte ich darauf hinweisen, daß der Angeklagte auf das erstmalige Befragen des Untersuchungsrichters die abscheuliche Untat eingestand, oder, besser gesagt, sich ihrer rühmte, um sie mit ebenso großer Dreistigkeit hernach zu leugnen.«

»Jawohl, jawohl, wir kommen darauf zurück«, sagte der Vorsitzende mit einer Handbewegung gegen den Staatsanwalt, wie wenn ein Kapellmeister etwa einen vorlauten Bläser beschwichtigt. »Ich will zunächst den Angeklagten vernehmen.«

»Sie müssen aufstehen«, flüsterte der Justizrat seinem Klienten zu, der mit schläfriger Miene den Saal und das Publikum betrachtete.

»Aufstehen, ich?« entgegnete dieser erstaunt und beinahe entrüstet. »Nun, also auch das. Stehen wir auf«, fuhr er fort, erhob sich langsam und heftete einen scharf durchdringenden Blick auf den Präsidenten; man hätte meinen können, er sei ein Examinator und Dr. Zeunemann ein zu prüfender Kandidat.

»Sie heißen Sigismondo Enea Deruga«, begann der Vorsitzende das Verhör, die beiden klangvollen Vornamen durch eine ganz geringe Dosis von Pathos hervorhebend, die genügte, die Zuhörer zum Lachen zu bringen. Deruga warf einen stechenden Blick in die Runde. »Ist es hier etwa ein Verbrechen, nicht Johann Schulze oder Karl Müller zu heißen?« sagte er. »Beantworten Sie bitte schlechtweg meine Fragen«, sagte Dr. Zeunemann kühl. »Sie heißen Sigismondo Enea Deruga, sind in Bologna geboren und sechsundvierzig Jahre alt. Stimmt das?«

»Jawohl.«

»Sie haben in Bologna, Padua und Wien Medizin studiert und sich erst in Linz, dann in Wien niedergelassen, nachdem Sie dort das Heimatrecht erworben hatten. Stimmt das?«

»Es wäre wirklich eine Schande«, sagte Deruga, »wenn Sie nach vier Monaten nicht einmal das richtig herausgebracht hätten.«

»Ich erinnere Sie nochmals, Angeklagter«, sagte der Vorsitzende, den das sich erhebende Gelächter ein wenig ärgerte, »daß Sie sich an die kurze und klare Beantwortung der an Sie gerichteten Fragen zu halten haben. Es ist Ihre Schuld, daß sich die Voruntersuchung so lange hingezogen hat. Ich ergreife die Gelegenheit, Ihnen einen ernstlichen Vorhalt zu machen. Sie befolgen augenscheinlich den Grundsatz, das Gericht durch Ungehörigkeiten und Wunderlichkeiten hinzuhalten und irrezuführen. Sie verschlimmern dadurch Ihre Lage, ohne Ihren

Zweck zu erreichen. Die Untersuchung nimmt ihren sicheren Gang trotz aller Steine, die Sie auf ihren Weg werfen. Sie stehen unter einer schweren Anklage und täten besser, anstatt die gegen Sie zeugenden Momente durch ungebärdiges und zügelloses Betragen zu verstärken, den Gerichtshof und die Herren Geschworenen durch Aufrichtigkeit in ihrer dornigen Arbeit zu unterstützen und für sich einzunehmen. Sie befinden sich in einem Lande, wo die Justiz ihres verantwortlichen Amtes mit unerschütterlicher Unbestechlichkeit und Unparteilichkeit waltet. Der Höchste und der Niedrigste findet bei uns nicht mehr und nicht weniger als Gerechtigkeit. Wir erwarten dagegen vom Höchsten wie vom Niedrigsten diejenige Ehrfurcht, die einer so heiligen und würdigen Institution zukommt. Der Gebildete sollte sie uns freiwillig darbringen; aber im Notfall wissen wir sie zu erzwingen.«

»Ja, ja«, sagte Deruga gutmütig, »nur zu, ich werde schon antworten.«

Dr. Zeunemann hielt es für besser, es dabei bewenden zu lassen, und fuhr fort: »Sie verheirateten sich im Jahre 18.. mit Mingo Swieter aus Lübeck, erzielten aus dieser Ehe ein Kind, eine Tochter, die vierjährig starb, und kurz darauf, vor jetzt siebzehn Jahren, wurde die Ehe geschieden. Als Grund ist böswillige Verlassung von seiten der Frau angegeben, und zwar hat Frau Swieter das Wiener Klima vorgeschützt, welches sie nicht vertragen könne. In Wirklichkeit sollen Ihr unverträglicher Charakter und Ihr unberechenbares Temperament, das zu Gewalttaten neigt, Ihre Frau zu diesem Schritt veranlaßt haben.«

Da Dr. Zeunemann bei diesen Worten fragend zu Dr. Deruga hinübersah, sagte dieser: »Es wird das beste sein, wenn Sie sich schlechtweg an die in den Akten befindlichen Angaben halten.«

Der Vorsitzende unterdrückte eine Anwandlung zu lachen und fuhr gelassen fort: »Bald nach erfolgter Scheidung zogen Sie von Wien nach Prag und übten dort Ihre Praxis aus, während Frau Swieter sich in München niederließ, wo sie einen Teil ihrer Jugendjahre verlebt hatte. Auf weitere Jahre werden wir gelegentlich zurückkommen. Erzählen Sie uns jetzt, was Sie am 1. Oktober des vorigen Jahres getan haben.«

»Da ich kein Tagebuch führe«, sagte Dr. Deruga laut, »noch meine täglichen Verrichtungen durch einen Kinematographen oder ein Grammophon aufnehmen lasse, ist es mir leider unmöglich, Ihnen den Verlauf des Tages mit mathematischer Genauigkeit wiederzugeben. Ich werde eben gefrühstückt, einige Patienten besucht, zu Mittag gegessen und hernach eine Stunde im Café gesessen haben. Dann werde ich in der Stunde mehrere Exemplare der mir unsympathischen Gattung Mensch untersucht haben. Gegen Abend ging ich aus, um eine mir befreundete, hochanständige Dame zu besuchen. In der Nähe des Bahnhofs begegnete ich einem Kollegen, der mich fragte, ob ich auch in den ärztlichen Verein ginge. Ich sagte, ich könne leider nicht, da ich verreisen müsse. Worauf er mich bis zum Bahnhof begleitete. Ich nahm aufs Geratewohl eine Karte nach München, weil ich ja sonst meine Lüge hätte zugestehen müssen, und auch weil mir eingefallen war, daß auf diese Weise die mir befreundete Dame sicher wäre, nicht kompromitiert zu werden.«

»Weigern Sie sich nach wie vor«, fragte Dr. Zeunemann, »den Namen dieser hochanständigen Dame zu nennen?«

»Ich habe ja schon gesagt, daß mir daran liegt, sie nicht zu kompromittieren«, antwortete Deruga.

»Ich gebe Ihnen zu bedenken, Herr Deruga«, sagte Dr. Zeunemann warnend, »daß Ihre Ritterlichkeit auf sehr wackeligen Füßen steht. Sollte eine Dame zulassen, daß sich ein Freund um ihretwillen in solche Gefahr begibt? Da möchte man schon lieber annehmen, daß diese Dame gar nicht existiert. Die ganze Geschichte, die Sie vorbringen, entbehrt der Wahrscheinlichkeit. Daß Sie eine Dame besuchten und Tage und Nächte bei ihr zubrachten, wäre an sich bei Ihrer Lebensführung nicht unglaublich. Auch das mag hingehen, daß Sie den Wunsch hatten, sie nicht zu kompromitieren, aber das Mittel, das Sie zu diesem Zweck gewählt haben wollen, kann man nur als ungeeignet und lächerlich bezeichnen. Jemand, der sich in so schlechter finanzieller Lage befindet wie Sie, gibt nicht zweiunddreißig Mark für eine Fahrkarte aus, die er nicht braucht.«

»Einunddreißig Mark fünfundsiebzig Pfennige«, verbesserte Deruga.

»Die Karte von München nach Prag kostet zweiunddreißig Mark«, sagte Dr. Zeunemann scharf.

»Der umgekehrte Wagen ist fünfundzwanzig Pfennige billiger«, beharrte Deruga.

»Lassen wir den Wortstreit«, sagte Dr. Zeunemann. »Man wirft auch einunddreißig Mark und fünfundsiebzig Pfennige nicht fort, wenn man in Geldverlegenheit ist.«

»Ein verständiger Deutscher wohl nicht«, entgegnete Deruga, »aber ich habe größere Dummheiten in meinem Leben gemacht als diese. Übrigens war ich nicht in Geldverlegenheit, ich hatte nur Schulden.«

Der Staatsanwalt rang die Hände und wendete die Blicke nach oben, wie wenn er den Himmel zum Zeugen einer solchen Verwilderung anrufen wollte. Dann bat er um das Wort und fragte, wie es zugehe, daß der Angeklagte genug Geld für eine so unvorhergesehene Reise bei sich gehabt hätte.

Statt der Antwort griff Deruga in seine Westentasche, zog eine Handvoll Geld hervor und zählte: »Sechzig, dreiundsechzig, siebzig, vierundsiebzig Mark. Sie sehen, ich könnte auf der Stelle nach Prag reisen, wenn ich es nicht vorzöge, in Ihrer angenehmen Vaterstadt zu bleiben.«

»Warum bezahlten Sie Ihre Schulden nicht, wenn Sie Geld hatten?« rief der Staatsanwalt, dessen Stimme, wenn er sich aufregte, einen kreischenden Ton annahm.

»Oh, dazu reichte es bei weitem nicht«, lachte Deruga, »ich hatte nur so viel, um meine täglichen Bedürfnisse zu befriedigen.«

Der Vorsitzende erklärte diese Zwischenfragen durch eine Handbewegung für beendet. »Sie bleiben also dabei, Angeklagter«, fragte er, »daß Sie zum Schein eine Fahrkarte nach München lösten? Was brachte Sie gerade auf München?«

»Das ist eine schwierige Frage«, sagte Deruga, »hätte ich eine Karte nach Frankfurt oder Wien genommen, könnten Sie sie ebensogut stellen. Vielleicht ist ein Psychoanalytiker anwesend und könnte uns interessante Aufschlüsse über die Gedankenassoziation geben, und ob sie gefühlsbetont war oder nicht. Meine Spezialität sind Nasen-, Hals- und Rachenkrankheiten.«

»Was taten Sie, nachdem Sie die Karte gelöst hatten?« fragte der Vorsitzende weiter.

»Ich stellte mich an die Barriere«, erzählte Deruga, »ging, als sie geöffnet wurde, an den Zug, stieg aber nicht ein, sondern ging mittels einer vorher gelösten Perronkarte zurück. Dann suchte ich die schon öfters genannte Dame auf, bei der ich bis zum Nachmittag des 3. Oktober blieb.«

»Die Unwahrscheinlichkeiten häufen sich«, sagte Dr. Zeunemann. »Welcher Arzt wird ohne zwingende Gründe anderthalb Tage von seiner Praxis wegbleiben?«

»Ich bin der Ansicht«, sagte Deruga, »daß nicht ich für die Praxis da bin, sondern daß die Praxis für mich da ist.«

»Ein bedenklicher Grundsatz für einen Arzt«, meinte Dr. Zeunemann.

»Warum?« antwortete Deruga leichthin. »Die meisten Patienten können sehr gut ein paar Tage warten, die übrigen brauchen überhaupt nicht zu kommen. Wichtige Fälle hatte ich damals noch nicht.«

»Ihre Patienten waren allerdings nicht verwöhnt«, sagte Dr. Zeunemann. »In den letzten Jahren hatten Sie sogar eine Anzahl verloren, weil Sie nachlässig und unaufmerksam in der Führung Ihrer Praxis waren. Immerhin war es selbst an Ihnen auffallend, daß Sie außer der Zeit, ohne Abmeldung, zwei Tage abwesend waren. Sie kamen nach Ihrer eigenen Aussage, die von Ihrer Haushälterin bestätigt wurde, am 3. Oktober kurz vor vier Uhr wieder in Ihrer Wohnung an. Beiläufig sei bemerkt, daß der von hier kommende Schnellzug um drei Uhr zwanzig Minuten in Prag eintrifft.

Ihre Sprechstunde war noch nicht vorüber, und es warteten zwei geduldige Patienten, die sich von Ihrer Hausdame mit der Aussicht auf Ihr baldiges Erscheinen hatten vertrösten lassen. Sie weigerten sich aber, diese gutmütigen Herrschaften, die einiger Rücksicht wohl wert gewesen wären, anzunehmen, weil Sie, so sagten Sie zu Ihrer Haushälterin, müde wären und sich zu Bett legen wollten. Ihr Aufenthalt bei der in ihrer Tugend so heiklen Dame muß also sehr anstrengend gewesen sein.«

»Ich finde Frauen immer anstrengend«, sagte Deruga, »besonders wenn sie dumm sind.«

»Nehmen wir also an«, sagte der Vorsitzende, während der Staatsanwalt die Hände rang und seine unter diabolisch geschwänzten Brauen fast verschwindenden Augen zum Himmel richtete, »daß die Ihnen befreundete Dame ebenso dumm wie tugendhaft ist! Gehen wir nun zu einem anderen wichtigen Punkt über! Wollen Sie erzählen, wann und wie Sie von dem Inhalt des Testamentes in Kenntnis gesetzt wurden, durch welches die verstorbene Frau Swieter Sie zum Erben ihres Vermögens einsetzte!«

»Anfang November«, sagte Deruga, »das Datum habe ich mir nicht gemerkt, durch die zuständige Behörde.«

»Sie sollen«, sagte Dr. Zeunemann, »Ihr Erstaunen und Ihre Freude lebhaft geäußert haben. Ich bemerke«, wiederholte er mit Nachdruck gegen die Geschworenen, »daß andere Personen dies bezeugen: Erstaunen und Freude.«

»Oh, edler Richter, wack'rer Mann«, sagte Deruga lächelnd.

»Bitte Zwischenbemerkungen zu unterlassen«, sagte der Vorsitzende. »Es ist bereits halb zwölf Uhr, und ich möchte bis zur Mittagspause mit Ihrem Verhör zu einem vorläufigen Ende kommen. Erzählen Sie uns bitte, wann und wie Ihnen zuerst etwas von dem gegen Sie erhobenen Verdacht zu Ohren kam.«

»Durch einen sehr anständigen Menschen«, begann Deruga, »sehr anständig und achtungswert, obgleich er nur ein roher italienischer Weinhändler ist. Der Mann heißt Tommaso Verzielli und kam vor fünfzehn Jahren als ein armer Teufel zu mir, nachdem er eine fünfjährige Gefängnisstrafe verbüßt hatte. Er hatte nämlich einen Polizisten niedergestochen, der eine arme alte Frau verhaften wollte, weil sie in einem Bäckerladen ein Brot genommen hatte. Er war sehr verzagt und wollte nach Italien zurück, denn unter Deutschen, sagte er, würde er doch nicht aus dem Gefängnis herauskommen, weil er fortwährend Dinge mit ansehen müßte, wobei ihm das Blut zu Kopfe stiege. Ich sagte, das würde in Italien nicht anders sein, und redete ihm zu, er sollte die Menschen sich untereinander zerreißen lassen, sie wären einander wert, und es wäre um keinen schade. Er solle heiraten und nur noch für Frau und Kinder arbeiten und sorgen, und außerdem gab ich ihm den Rat, einen Handel mit italienischen Weinen und anderen Lebensmitteln anzufangen, und schoß ihm ein kleines Kapital dazu vor. Das hat er mir längst zurückgestellt, denn durch Fleiß und Intelligenz brachte er sich schnell in die Höhe, aber er widmet mir immer noch eine Dankbarkeit, als ob ich ihm täglich neu das Leben schenkte.

Dieser Verzielli also kam Mitte November am späten Abend in voller Aufregung zu mir gelaufen und erzählte mir, der italienische Konsul, Cavaliere Faramengo, ein guter alter Herr, aber etwas schwachsinnig, sei bei ihm gewesen – Verzielli hat nämlich jetzt ein sehr feines Restaurant – und habe sich unter der Hand nach mir erkundigt und als tiefstes Geheimnis verraten, daß ich als Mörder meiner geschiedenen Frau verhaftet werden sollte. Der gute Mensch war außer sich und bot mir sein ganzes Vermögen an, wenn ich nach Amerika fliehen wollte. ›Deruga und fliehen? Da kennst du Deruga schlecht, guter Freund‹, sagte ich und lief sofort, trotz Verziellis Flehen, zum italienischen Konsul. Der arme alte Herr hat fast einen Schlaganfall bekommen, so heftig stellte ich ihn zur Rede, und da ich von ihm keine genügende Auskunft bekam, reiste ich hierher, um den Ursprung des infamen Gerüchts kennenzulernen.«

»Es mußte Ihnen mitgeteilt werden«, fiel Dr. Zeunemann ein, »daß das Gericht bereits beschlossen hätte, die Anklage auf Mord gegen Sie zu erheben, und daß Sie eine etwaige Beleidigungsklage bis zur Beendigung des Prozesses zu verschieben hätten. Wenn Ihr erstes Auftreten, wie ich nicht unterlassen will zu bemerken, den Schein der Schuldlosigkeit erwecken konnte, so belastete Sie hingegen Ihr Verhalten dem Untersuchungsrichter gegenüber in bedenklicher Weise. So haben Sie zuerst auf die Frage, wo Sie vom 1. bis 3. Oktober gewesen wären, die Antwort verweigert. Dann haben Sie erzählt, Sie wären in der Absicht, sich das Leben zu nehmen, fortgefahren, an einem beliebigen Haltepunkt ausgestiegen und dann aufs Geratewohl querfeldein gegangen, bis Sie in eine ganz einsame Gegend gekommen wären. An einem Flusse hätten Sie lange gelegen und mit sich gekämpft, bis Sie darüber eingeschlafen wären. Nach vielen Stunden festen Schlafes wären Sie ernüchtert aufgewacht, hätten sich noch eine Weile herumgetrieben und wären dann heimgefahren. Schließlich tauchte die Geschichte von der geheimnisvollen Dame auf. Der Born der Phantasie sprudelt sehr ergiebig bei Ihnen.«

»Nicht so, wie Sie meinen«, sagte Deruga. »Ich wollte nur den Untersuchungsrichter ärgern und kann wohl sagen, daß mir das gelungen ist. Er hat beinah Nervenkrämpfe bekommen.«

Dr. Zeunemann ließ eine Pause verstreichen, bis das Gelächter im Publikum verstummt war, und sagte dann: »Es wundert mich, daß ein Mann in Ihrer Lage, in Ihrem Alter und von Ihrem Verstande sich so kindisch benehmen mag – oder so töricht, denn vielleicht waren Ihre verschiedenen Angaben auch nur ein Verfahren, darauf zugeschnitten, unsicher zu machen und irrezuführen.«

»Sind Sie schon einmal von einem täppischen Untersuchungsrichter ausgefragt worden?« fragte Deruga. »Nein, wahrscheinlich nicht. Also können Sie nicht wissen, wie Sie sich in solcher Lage benehmen würden. Allerdings vermutlich vernünftiger als ich. Sie haben eine beneidenswerte Konstitution. Sie sind so recht ein Musterbeispiel, wie der gesunde Mensch sein soll. Alle Erschütterungen durch häßliche Eindrücke, Fragen, Zweifel und Leidenschaften werden bei Ihnen durch eine tadellose Verdauung geregelt, so daß Sie sich immer im stabilen Gleichgewicht befinden; ich dagegen bin unendlich reizbar.«

Dr. Zeunemann hatte versucht, den Angeklagten zu unterbrechen, aber ohne genügenden Nachdruck. »Sie haben wohl auch mehr Ursache, unruhig zu sein, als ich«, sagte er jetzt mit leichter Ironie. »Vielleicht würden Sie sich wohler fühlen, wenn Sie es einmal mit vollkommener Offenheit versuchten, anstatt sich und uns durch Ihre Winkelzüge zu reizen.«

»Sie, Herr Präsident, will ich nicht ärgern, darauf können Sie sich verlassen«, sagte Deruga mit einem freundlich beschwichtigenden Tone, wie man ihn etwa einem Kinde gegenüber anschlägt.

»Warten Sie im Vorsaal des ersten Stockes auf mich«, flüsterte Justizrat Fein seinem Klienten zu, als gleich darauf die Sitzung aufgehoben wurde. Von dort aus gingen sie zusammen durch ein rückwärtiges Portal in die Anlagen, die auf eine stille Straße ohne Geschäftsverkehr führten. Vor einem mit Gesträuch bewachsenen Hange blieb der Justizrat stehen, stocherte mit der Spitze seines Regenschirmes in der alten, feuchtverklebten Blätterdecke und sagte: »Da muß es bald Schneeglöckchen und Krokus geben; ich will ihnen den Weg ein wenig frei machen.«

»Kommen Sie, kommen Sie«, sagte Deruga, den Justizrat am Arm ziehend. »Die finden ihren Weg ohne Sie. Sagen Sie, kann ich heute nachmittag, während der Sitzung, nicht lesen, oder noch lieber schlafen? Das Zeug langweilt mich unbeschreiblich; Sie könnten mir ja einen Stoß geben, wenn ich mich betätigen muß.«

»Machen Sie keine Dummheiten«, sagte der Justizrat; »heute nachmittag wird wahrscheinlich der Hofrat von Mäulchen vernommen, der sehr schlecht für Sie aussagen wird. Sie müssen also aufpassen, ob Sie ihm nicht Ihrerseits etwas am Zeuge flicken können.«

»Am Zeuge flicken!« rief Deruga aus. »Umbringen möchte ich ihn. Ich hasse diesen Menschen, vielmehr diesen rosa Wachsguß über einer Kloake.«

»Hören Sie, Deruga«, sagte der Justizrat. »Ich verstehe Sie öfters nicht, doch das am wenigsten, wie Sie einem Menschen Geld schuldig bleiben mochten, den Sie haßten. Sie hätten doch das Geld auch von anderer Seite haben können, zum Beispiel von dem guten Verzielli.«

»Wahrscheinlich hätte es Ihr Ehrgefühl verletzt, einem verhaßten Menschen Geld zu schulden«, sagte Deruga. »Sehen Sie, bei mir ist das anders. Mir machte es Vergnügen, zu sehen, was für Angst er um seine Taler hatte und wie er sich quälte, die Angst nicht merken zu lassen, sondern den Anschein zu wahren, als wäre es ihm ganz gleichgültig. Denn er will erstens für unermeßlich reich und zweitens für sehr weitherzig in Geldsachen gelten. Hätte ich Geld im Überfluß gehabt, würde ich ihn wahrscheinlich doch nicht ausbezahlt haben, um ihn zappeln zu lassen.«

»Ich glaube, Sie können fürchterlich hassen«, sagte der Justizrat nachdenklich, indem er den Doktor nicht ohne Bewunderung von der Seite betrachtete.

Dieser lächelte herzhaft und ausgiebig wie ein Kind. »Das kann ich allerdings«, sagte er. »Ich möchte manchmal einem ein Messer im Herz umdrehen, nur weil mir seine Mundwinkel nicht gefallen. Ich will mich aber heute nachmittag ihnen zuliebe zusammennehmen, so gut ich kann.«

»Ja, darum bitte ich«, sagte der Justizrat, »ich fühle mich doch etwas verantwortlich für Sie.«

Hofrat von Mäulchen erschien in gewählter Kleidung, in einen angenehmen, mondänen Duft getaucht, mit dem leichten und sicheren Gang dessen, den allgemeine Beliebtheit trägt, im Schwurgerichtssaale. Die Eidesformel, die der Präsident ihm vorsprach, wiederholte er mit liebenswürdiger Gefälligkeit und einem leicht fragenden Ausklang, so, als wolle er sich bei jedem Satz vergewissern, ob es dem Vorsitzenden und dem lieben Gott so auch recht wäre.

»Der Angeklagte«, begann Dr. Zeunemann das Verhör, als alle Förmlichkeiten abgetan waren, »ist Ihnen seit Mai 19..., also seit fünf Jahren, sechstausend Mark schuldig. Wollen Sie, bitte, erzählen, wie Sie den Angeklagten kennenlernten, und wie es kam, daß er das Geld von Ihnen borgte!«

»Beides ist schnell getan«, sagte der Hofrat. »Ich lernte Deruga im ärztlichen Verein kennen, außerdem hat er mich gelegentlich einer kleinen Wucherung in der Nase behandelt. Kollegen empfahlen ihn mir, weil er eine besonders leichte Hand habe, was meine eigene Erfahrung bestätigt hat. Es handelte sich bei mir allerdings um einen sehr einfachen Fall, aber auch darin kann man ja seine Fähigkeiten beweisen. Gewisse kleine Originalitäten und Wunderlichkeiten hatte er an sich, zum Beispiel erinnere ich mich, daß er mich immer in der Erwartung hielt, als käme etwas außerordentlich Schmerzhaftes, was doch gar nicht der Fall war. Ich habe sagen hören, daß er nach Belieben, sagen wir nach Laune, die Patienten ganz schmerzlos oder sehr grob behandelte. Aber das gehört eigentlich nicht hierher, und soweit meine persönliche Erfahrung reicht, kann ich ihn als Arzt nur loben. Als ich nun gelegentlich eine Bemerkung über die schäbige Ausstattung seines Wartezimmers machte, sagte er mir, er habe kein Geld, um sich so einzurichten, wie er möchte, worauf ich ihm, einem augenblicklichen Gefühl folgend, so viel anbot, wie er brauchte. Ich bin vielleicht kein sehr besonnener Rechner«, schaltete der Hofrat mit einem Lächeln ein, »aber in diesem Falle, einem Kollegen und tüchtigen Arzt gegenüber, glaubte ich gar nichts zu riskieren.«

»Hat der Angeklagte das Geld für eine neue Einrichtung verwendet?« fragte der Vorsitzende.

»Darüber kann ich aus eigener Anschauung nichts sagen«, antwortete der Hofrat. »Es wurde mir später einmal zugetragen, geschwatzt wird ja viel, die Sessel seines Wartezimmers würden immer schäbiger; begreiflicherweise habe ich es aber vermieden, ihn aufzusuchen und mich darüber zu unterrichten.«

»Wollen Sie sich dazu äußern?« wendete sich der Vorsitzende gegen Deruga. »Haben Sie sich für das geliehene Geld Ihr Wartezimmer neu eingerichtet?«

»Gehört das hierher?« fragte Deruga. »Ich glaubte immer, man könnte sein Geld verwenden, wie man wolle, einerlei, ob es geliehen oder gestohlen ist.«

»Sie verweigern also die Antwort?«

»Soviel ich mich erinnere«, sagte Deruga mürrisch, »habe ich Instrumente, moderne Apparate, einen Operationsstuhl und dergleichen gekauft.«

»Sie haben«, setzte der Präsident die Zeugenvernehmung fort, »im Laufe der nächsten Jahre den Angeklagten niemals gemahnt?«

»Bewahre«, erwiderte der Hofrat. »Einen Kollegen! Überhaupt würde ich das ohne genügende Gründe niemals tun. Ich hatte das Geld eigentlich schon verloren gegeben, denn das Gerede ging, als betriebe Deruga seine Praxis nur nachlässig und führe ein sehr ungeregeltes Leben. Ich habe übrigens, wie ich gleich vorausschicken will, der Wahrheit dieses Geredes nicht nachgeforscht und bitte, keine Schlüsse daraus zu ziehen.«

»So gehen wir ohne weiteres zu dem Anlaß über«, sagte

Dr. Zeunemann, »der Sie bewog, das Geld zurückzufordern. Wollen Sie den Vorgang im Zusammenhang erzählen!«

»Im September vorigen Jahres«, berichtete der Hofrat, »traf ich mit Deruga in dem schon erwähnten ärztlichen Verein zusammen, nachdem ich ihn fast ein Jahr lang nicht gesehen und das Geld sozusagen vergessen hatte. Er rief mir über den Tisch hinüber in ziemlich formloser Weise zu, er wolle eine Patientin, von der er glaube, daß sie ein Unterleibsleiden habe, zu mir schicken, ich solle sie untersuchen und nötigenfalls behandeln, aber umsonst, zahlen könne sie nicht. Mehr über seine Art und Weise als über die Sache selbst verstimmt, erwiderte ich, wie ich gern glauben will, ein wenig kühl, ich sei mit Arbeit sehr überhäuft, die Kranke könne ja zu dem in Betracht kommenden Kassenarzt gehen. Darauf wurde Deruga kreideweiß im Gesicht und überhäufte mich mit einem Schwall von Beleidigungen, wie, daß ich es nur auf Geldmacherei abgesehen hätte, der Arzt für Kommerzienrätinnen und fürstliche Kokotten wäre, und dergleichen mehr, was ich nicht wiederholen will. Ich möchte bemerken, daß ich glaube, wie ungerecht seine Beschuldigungen auch waren, und wie unpassend auch die Form war, wie er sie erhob, er machte sie bona fide. Er hatte die Meinung, ich sei gemütlos und strebte nur nach klingendem Erfolg und äußerem Glanz, vielleicht weil ihm infolge einer gewissen volkstümlichen oder zigeunerhaften Veranlagung der Sinn für geregeltes bürgerliches Leben mit seinen traditionellen Begriffen von Anstand und Ehre überhaupt abgeht. In jenem Augenblick vermochte ich mich zu dieser objektiven Ansicht nicht zu erheben, sondern, ich gestehe es, ich fühlte mich verletzt und im Innersten empört.«

»Beinah wäre der rosa Wachsguß abgeschmolzen«, flüsterte Deruga dem Justizrat zu.

»Ohne mein entrüstetes Gefühl zu zügeln oder es nur zu wollen, antwortete ich heftig, er habe am wenigsten Ursache, mir derartige Vorwürfe zu machen, da ich ihm bereitwilligst ausgeholfen und den Verlust nicht nachgetragen hätte. Ich hätte ihn damals für zahlungsfähig gehalten, sagte er boshaft, sonst würde ich ihm nichts geborgt haben. Allerdings, sagte ich, hätte ich einen Kollegen für so ehrenhaft gehalten, daß er seine Schulden bezahle, und da er mich nun selbst herausfordere, solle er es auch tun. Der Streit wurde dann durch mehrere Kollegen, die sich ins Mittel legten, geschlichtet. Bevor wir uns trennten, sagte ich zu Deruga, er solle das, was ich vorhin in heftiger Aufwallung gesagt hätte, nicht so auffassen, als wolle ich ihn drängen. Erlauben Sie mir bitte, festzustellen, daß ich der ganzen Sache aus freien Stücken niemals in der Öffentlichkeit Erwähnung getan haben würde!«

»Darf ich bitten«, sagte Justizrat Fein, sich an den Zeugen wendend, »Sie sind nachher mit keinem Wort und mit keiner Andeutung auf die Geldangelegenheit zurückgekommen?«

»Nein, durchaus nicht«, antwortete der Hofrat. »Es tat mir im Gegenteil leid, daß ich mir in der Erregung die Mahnung hatte entschlüpfen lassen.«

»Also«, sagte der Justizrat, »war die Lage für Dr. Deruga nicht im mindesten verändert, und es liegt kein Grund zu der Behauptung vor, er habe sich durchaus Geld verschaffen müssen, um die fällige Schuld zu bezahlen.«

»Ich bitte sehr«, rief der Staatsanwalt, »durch den Vorfall im ärztlichen Verein war das Schuldverhältnis einer ganzen Reihe von Kollegen bekannt geworden; das ist denn doch eine erhebliche Veränderung der Lage. Soviel Ehrgefühl dürfen wir doch bei einem gebildeten Manne voraussetzen, daß ihm das nicht gleichgültig war.«

»Nehmen wir, bitte, Dr. Deruga, wie er ist, und nicht, wie er nach der Meinung anderer sein sollte. Da es ihm nichts ausmachte, dem Hofrat von Mäulchen Geld schuldig zu bleiben, für den er augenscheinlich keine besondere Vorliebe hatte, lag ihm wahrscheinlich sehr wenig daran, daß ein paar andere Kollegen, mit denen er, wie es scheint, ganz gut stand, davon wußten. Jedenfalls, wenn er früher so dickfellig in diesem Punkt war, wird er nicht plötzlich so empfindlich geworden sein, daß er ein Verbrechen beging, um sich aus der Klemme zu ziehen.«

Die gemächliche Grandezza, mit der der Justizrat dastand, die Wucht seiner massigen Gestalt und seines großgeformten, ruhigen Gesichtes überzeugten noch wirksamer als seine Worte und brachten seinen zappeligen Gegner außer Fassung.

»Ja, wenn der Mensch immer so folgerichtig wäre!« sagte er heftig. »Dafür, daß Männer lieber Verbrechen begehen, als einen Fleck auf ihrer sogenannten bürgerlichen Ehre dulden, finden sich viele Beispiele.«

Dr. Zeunemann hob Ruhe gebietend seine Hand.

»Eine verbrecherische Handlung wird dem Angeklagten zunächst noch gar nicht zugemutet«, sagte er. »Wenn er seine geschiedene Frau um Geld anging, so war das höchstens taktlos, und es ist um so weniger auffallend, als wir aus vielen Zeugnissen wissen, daß er diese Hilfsquelle öfters in Betracht zog. Halten Sie«, wendete er sich an den Hofrat, »die Schuld für ein Motiv, das stark genug gewesen wäre, den Angeklagten zu veranlassen, sich auf irgendeine ungewöhnliche Weise in den Besitz von Geld zu setzen?«

»Ich muß sehr bitten«, wehrte der Hofrat ab, »mir diese Antwort zu erlassen. Ich schrecke um so mehr davor zurück, ein Urteil darüber zu äußern, als ich nicht in der Lage war, mir eines zu bilden. Ich bin mit der Psyche Derugas nicht vertraut, könnte mich nur in Phantasien ergehen, aber selbstverständlich bin ich eher geneigt, Gutes als Schlechtes von einem Kollegen zu denken.«

»Sie waren«, fuhr der Vorsitzende fort, »derjenige Kollege, dem der Angeklagte am 1. Oktober zwischen sechs und sieben Uhr in der Nähe des Bahnhofs begegnete, und der ihn fragte, ob er in den ärztlichen Verein wolle?«

»Jawohl«, sagte der Hofrat. »Ich stellte die Frage, weil ich mich nach dem, was kürzlich vorgefallen war, kollegial zu ihm verhalten wollte. Seine Antwort, er wolle verreisen, erregte mir keinerlei Zweifel, da wir in der Nähe des Bahnhofs waren und Deruga ein Paket trug. Dasselbe fiel mir auf, weil es größer war, als Herren unserer Gesellschaftskreise solche zu tragen pflegen.«

Der Vorsitzende wandte sich an Deruga mit der Frage, ob er zugebe, ein Paket getragen zu haben, und was darin gewesen sei.

»Ich erlaubte mir allerdings«, sagte Deruga, »als ein armer Teufel, der sich nicht erdreistet, zu den Gesellschaftskreisen des Herrn von Mäulchen gehören zu wollen, ein Paket zu tragen. Darin wird Wäsche und dergleichen gewesen sein, was man für die Nacht braucht.«

Der Staatsanwalt schnellte von seinem Sitz auf und bat, daß festgestellt werde, ob Deruga, als er am 3. Oktober in seine Wohnung zurückkehrte, ein Paket bei sich gehabt habe.

»Die Haushälterin wird gleich vernommen werden«, sagte der Vorsitzende. »Der Angeklagte antwortete Ihnen, Herr Hofrat, er wolle verreisen, und Sie begleiteten ihn bis zum Bahnhof. Können Sie sonst etwas Sachdienliches mitteilen?«

»Nein, durchaus nicht«, beteuerte der Hofrat. »Gerüchte und Schwätzereien zu wiederholen werden Sie mir erlassen, da dergleichen ja mehr oder weniger über jeden Menschen in Umlauf ist und in ernsten Fällen nicht in Betracht gezogen werden sollte.«

»Vielleicht könnten Sie uns doch sagen«, fragte der Vorsitzende, »was für einen Ruf Dr. Deruga im allgemeinen unter seinen Kollegen genoß?«

»Ich glaube nicht, daß meine diesbezüglichen Mitteilungen einen namhaften Wert für Sie hätten«, entschuldigte sich der Hofrat. »Aus dem, was ich erzählt habe, läßt sich ja schon mancherlei schließen. Den sicheren Boden der Tatsachen möchte ich nicht verlassen.«

Weinhändler Verzielli, der nächste Zeuge, war ein untersetzter, dunkelfarbiger Mann, der den Eid in strammer Haltung, die

Augen fest auf den Präsidenten gerichtet, die linke Hand auf das Herz gelegt, mit lauter Stimme und leidenschaftlichem Ausdruck leistete.

»Sie sind mit dem Angeklagten bekannt, aber nicht verwandt?« fragte Dr. Zeunemann.

»Befreundet, sehr befreundet«, sagte Verzielli eifrig.

»Aber nicht verwandt?« wiederholte Dr. Zeunemann.

»Leider nicht«, sagte Verzielli, »aber sehr befreundet. Ich liebe und bewundere ihn.«

»Sie fühlen sich ihm zu Dank verpflichtet«, sagte der Vorsitzende freundlich, »weil er durch einen guten Rat und auch durch eine Geldsumme, die er Ihnen vorschoß, Ihr Glück begründet hatte?«

»Ach, Rat und Kapital, das ist alles nicht die Hauptsache«, rief Verzielli aus. »Er hat mir den Glauben an die Menschheit wiedergegeben. Er ist edel und hilfsbereit.«

»Sie konnten ihm das Geliehene bald zurückgeben«, fuhr der Vorsitzende fort, »und haben ihm seitdem Ihrerseits zuweilen Geld geborgt?«

»Das ist ja gar nicht der Rede wert«, sagte Verzielli, Kopf und Hand schüttelnd, »wo ich ihm meine ganze Existenz verdanke. Übrigens hat er mich nie um Geld gebeten, ich habe es ihm aufgedrängt. Er verstand ja nicht mit Geld umzugehen, er war zu gut und zu edel dazu.«

»Hat er Ihnen jemals Geld zurückgezahlt?«

»O ja«, rief Verzielli stolz, »auch in bezug auf das Rückständige fragte er mich öfters, ob ich es brauche. Aber wozu hätte ich es brauchen sollen? Es war ja ebenso sicher bei ihm wie auf der Bank. Ich sagte ihm immer, es sei noch Zeit, wenn er es einmal meinen Kindern wiedergäbe. Meine Frau war auch der Meinung, man dürfe ihn nicht drängen.«

»Hat der Angeklagte Sie zuweilen mit Hinblick auf etwaige Schenkungen oder eine etwaige Erbschaft von seiten seiner geschiedenen Frau vertröstet?«

»Zu vertrösten brauchte er mich nicht«, sagte Verzielli ein

wenig gereizt. »Aber natürlich hat er zuweilen von seiner geschiedenen Frau und seinem verstorbenen Kinde gesprochen. Er hat das arme Kind sehr geliebt. Meine Frau und ich haben oft geweint, wenn er davon sprach.«

Er zog bei diesen Worten ein großes, buntes Taschentuch hervor und fuhr sich damit über Stirn und Augen, sei es um sich Tränen oder Schweiß damit zu trocknen.

»Ich bitte Sie«, sagte Dr. Zeunemann freundlich, »genau auf meine Fragen zu achten und sie kurz und deutlich zu beantworten. Hat der Angeklagte Ihnen zuweilen von einer Aussicht gesprochen, Geld von seiner geschiedenen Frau zu erhalten, sei es bei ihren Lebzeiten oder nach ihrem Tode?«

»Ich glaube«, sagte Verzielli, sein Taschentuch quetschend, »er sagte gelegentlich einmal, seine geschiedene Frau sei reich, und er sei überzeugt, sie würde ihm geben, was er brauchte, wenn er sie darum bäte.«

»Erinnern Sie sich, wann er Ihnen das gesagt hat?«

»Ich glaube«, sagte Verzielli, »daß es in der letzten Zeit nicht gewesen ist.«

»Wir kommen jetzt«, sagte der Vorsitzende, nach einem leichten Räuspern die Stimme hebend, »zu einem sehr wichtigen Punkt, und ich fordere Sie auf, Herr Verzielli, Ihre Aufmerksamkeit und Ihr Gedächtnis energisch zusammenzufassen. Denken Sie vor allen Dingen nicht daran, welche Folgen Ihre Aussagen für den Angeklagten haben könnten, sondern nur daran, daß Sie einen Eid geschworen haben, die Wahrheit zu sagen!«

Verzielli richtete sich stramm auf, blickte dem Vorsitzenden fest ins Auge und umfaßte krampfhaft sein Taschentuch.

»Erzählen Sie uns genau mit allen Einzelheiten, wie es sich begab, daß Sie von dem Gerücht, Dr. Deruga habe seine Frau ermordet, erfuhren, und daß Sie ihn davon in Kenntnis setzten!«

Verzielli schwieg und starrte angelegentlich in einen Winkel, augenscheinlich bemüht, seine Gedanken zu sammeln.

»Ich will Ihnen zu Hilfe kommen«, sagte Dr. Zeunemann nachsichtig. »Am Abend des 25. November kam Cavaliere Faramengo, der italienische Konsul, in Ihr Restaurant, um ein Glas Wein zu trinken, wie er zuweilen tat. Er fragte Sie nach dem Angeklagten aus, und Sie erfuhren von ihm, daß von München aus Erkundigungen über ihn eingezogen wären, und daß er im Verdacht stehe, seine geschiedene Frau, die Anfang Oktober gestorben war und ihn zum Erben ihres Vermögens eingesetzt hatte, ermordet zu haben. Außer sich vor Entrüstung liefen Sie sofort zu dem Angeklagten, erzählten ihm alles und sagten, wenn Sie nur wüßten, wer der Verleumder wäre, Sie würden ihn töten. Der Angeklagte sagte lachend: ›Dummkopf, ich habe es ja getan.‹ Das ist, was der Untersuchungsrichter nicht ohne Mühe aus Ihnen herausgebracht hat. Bestätigen Sie jetzt vor dem versammelten Gericht und vor den Geschworenen?«

»Es ist wahr, daß Dr. Deruga sagte: ›Dummkopf, ich habe es ja getan‹, aber er hatte nur insofern recht, als er mich einen Dummkopf nannte, denn er meinte ...«

»Bleiben Sie bei der Sache!« sagte Dr. Zeunemann. »Was antworteten Sie darauf?«

»Ich sagte, das wäre nicht möglich, und davon war ich auch überzeugt, daß es unmöglich wäre; aber in dem Zustand von Aufgeregtheit, in dem ich mich befand, bat ich ihn, augenblicklich nach Amerika zu fliehen, und bot ihm mein ganzes Vermögen an, damit er sich dort weiterhelfen könnte.«

»Guter Mann«, sagte plötzlich Deruga laut.

Verzielli, der es bisher vermieden hatte, nach der Anklagebank hinüberzusehen, wandte jetzt den Kopf herum und warf Deruga einen verzweifelten Blick zu. Auch Dr. Zeunemann sah ihn an. »Wie erklären Sie es«, sagte er, »daß Sie im ersten Augenblick der Überraschung Verzielli gegenüber die Tat zugaben?«

»Ich wollte sehen, was für ein Gesicht er machte«, sagte Deruga leichthin, »das ist alles.«

»Ja, natürlich«, fiel Verzielli rasch ein. »So war er. Das ist ganz er. O Gott, er hatte recht, mich einen Dummkopf zu nennen. Ja, ein Esel, ein verwünschter Tölpel war ich, es nicht sofort klar zu durchschauen.«

»Bei der Sache bleiben«, unterbrach Dr. Zeunemann. »Die Stimmung des Angeklagten schlug unvermittelt um, er geriet in Wut und wollte sofort zum italienischen Konsul laufen, um zu erfahren, wer ihn verleumdet hätte. ›Sie haben es also nicht getan‹, riefen Sie und beschworen den Angeklagten, keinen übereilten Schritt zu tun und mit dem Besuch beim Konsul bis zum folgenden Morgen zu warten. Fürchteten Sie vielleicht, er würde sich in seiner Wut am Konsul vergreifen?«

»Gott bewahre!« rief Verzielli entrüstet. »Der Konsul sollte nur nicht erfahren, daß ich Deruga alles ausgeplaudert hatte. Auch fürchtete ich, daß Dr. Deruga in seinem gerechten Zorne sich allzu heftig äußern und dadurch den Konsul gegen sich einnehmen würde. Kurz, ich war ein Dummkopf und war maßlos aufgeregt. Ich wußte nicht, was ich sagte und was ich tat.«

Der Staatsanwalt war im Laufe des Verhörs aufgestanden und begleitete die Antworten des Italieners mit unwillkürlichen Gebärden und hier und da mit einem höhnischen Lachen oder entrüsteten Ausruf. »In Ihrer Aufgeregtheit«, sagte er jetzt, sich vorbeugend, »hatten Sie jedenfalls den Eindruck, daß der Angeklagte im Ernst sprach, als er sagte: ›Ich habe es ja getan.‹ Sonst hätten Sie hernach nicht ausgerufen: ›Sie haben es also nicht getan!‹«

Verzielli warf einen zornigen und verächtlichen Blick auf den Sprecher und sagte entschlossen: »Was ich auch gesagt und gedacht habe, ich war im Unrecht, und der Doktor war im Recht, und wenn er seine Frau getötet hätte, was er aber nicht getan hat, so hätte er auch recht gehabt.« Eine Bewegung, mit Gelächter gemischt, ging durch den Saal.

»Eigentümliche Auffassung«, sagte der Staatsanwalt, beide Arme in die Seite stemmend.

»Ich denke«, nahm der Vorsitzende das Wort, als es wieder still geworden war, »wir lassen die Auffassungen beiseite und halten uns an Tatsachen. Wünscht einer der Herren Kollegen oder der Herren Geschworenen noch eine Frage an den Zeugen zu stellen? Nein? So können wir zu Fräulein Klinkhart, der Haushälterin oder Empfangsdame des Angeklagten, übergehen.«

Ein Fräulein von etwa fünfunddreißig Jahren trat vor, einfach, aber gut gekleidet, schwarzhaarig, mit gerader Nase und ruhigen, braunen Augen. Sie kam mit raschen, sicheren Schritten und sah sich um, als suche sie, wo es etwas für sie zu tun gäbe; als ihr Blick dabei auf Deruga fiel, nickte sie ihm freundlich und ermunternd zu. Den Eid leistete sie frisch und freudig; sie schien zu denken, nun habe sie den Faden in der Hand und werde den Wulst schon entwirren. Das Verhör begann folgendermaßen:

»Wie lange sind Sie in der Stellung bei dem Angeklagten?«

»Zehn Jahre.« Ich kenne ihn also etwas besser als Sie alle, meine Herren, lag in diesen Worten.

»Worin besteht Ihre Beschäftigung?«

»Ich führe das Haus; koche das Essen, mache die Zimmer, empfange die Patienten, schreibe die Rechnungen und so weiter.«

»Das ist sehr viel. Standen oder stehen Sie in freundschaftlichen, ich wollte sagen in mehr als freundschaftlichen Beziehungen zu dem Angeklagten?« Sie runzelte die Brauen und schien eine rasche Antwort geben zu wollen, besann sich aber und sagte kurz:

»Nein.«

»Wieviel Lohn erhielten Sie?«

»Achtzig Kronen.«

»Hatten Sie Nebeneinkünfte?«

»Nein.«

»Die Stelle muß offenbar ideelle Annehmlichkeiten haben.

Sie waren vermutlich sehr selbständig? Der Doktor behandelte Sie gut?«

»Er mich und ich ihn. Wir passen gut zusammen. Übrigens ist es leicht, mit Dr. Deruga auszukommen. Wer es nicht tut, trägt selbst die Schuld.«

»Gut. Erinnern Sie sich an den 1. Oktober des vorigen Jahres? Der Angeklagte verließ die Wohnung etwa um sechs Uhr. Sagte er Ihnen, wohin er ginge und wann er wiederkomme?«

»Dr. Deruga sagte, er käme vielleicht nachts nicht nach Hause und wisse auch noch nicht, ob er am folgenden Tage zur Sprechstunde wieder dasein würde. Wenn Patienten kämen, sollte ich sie vertrösten.«

»Glaubten Sie, daß er verreise?«

»Ich glaubte gar nichts – weil es mich nichts anging. Ich pflegte nie zu fragen, wohin er ginge, nur neckte ich ihn zuweilen, weil ich wußte, daß ihm die Frauenzimmer nachliefen. Vielleicht habe ich das auch an jenem Abend getan.«

»Was hatte der Angeklagte bei sich, als er fortging?«

»Ein Paket.«

»Wissen Sie, was der Inhalt des Paketes war?«

»Nein.«

»Sie wissen es nicht, aber Sie ahnten es doch vielleicht. Haben Sie ihn etwas einwickeln sehen? Hat er in Schränken oder Kommoden gekramt?«

»Ja, ich sah, daß er etwas suchte, und fragte ihn, was es sei. Da sagte er ärgerlich: ›Wo, zum Teufel, haben Sie den alten Faschingströdel versteckt?‹ Ich sagte, es sei alles in der Truhe auf dem Vorplatz, was überhaupt noch vorhanden sei. Er hatte nämlich verschiedenes verliehen oder verschenkt.«

»Was verstehen Sie unter altem Faschingströdel?«

»Kostüme, die er früher beim Fasching getragen hatte. In den letzten Jahren hatte er nichts mehr mitgemacht.«

»Was für Kostüme waren das?«

»Oh, das kann ich so genau nicht sagen, was sie bedeuteten.

Bauernkleider und ein Bajazzo und ein Mönch, glaub ich. Ich kenne mich nicht aus damit.«

»Vermutlich boten Sie ihm Ihre Hilfe an?«

»Ja, aber er sagte: ›Gehen Sie zum Teufel!‹ Das war nicht böse gemeint, es war so eine Redensart von ihm. Mir war es ganz recht, denn es war nach Tisch, und ich hatte in der Küche zu tun.«

Inzwischen war der Staatsanwalt aufgestanden, gestikulierte mit langen Armen und machte Grimassen. »Mein liebes Fräulein«, sagte er, »hatte der Angeklagte keine Reisetasche?«

»Ja, wenn er verreiste, nahm er eine Reisetasche«, sagte Fräulein Klinkhart.

»Nun, mein liebes Fräulein«, fuhr der Staatsanwalt mit süßlicher Liebenswürdigkeit fort, »sollten Sie als Dame und als Haushälterin, teils aus Neugier und teils aus Ordnungsliebe, nachdem Ihr Brotherr fort war, nicht nachgesehen haben, was er mitgenommen hatte? Wenn ich mich in Ihre Lage versetze, so scheint mir, Sie mußten sich Gewißheit zu schaffen versuchen, wie lange Ihr Brotherr fortbleiben würde. Aus dem, was er mitgenommen hatte, ließ sich doch manches schließen.«

Fräulein Klinkhart faltete finster die Brauen und warf einen Blick unverhohlener Abneigung auf den Staatsanwalt. »Ich sah«, antwortete sie, »daß in der Truhe alles durcheinandergeworfen war, und machte wieder Ordnung. Ob etwas fehlte, weiß ich nicht, ich habe nicht darauf geachtet. Ein Nachthemd hatte er, wie mir schien, nicht mitgenommen.«

»Sehen Sie«, rief der Staatsanwalt triumphierend und mit dem langen Zeigefinger auf sie deutend, »dahin wollte ich Sie bringen! Also ein Nachthemd hatte er nicht mitgenommen?«

»Nun, und?« sagte Fräulein Klinkhart finster, »wenn er doch gar nicht verreiste!«

»Sehr wohl, mein liebes Fräulein«, sagte der Staatsanwalt mit entzücktem Lächeln, »wenn nun aber kein Nachtkleid in dem Paket war, was war Ihrer Meinung nach dann darin?«

Fräulein Klinkhart zuckte ärgerlich und ungeduldig die

Achseln und sagte: »Wahrscheinlich war irgendein Kostüm zum Verkleiden darin, das er jemandem leihen wollte.«

»Wollen Sie uns das Rätsel lösen?« wandte sich der Vorsitzende an Deruga.

»Es war ein Kimono darin«, sagte Deruga, »den mir einmal ein Patient aus China mitgebracht hatte, und den ich der Dame, die ich besuchte, leihen wollte.«

»Sie sagten ja vorhin, es wäre Wäsche darin gewesen«, sagte Dr. Zeunemann, den Arm auf die Lehne seines Sessels stemmend und sich nach dem Angeklagten herumwendend.

»Ja, können Sie sich nicht denken, daß ich das Breittreten der albernen Kleinigkeiten satt habe?« erwiderte dieser mit einem so wütenden Ausdruck, daß der Fragende unwillkürlich zurückfuhr. »Ich habe gesagt, was mir gerade einfiel, und nächstens werde ich überhaupt nichts mehr sagen. Es war ein Kimono, ein Nachthemd, eine Zahnbürste, ein Revolver und eine Flasche Gift darin. Das ganze Paket wächst mir zum Halse heraus.«

Dr. Zeunemann wartete eine Weile und sagte dann ruhig: »Ich frage Sie nicht aus, weil es mir Vergnügen macht, sondern weil es meine Pflicht ist. Ich hoffe, Sie sehen das ein und entscheiden sich, was Sie endgültig als den Inhalt des Paketes angeben wollen.«

Derugas Züge glätteten sich. »Wahrhaftig«, sagte er mit einem liebenswürdigen Lächeln, »ich bin ein grober Kerl, entschuldigen Sie mich. Es war also ein Kimono in dem verwünschten Paket.«

»Den Sie der bewußten Dame leihen wollten«, fügte Dr. Zeunemann hinzu.

»Der Fasching beginnt meines Wissens erst im Januar«, bemerkte der Staatsanwalt.

Deruga lachte. »Die Dame machte entweder ihre Vorbereitungen sehr früh oder sie brauchte ihn für einen anderen Anlaß. Ich werde sie gelegentlich fragen und es Ihnen dann mitteilen.«

Der Staatsanwalt bebte vor Ärger, um so mehr, als er auf dem Gesicht des Justizrats und auf dem des Vorsitzenden ein belustigtes Lächeln sah, das der letztere aber schnell unterdrückte. »Gehen wir nun«, sagte er, »zu der Rückkehr des Angeklagten am 3. Oktober über. Was ging dabei vor? Besinnen Sie sich noch, Fräulein Klinkhart, was Dr. Deruga sagte?«

»O ja«, antwortete sie. »Ich sagte: ›Gut, daß Sie kommen, Doktor. Es warten einige Patienten über zwei Stunden auf Sie.‹ Der Doktor sagte: ›Desto schlimmer für sie, ich bin sehr müde und will mich sofort zu Bett legen.‹ Ich fragte, ob er nicht wenigstens einen Augenblick selbst mit ihnen sprechen und sie wieder bestellen wollte. Da machte er eine abwehrende Bewegung mit der Hand und sagte: ›Ich kann nicht‹, und da wußte ich, daß ich nicht weiter in ihn dringen dürfte.«

»Fiel Ihnen denn dieses Benehmen nicht auf?« fragte der Vorsitzende.

»Durchaus nicht«, sagte Fräulein Klinkhart. »Er leidet an Migräne, und wenn ein Anfall kommt, hat er solche Kopfschmerzen, daß ihm alles einerlei ist. Er legt sich dann hin; und ich muß ihn in Ruhe lassen. Gewöhnlich ist es am anderen Morgen vorbei. Er sah auch so fahl aus, wie er immer tut, wenn er die Migräne hat.«

»Er ging also in sein Schlafzimmer, und Sie haben ihn bis zum folgenden Morgen nicht gesehen? Hatte er das Paket bei sich, das er mitgenommen hatte?«

»Darauf habe ich nicht geachtet.«

»Ich erinnere Sie, Fräulein Klinkhart«, sagte Dr. Zeunemann streng, »daß Sie unter Eid aussagen. Es ist glaublich, daß Sie im ersten Augenblick nicht an das Paket dachten; aber da Sie am anderen Tage das Zimmer aufräumten, wird es Ihnen doch eingefallen sein?«

»Das denken Sie, Herr Präsident«, sagte Fräulein Klinkhart mit einem lebhaften Feuer ihrer stillen, braunen Augen, »weil Sie einen Argwohn haben und sich womöglich einbilden, es wäre irgendein Mordinstrument in dem Paket gewesen. Ich war aber unbefangen, und deshalb fand ich das Paket gar nicht wichtig, was es auch gewiß nicht war. Aber wenn ein Kostüm darin gewesen war, das er jemandem geliehen hatte, so konnte er es ja auch gar nicht wieder mitbringen.«

»Ja, wenn«, sagte Dr. Zeunemann, »das stimmt. Besaß denn der Angeklagte einen chinesischen Kimono?«

»Chinesisches Zeug habe ich einmal gesehen«, sagte Fräulein Klinkhart. »Nebenbei kenne ich aber nicht alles, was der Doktor besitzt. Ich bin kein Spion.«

Dr. Zeunemann blätterte eine Weile in den Akten und fragte dann: »Hat der Angeklagte Ihnen sofort Mitteilung davon gemacht, als er die Nachricht von der Erbschaft bekam, die ihm zugefallen war?«

»Ja, er rief mich herein«, erzählte Fräulein Klinkhart, »denn ich war gerade in der Küche, und er war sehr erregt und machte allerlei Zukunftspläne und fragte mich, was ich mir wünschte, aber etwas Schönes und Kostbares sollte es sein. Ich sagte, ich hätte nur einen einzigen Wunsch, nämlich ein paar Brillantohrringe. Die versprach er mir, aber er neckte mich damit, wie es so seine Art war. Wir haben sehr gelacht.«

»Er freute sich also sehr?«

»Gewiß«, sagte Fräulein Klinkhart ruhig, »er war geradezu toll vor Freude. Er litt immer unter der Beschränktheit seiner Mittel und liebte es, sich auszumalen, daß er reich wäre. Er war wie ein Kind, wenn er in solchen Vorstellungen schwelgte. Aber oft sagte er schon eine Stunde nachher, daß er den ganzen Bettel verachte.«

Zum Beschluß wurden noch ein Schneider und ein Friseur vernommen, welchen Deruga größere Beträge schuldig war. Die Eleganz des Schneiders war nicht einschmeichelnd wie die des Hofrats von Mäulchen, sondern vernichtend, und zwar zermalmte sie weniger die ganz armen Teufel, für welche sie überhaupt nicht in Betracht kam, als diejenigen, die zwar Geld hatten, aber nicht genug, oder nicht Geschmack und Erziehung genug, um sich ihm oder einem ihm ebenbürtigen Kleiderkünstler anzuvertrauen. Er sagte aus, er habe sehr bald Mißtrauen geschöpft, weil er Dr. Deruga nicht für einen wahrhaft feinen Gentleman hätte halten können. Er, der Schneider, habe nur hochfeine Kundschaft und sei deshalb in diesem Punkte nicht leicht zu täuschen. Deruga sei viel zu kordial im Verkehr mit seinen Angestellten gewesen und habe zuweilen mit ihm, dem Schneider, Späße gemacht, die er in Gegenwart seiner Angestellten, des Respekts wegen, nicht gerne angehört hätte. Seine diesbezüglichen Andeutungen habe Deruga nicht verstanden. Er habe Deruga daher auch halbjährliche Rechnungen geschickt, während er den feinen Kunden nur jährliche schickte. Deruga sei ihm seit zweieinhalb Jahren eintausend Mark schuldig, das sei nicht viel, und er würde einem feinen Kunden gegenüber kein Aufheben davon machen; es könne ihm aber natürlich nicht gleichgültig sein, wenn es sich um einen Mann mit zweifelhaftem Charakter handle.

Auf die Frage, ob Deruga ihm gegenüber von einer zu erwartenden Erbschaft oder sonst von Geldquellen gesprochen hätte, die ihm zur Verfügung ständen, sagte der Schneider mit vornehmer Zurückhaltung, Deruga habe sehr viel geschwatzt, es könnten auch derartige Worte gefallen sein; er befolge aber seit Jahren den Grundsatz, die privaten Mitteilungen, die seine Kunden ihm machten, weder zu wiederholen noch zu behalten, und sei deshalb gar nicht mehr imstande, sie sich zu merken. Vollends wären ihm die Redereien Derugas viel zu belanglos vorgekommen, als daß er sein Gedächtnis damit belastet hätte.

Der Friseur betonte mit Feuer, daß Deruga ohne Zweifel die ihm ausstehende Schuld bezahlt haben würde, wenn er ihn jemals gemahnt hätte. Deruga sei ihm aber viel zu teuer gewesen, ein Mann nach seinem Herzen, genial und edel, den zu bedienen er sich immer zur Ehre angerechnet habe. Sein Auge dringe den Menschen bis ins Innerste, er lasse sich nie durch Scheingrößen blenden, und das Geringste mißachte er nicht. »Und wenn er mir nie einen Pfennig bezahlte, meine Herren«, rief der Friseur mit Schwung aus, »ich würde ihm stets meine ganze Kraft weihen und nie aufhören zu sagen, das ist ein großer Mann.«

»War Deruga bei Ihnen«, fragte der Vorsitzende, »nachdem er von der Erbschaft in Kenntnis gesetzt worden war?«

»Ich darf mir schmeicheln, der erste gewesen zu sein«, sagte der Friseur, »dem der Herr Doktor sein Herz über dieses Ereignis ausschüttete. ›Nun werde ich dich königlich belohnen‹, sagte er zu mir, ›denn du verdienst es sowohl wegen deiner Kunst wie wegen deiner anständigen Gesinnung.‹ Herr Doktor pflegte mir nämlich zuweilen, wenn er stark in Stimmung war, das trauliche Du zu geben. Ich erwiderte, mit der Bezahlung solle er es halten wie er wolle, nur seine Kundschaft solle er mir nicht entziehen. ›Da kennst du Deruga schlecht‹, rief er aus, ›meinst du, ich unterschätze dein Kabinett, weil es in einem Seitengäßchen liegt und keine goldenen Spiegel und von denkenden Künstlern entworfene Stühle darin sind? Und wenn ich Kaiser von China würde, auf diesem schäbigen, aber bequemen Sessel, von deiner Meisterhand würde ich mich rasieren lassen. Ich hasse und verabscheue das Geld, und wenn ich es nicht brauchte, um das Ungeziefer, Menschen genannt, mir vom Leibe zu halten, würfe ich die ganze Erbschaft in den nächsten Straßengraben.‹«

Der Staatsanwalt schüttelte mit verzweifeltem Hohnlachen den Kopf. Quosque tandem? stand auf seinem Gesicht geschrieben; schreit sein Lästern noch nicht genug zum Himmel?

»Kam der Angeklagte täglich zu Ihnen?« fragte der Vorsitzende.

»Ich darf wohl sagen, im allgemeinen täglich«, erwiderte der Friseur. »Sowohl ich selbst wie meine Kunden vermißten ihn aufs schmerzlichste, wenn er einmal ausblieb.«

»Erinnern Sie sich, ob er am 2. und 3. Oktober des vorigen Jahres ausblieb?«

»Ich erinnere mich«, sagte der Friseur, »daß ich ihn im Spätsommer oder Herbst einmal ein paar Tage lang nicht sah. Das Datum habe ich mir aber nicht gemerkt.«

»Sie erinnern sich auch nicht, was er, als er wiederkam, als Grund seines Ausbleibens angab? Wie Sie mit ihm standen«, setzte Dr. Zeunemann in etwas strengerem Tone hinzu, »ist anzunehmen, daß Sie ihn danach fragten.«

»Ich erinnere mich allerdings«, erwiderte der Gefragte, »daß ich es unterließ, ihn zu fragen, weil er schweigsam und in sich gekehrt war. Ich bin nach meinem Beruf nur Friseur«, setzte er mit Hoheit hinzu, »aber mir ist so viel Takt angeboren, daß das Vertrauen eines edlen Menschen mich nicht zudringlich macht, und daß ich fühle, wann Heiterkeit und wann Ernst am Platze ist. Gerade den Herrn Doktor habe ich nie ausgehorcht und zum Reden anzustacheln versucht, wenn er in sich versunken oder umwölkten Mutes zu sein schien.«

»Was für Vermutungen«, fragte der Vorsitzende weiter, »hatten Sie denn bei sich über das Ausbleiben des Angeklagten und über seine ungewöhnlich ernste Stimmung?«

»Gar keine«, sagte der Friseur, milde Mißbilligung und Belehrung im Ton, »ich erlaubte mir gar keine.«

Dr. Zeunemann gab es auf und wollte den Zeugen eben entlassen, als der Staatsanwalt noch eine Frage an ihn richten zu wollen erklärte.

»Hat der Angeklagte im Spätsommer des vorigen Jahres oder noch früher eine Perücke oder einen falschen Bart oder beides bei Ihnen gekauft oder geliehen?«

»Ich bedaure«, sagte der Friseur mit höflich schadenfrohem Lächeln, »aber dergleichen Artikel führe ich nicht. In einem kleinen, bescheidenen, abgelegenen Geschäft wie dem meinigen lohnt sich das nicht.«

Es war schon eine vorgerückte Abendstunde, und der Vorsitzende hob die Sitzung auf. Als der Justizrat die Hand auf die Schulter Derugas legte, der mit aufgestütztem Kopfe dasaß, fuhr dieser herum und sah den andern mit blinzelnden Augen unsicher an.

»Ich glaube, weiß Gott, Sie haben geschlafen?« fragte der Justizrat zwischen Staunen und Entrüstung.

»Ich glaube auch«, sagte Deruga; »das letzte, was ich sah, war der Kerl, der Schneider. Der ekelte und langweilte mich so, daß ich die Augen zumachte, und da war ich sofort weg. Ich habe mir das in meiner Universitätszeit angewöhnt, wo ich oft sehr müde war. Ich konnte stundenlang während der Vorlesungen schlafen, ohne daß es jemand merkte, ausgenommen mein Freund Carlo Gabussi, der neben mir saß. O traurige Jugend und süße Erinnerung!«

II

Die Sitzung des nächsten Tages eröffnete Dr. Zeunemann mit der Erklärung, eine Zeugin, die aus Ragusa gekommen sei, habe gebeten, sofort vernommen zu werden, damit sie möglichst bald zu ihrer Familie zurückreisen könne. Er habe um so weniger Anstoß genommen, ihrer Bitte zu willfahren, als er sie nicht für wichtig halte und sie nur auf Ansuchen des Verteidigers zulasse. Immerhin werde man von ihr Aufschlüsse über die Beziehungen des Angeklagten zu seiner geschiedenen Frau während der ersten Zeit seiner Ehe erhalten.

Auf seinen Wink trat eine mittelgroße Dame ein, die mit einer ziegelroten Schabracke behängt war und auf ihrem brandroten, in vielen Tollen und Puffen aufgesteckten Haar einen großen, von einem Niagarafall weißer und blauer Straußenfedern überstürzten Hut trug. Sie trat ein paar Schritte vorwärts, blieb dann stehen und sah mit suchenden Blicken um sich, ein erwartungsvolles Lächeln auf den Lippen. Augenscheinlich hatte sie sich den Platz des Angeklagten beschreiben lassen, denn dort blieb der Blick hängen, ohne zunächst durch das Ergebnis seiner Forschung befriedigt zu werden.

Plötzlich indessen stieß sie einen Schrei aus, rief mit kreischender Stimme: »Dodo!« und lief mit ausgestreckten Armen auf Deruga zu. Sie hatte ihn jedoch nicht erreicht, als der Gerichtsdiener, der sie hereingeführt hatte, ihrer habhaft wurde und sie vor den kleinen Tisch im Angesicht der versammelten Richter stellte, wo sie den Eid zu leisten hatte. »Entschuldigen Sie«, sagte sie schluchzend, indem sie ihr Taschentuch hervorzog, »aber das war zuviel für mich. Dies Wiedersehen nach so viel Jahren! Die Veränderung! Und im Grunde doch dasselbe liebe, närrische Gesicht! Wenn Sie mir eine Pfanne mit glühenden Kohlen herstellten, Herr Präsident, so schwöre ich Ihnen, ich halte die Hand hinein, um seine Unschuld zu beweisen!«

»Die Sache ist leider nicht so einfach«, sagte Dr. Zeunemann mit wohlwollender Überlegenheit. »Hingegen können Sie uns unsere Arbeit sehr erleichtern und dem Angeklagten nützen, wenn Sie, was Sie zu sagen haben, kurz, klar und folgerichtig sagen. Sie heißen Rosine Schmid, geborene Vogelfrei, sind Hauptmannsgattin und vierundvierzig Jahre alt?«

»Jawohl«, sagte die Dame, »ich gehöre nicht zu denjenigen Frauen, die sich ihres Alters schämen. Übrigens tun die Männer auch, was sie können, um jung zu erscheinen, besonders beim Militär, und würden es noch mehr tun, wenn so viel für sie davon abhinge wie für uns Frauen.«

»Frau Hauptmann«, sagte der Vorsitzende, »Sie kennen den Angeklagten Sigismondo Enea Deruga, sind aber mit ihm nicht verwandt. Wollen Sie so gut sein und mit Vermeidung alles Überflüssigen erzählen, wann und unter welchen Umständen Sie ihn kennenlernten?«

»Mit Vergnügen will ich das«, sagte Frau Hauptmann Schmid lebhaft. »Alles will ich sagen, was ich weiß, denn dazu bin ich ja hergekommen. ›Und wenn ich bis ans Ende der Welt reisen müßte‹, sagte ich zu meinem Mann, ›ich täte es, um dem Dodo aus der Patsche zu helfen. Das hat er um mich verdient, so lieb und gut wie er immer war.‹ Und getan hat er es auch nicht, denn wenn er auch etwas toll und originell war, den Topf voll Mäuse, gemordet hat er sicherlich keinen Christenmenschen und am wenigsten die gute Seele, seine Frau.«

»Wie kommt es, daß Sie den Angeklagten einen Topf voll Mäuse nennen?« fragte Dr. Zeunemann.

»So nennt man doch«, erklärte Frau Schmid, »die Figur, die bei den Feuerwerken gewöhnlich zuletzt kommt, wo es so kracht und prasselt, daß man glaubt, einen feuerspeienden Berg vor sich zu haben. Es war eine Art Kosename, den seine Frau ihm gegeben hatte, weil er zuweilen Anfälle von Wut bekam, wo er Rauch und Feuer spuckte, so daß sie sich vor ihm fürchtete.«

»Sonderbarer Kosename«, meinte der Vorsitzende.

»Ach, Herr Präsident«, sagte die Frau Hauptmann lachend, »er meinte es ja im Grunde nicht böse, sowenig wie ein Topf voll Mäuse gefährlich ist. Darum paßte der Name gerade so gut, und wir nannten ihn alle so, obgleich es sich für mich, so ein junges Mädchen, wie ich war, kaum recht schickte.«

»Ich bitte zu beachten«, sagte der Staatsanwalt, »daß nach Aussage der Zeugin die damalige Frau Deruga sich vor ihrem Mann fürchtete.«

Frau Hauptmann Schmid drehte sich schnell nach dem Sprecher um und sagte, während ihr das Blut ins Gesicht stieg: »Wenn Sie glauben, Sie hätten damit einen Vorteil über den Herrn Doktor gewonnen, daß ich gesagt habe, er sei aufbrausend, so sind Sie gewaltig im Irrtum. Die Aufbrausenden sind die Schlimmsten nicht, und das sagt ja auch das Sprichwort: Hunde, die bellen, beißen nicht. Ich habe oft zu meinem Manne gesagt: ›Meinetwegen möchtest du schimpfen und fluchen, ja, sogar in Gottes Namen zuschlagen, nur das Maulen und Scheelblicken, das Brummen und Nachtragen, das ist mir zuwider‹, und ich glaube, daß einer, dem es nie überläuft, das Herz nicht auf dem rechten Flecke hat.«

Der Vorsitzende machte eine abschließende Handbewegung und sagte: »Ihre Mitteilungen, Frau Hauptmann, sind uns sehr wertvoll. Vielleicht erzählen Sie uns zunächst, auf welche Weise Sie die Bekanntschaft des Angeklagten machten!«

»Sehr gern, sehr gern«, sagte Frau Hauptmann, »ich habe

auf der langen Reise immer an jene Zeit gedacht, darum ist mir alles gegenwärtig, obschon es jetzt vierundzwanzig Jahre her ist. Ja, vierundzwanzig Jahre ist es her, und einundzwanzig Jahre war ich damals alt. Die Großmutter hatte gerade viel Geld bei der Lotterie verloren. Denn, obwohl sie sich einbildete, ein Muster von Vernunft zu sein, konnte sie doch nicht leben, ohne zu spielen. Und wenn sie sich das Geld hätte zusammenbetteln müssen, gespielt mußte werden. Weil nun der Großvater ärgerlich war, was er zwar nicht aussprach, denn das traute er sich nicht, aber er machte ein langes Gesicht und manchmal eine spöttische Bemerkung, wollte die Großmutter es wieder einbringen und richtete das alte Lusthäuschen am Gartenzaun zum Vermieten ein, und es wurde eine Anzeige für die Zeitung gemacht. Ich weiß noch wie heute, wie wir abends spät um den Tisch der Lampe saßen und uns abrackerten, um die Sache in richtiges Deutsch zu bringen. Denn der Großmutter war das Schriftliche nicht geläufig, und der Großvater wollte nichts damit zu tun haben. Erstens, sagte er, schicke es sich für den Offiziersstand nicht, Zimmer zu vermieten – er war nämlich Hauptmann, aber schon lange nicht mehr im Dienst –, zweitens möchte er keine Fremden im Hause leiden, und drittens sei es eine Schande, arglosen Leuten die alte Baracke als Wohnung aufzuschwatzen.«

»Ihre Großmutter war offenbar keine Deutsche«, schaltete der Vorsitzende ein, »da ihr das Deutsche nicht geläufig war?«

»Nein, natürlich nicht«, antwortete Frau Schmid, »sie war ja aus Bosnien; aber sie war eine sehr schöne Frau und übrigens auch gebildet, nur nicht in den Wissenschaften.«

»Und Ihre Eltern?« fragte der Vorsitzende.

»Ja, meine Eltern waren auch von dorther«, sagte die Frau Hauptmann ein wenig errötend; »aber sie waren zu früh gestorben, als daß ich mich ihrer hätte erinnern können, und ich sah eigentlich den Großvater und die Großmutter als meine Eltern an. Also, um in meiner Erzählung fortzufahren, als der

Großvater das sagte, geriet die Großmutter in eine Furie und sagte, das Lusthaus hätte der Kaiser Joseph oder Ferdinand oder Maximilian, das weiß ich nicht mehr, für seine Geliebte gebaut, da in dieser Gegend noch lauter Wald und Heide gewesen wäre, und es wäre noch etwas Malerei an der Decke und eine steinerne Vase, wenn auch zerbrochen, an der Treppe. Außerdem wolle sie es den Leuten gar nicht aufschwatzen, nur zeigen; sie könnten ja die Augen auftun und mit Gott wieder heimgehen, wenn es ihnen nicht paßte. Wenn die Großmutter in der Furie war, sah sie sehr majestätisch aus; sie hatte eine gebogene Nase, wie ein Papagei, aber Augen, schöner wie Diamanten, und dickes weißes Haar, das wie ein Schneeberg über ihrem Kopf stand. Um sie zu begütigen, half der Großvater doch mit bei der Anzeige, und sie lautete schließlich so: ›Hier ist ein fesches Sommerhaus zu vermieten, auch winters brauchbar, wenn es beliebt. Es liegt im Grünen und hat einige Möbel. Besonders geeignet für ein junges Ehepaar.‹ Die Großmutter wollte nämlich zuerst schreiben: ›für ein Liebespaar‹. Da wurde aber der Großvater beinahe böse und sagte, die Großmutter würde ihn noch um Ehre und guten Namen bringen, und sie wäre ärger als eine Zigeunerin. Da gab die Großmutter nach, denn sie hatte eine große Hochachtung für des Großvaters Vornehmheit und Weltkenntnis, und es wurde statt dessen das ›junge Ehepaar‹ gesetzt.«

»Und auf diese Anzeige hin kamen Herr Dr. Deruga und seine Frau?« fragte der Vorsitzende. »Wann war das?«

»Vor dreiundzwanzig Jahren, wie ich schon sagte«, antwortete Frau Schmid; »es mag im Mai gewesen sein.«

»Juli war es«, sagte Deruga, »denn die Linde, unter der wir abends saßen, duftete, und der Rosentriumphbogen über der Gartenpforte blühte, als wir das erstemal hindurchgingen.«

Alle blickten erstaunt nach dem Angeklagten, dessen wohllautende Stimme und melodischer Tonfall jetzt erst auffielen; was er sagte, hatte fast wie ein kleines Lied geklungen.

Die farbenprächtige Frau zeigte wieder eine Neigung, auf

ihn zuzulaufen, unterdrückte sie aber und sagte nur: »Recht haben Sie, es war Juli! Sie wissen es am besten und könnten überhaupt alles viel besser und schöner erzählen als ich.«

»Schräg über unserm Pavillon stand das Sternbild des Wagens«, sagte Deruga, »und wenn wir nachts Hand in Hand nach Hause kamen, Mingo und ich, sah ich ihn an und dachte: Wie bald, fliegender Wagen der Zeit, wirst du uns von diesen schnellen, törichten Augenblicken fortführen in das namenlose Dunkel.«

»Ja, etwas Ähnliches muß ich wohl mal von Ihnen gehört haben«, fiel Frau Schmid lebhaft ein; »denn im folgenden Sommer, wenn der Wagen hoch am Himmel stand, sah er mir immer so leer aus, und doch hatte ich sonst auch niemand darin sitzen sehen, natürlich.«

»Sie haben also noch zuweilen an uns gedacht, Brutta?« fragte Deruga.

Frau Hauptmann Schmid zog ihr Taschentuch und brach in Tränen aus. »Ach«, schluchzte sie, »das greift mir ans Herz, wenn Sie mich bei dem Namen anreden. Es nennt mich ja seit Jahren niemand mehr so, denn der Großvater und die Großmutter sind lange tot, und ich möchte gar nicht wieder hin nach dem alten Hause. Wer weiß, ob der Wagen noch darübersteht!«

Der Vorsitzende nahm jetzt den Faden des Verhörs wieder auf, indem er Frau Schmid bat, sich zu beruhigen, und sie fragte, ob die Eheleute Deruga den Eindruck eines glücklichen Paares gemacht und ob sie ihren Großeltern gefallen hätten.

»Und wie!« sagte Frau Schmid, »besonders der Doktor. Das heißt, dem Großvater gefiel die Frau besser, aber er hielt sich zurück. Dagegen, wenn die Großmutter einen leiden mochte, dann merkte man's. Und vom ersten Augenblick an sagte sie, ›das wäre ein Mann für mich gewesen‹.«

»Wie kam sie darauf?« fragte Dr. Zeunemann. »Erwies er Ihnen Aufmerksamkeiten?«

»Keine Spur!« sagte Frau Schmid. »Er spaßte nur mit mir,

wie das so seine Art war. Zum Beispiel sagte er mir immer, ich wäre so häßlich, daß man mich nur mit einem Auge ansehen könnte, sonst hielte man es nicht aus; und wenn ich ihm in den Weg kam, kniff er ein Auge zu, bald das eine, bald das andere. Um sie zu schonen, wie er sagte. Die Grimassen, die er dabei machte, waren zu komisch, daß ich nicht aufhören konnte zu lachen, und die Großmutter lachte auch; aber sie ärgerte sich doch ein bißchen. Das ließ sie übrigens nie an ihm aus, sondern an mir, wie ich denn überhaupt, um die Wahrheit zu sagen, viel von ihr ausgestanden habe; denn sie war rasch und zornig, obwohl sonst eine herrliche Frau, die ich bis an mein Lebensende lieben und verehren werde.«

»Empfanden Sie das Benehmen des Angeklagten nicht als unzart?« erkundigte sich der Vorsitzende.

»Bewahre!« sagte Frau Schmid. »Wenn einem auf solche Weise gesagt wird, daß man häßlich ist, glaubt man hübsch zu sein. An Heiraten habe ich nie gedacht, er hatte ja eine Frau, und noch dazu eine, die ich schwärmerisch verehrte. Die Großmutter gewann sie erst allmählich lieb, dann aber war sie fast mehr in sie als in den Doktor verliebt. Anfangs hatte sie allerlei an ihr auszusetzen: sie wäre zu alt für den Doktor – tatsächlich zählte sie ein paar Jahre mehr –, und namentlich wäre sie nicht feurig genug für einen so hübschen und reizenden Mann. Ihr Gesicht wäre nicht übel, wenn man genau zusähe, aber ihre Augen wären zu sanft und dadurch langweilig. Immer gleiche Freundlichkeit wäre wie Milchbrei; müßte man den täglich essen, würde einem übel. Dagegen ein gut gepfeffertes und gezwiebeltes Gulasch würde einem nie zuwider. Nur eins ließ meine Großmutter an ihr gelten: das war ihr Nacken. Die arme Frau trug nämlich immer den Hals frei, obschon das damals nicht so in der Mode war wie heutzutage, und wenn sie durch den Garten ging, leicht, wie wenn sie Flügel an den Füßen hätte, sagte meine Großmutter: ›Übrigens gefällt sie mir nicht, aber ich möchte sie einmal auf den Nacken küssen.‹

Eines Tages, es muß im Oktober gewesen sein, weil wir die Trauben abgenommen hatten, war die Großmutter besonders schlechter Laune wie jedes Jahr bei der Traubenernte. In der Zwischenzeit bildete sie sich nämlich ein, daß sie süß wären, und kam dann die Zeit heran, waren sie doch wieder sauer. Morgens beim Frühstück gab sie mir eine Ohrfeige, weil ich die Kaffeetasse umgeworfen hatte. Das heißt, sie hatte mir einen Stoß gegeben, aber sie sagte, das wäre keine Entschuldigung, denn ich hätte sie dumm angeglotzt. Bei der Gelegenheit sagte sie mir auch, wenn ich wenigstens gescheit wäre, so möchte ich hingehen, aber häßlich und dumm, da könnte es einen nicht wundern, daß der Doktor mich nicht genommen habe; daß er mich als unverheirateter Mann gar nicht gekannt hatte und mich aus dem Grunde gar nicht hätte heiraten können, leuchtete ihr niemals ein. In der Küche stellte ich mich auch an wie ein Tölpel, sagte sie, und doch hinge vom Kochen das Glück der Ehe ab, und daß sie große Stücke darauf hielt, danke ich ihr noch tagtäglich, wenn mein Mann sagt, in den feinsten Hotels von Wien und Prag schmecke es ihm nicht so gut wie zu Hause, und doch ist er weit herumgekommen und versteht sich darauf.

An dem Tage nun wollte ich einen Risotto machen, und weil ich schon einmal einen unter der Aufsicht der Großmutter gemacht hatte, dachte ich, dabei würde es mir gewiß nicht fehlen. Ich schnitt also meine Zwiebeln und Leber und alles und richtete das Zeug an, und plötzlich fiel mir ein, daß ich Hunger hätte, und daß gewiß noch eine Traube hängengeblieben wäre, die ich mir holen könnte, ohne daß die Großmutter es merkte. Ich schüttete noch ein wenig Fleischbrühe nach und dachte, auf die Art könne ich es ruhig eine Weile gehenlassen. Eigentlich nämlich muß der Risotto fortwährend gerührt werden, und das wußte ich gut genug; aber ein bißchen keck und leichtsinnig war ich schon. Jetzt kann ich das nicht mehr begreifen, aber in der Jugend kommt man unversehens von einem aufs andere, wenn man sich die Zukunft ausmalt: Verehrer, Körbe, Hochzeit und so weiter, und ich vergaß über solchen Träumereien wahrhaftig das Mittagessen. Auf einmal steht die Großmutter vor mir, in der Nachtjacke, das Gesicht rot wie ein glühender Ofen, und schreit: ›Da steht sie und maust, die Dirne, die mir den ganzen Risotto verbrannt hat!‹ Wahrhaftig, ich roch es selbst durch das offene Küchenfenster, unter dem wir standen, und unbegreiflich ist es, daß ich es vorher nicht gemerkt hatte. Und dann fiel sie über mich her, griff mit der einen Hand in meine Haare und schlug mit der anderen so auf mich los, daß mir zumute war, als hätte mich der Wirbelwind gefaßt und drehte sich mit mir im Kreise herum. Weh tat es mir nicht, dazu war ich zu erstaunt. Aber noch viel mehr erstaunte ich, als plötzlich die Großmutter ihrerseits von einem Sturmwind erfaßt und zurückgerissen wurde und Frau Dr. Deruga zwischen uns stand, wie der Engel mit dem feurigen Schwerte, der Adam und Eva aus dem Paradiese trieb, mit Augen, die nicht blau wie sonst, sondern schwarz waren und knisterten, so kam es mir nämlich vor in meiner Erregung.

›Lassen Sie das Kind los, Sie abscheuliche, gottlose Hyäne!‹ rief sie so laut und hart, wie sie mit ihrer weichen Stimme konnte; und nach einer kleinen Pause sagte sie ein wenig weicher und gelinder: ›Megäre, wollte ich sagen.‹ Wie sie das gesagt hatte, kam es ihr wohl selbst ein wenig komisch vor, daß sie in den Mundwinkeln zu lachen anfing, und dann lachte die Großmutter geradeheraus, und wie ich das hörte, lachte ich dermaßen, daß ich ordentlich kreischte, und fiel der Frau Doktor um den Hals, der die Tränen aus den Augen sprangen vor Lachen.«

Während dieser Erzählung beobachteten sowohl die Richter wie Dr. Bernburger in unauffälliger Weise den Angeklagten, in dessen Mienen sich deutlich ausprägte, wie er die wiedererstehende Vergangenheit miterlebte, seine länglichen, schöngeschnittenen Augen erglänzten wie die Schuppen eines silbernen Fisches. Er schien seine Lage und Umgebung vollständig vergessen zu haben und sagte unbefangen zu der alten Freundin:

»Arme Marmotte« (so nannte er seine Frau), »arme, gute, feige Person! So hatte sie später ihr Junges gegen mich verteidigt, das natürlich seine Prügel ebenso verdiente wie Sie damals, Brutta. Aber erzählen Sie weiter, erzählen Sie: was tat die Großmutter?«

»Der Großmutter«, fuhr die Frau Hauptmann fort, »waren die Augen auch feucht, aber nicht nur vom Lachen, sondern gerührt war sie, gerührt über die Frau Doktor, und machte kein Hehl daraus; denn obwohl sie, wie schon gesagt, eher scharf und zornig war, so war sie doch ohne Falsch und zögerte nicht, ein Unrecht zuzugestehen, wenn sie es nämlich eingesehen hatte. Sie stemmte die Arme in die Seite und sagte: ›Also so sieht das stille Wasser aus! Eine richtige Feuerflamme kann herausschlagen! Da bin ich freilich so dumm wie alt gewesen. Und wenn ich heute unser Herr Doktor wäre, ich würde Sie morgen vom Fleck weg heiraten, so gut haben Sie mir eben gefallen. Und nun muß ich Sie auf den Nacken küssen!‹ Damit umarmte sie die Frau Doktor und küßte sie nicht nur auf den Nacken, sondern auch auf beide Backen, und dann sagte sie, der Risotto solle nun vergeben und vergessen sein, und sie wolle für das Mittagessen sorgen, denn kochen könne sie besser, als man es von einer gottlosen Hyäne erwarten würde. In der Tat brachte sie in einer Stunde das feinste Essen zusammen, nämlich Fleischpastete und Marillenknödel, und ich begreife heute noch nicht, wie sie es machte, denn das sind Gerichte, zu denen man seine Zeit braucht. Helfen mußte ich allerdings doch und bekam Püffe und Kniffe, aber das schadete nicht, weil sie ein vergnügtes Gesicht dazu machte. Nachher beim Mittagessen, an dem die arme Marmotte, ich meine die Frau Doktor, auch teilnehmen mußte, sprach die Großmutter viel über Erziehung, und daß namentlich die Mädchen lernen müßten, nicht so heikel und empfindlich zu sein, denn bei den Männern wären sie nicht auf Daunen gebettet, und wenn eine nicht einen Puff vertrüge und sich ihrer Haut wehren könnte, ginge es ihr schlecht; die Wehleidigen und die Nachgiebigen würden nur verachtet. Eine Frau, die ihnen keinen Vorteil brächte, sähen die Männer nur als eine Last an, deshalb müßte ein Mädchen entweder Geld haben oder kochen können. Die arme Marmotte rühmte ihren Mann, daß er nicht so wäre, aber die Großmutter, die doch bisher soviel Wesens von ihm gemacht hatte, sagte, da gäbe es keine Ausnahmen. In diesem Punkte wäre einer wie der andere, und wenn die Liebe einmal einen uneigennützig machte, haßte er die Frau nachher doppelt, die ihn so verblendet hätte.«

»Warum sagen Sie immer ›arme Marmotte‹?« fragte der Vorsitzende, der mit außerordentlicher Geduld zugehört hatte.

»Nun, weil sie tot ist«, antwortete die Frau Hauptmann nach einer Pause verblüfft.

»Ach so«, sagte Dr. Zeunemann, »bei ihren Lebzeiten haben Sie nicht so von ihr gesprochen?«

»Bewahre«, sagte Frau Schmid, »sie kam mir im Gegenteil beneidenswert vor. Nun ja, etwas Hilfloses hatte sie an sich, und zuweilen war sie auch traurig und sah ängstlich aus, und da mag ich sie wohl einmal ›arme Marmotte‹ genannt haben.«

»Wissen Sie, warum sie zuweilen traurig war?« fragte der Vorsitzende.

»Warum?« fiel Deruga höhnisch ein. »Das kann ich Ihnen sagen. Weil sie ihren Mann nicht so liebte, wie sie sollte, weil sie an einen anderen dachte, der besser zu ihr passen würde, und weil sie Angst vor meiner Eifersucht hatte. Denn wir Italiener haben nicht Milch oder Wasser in den Adern, sondern Blut, und dann werden unsere Augen blutrot, wenn wir zornig werden.«

Frau Hauptmann warf einen erschrockenen und tadelnden Blick auf Deruga und sagte zu den Richtern gewendet:

»Er macht nur Spaß! Er war immer ein Spaßmacher und liebte es, die Leute zu foppen und zu erschrecken.« Dann wieder zu ihm herüber: »Warum hätte die arme Marmotte Sie denn geheiratet? Ein Kind konnte ja sehen, wie lieb sie Sie hatte.«

Deruga hatte bereits den Kopf wieder auf die Hand gestützt, so daß man sein Gesicht nicht sah, und gab kein Zeichen des Anteils mehr.

»Wenn sie sich vor ihm fürchtete«, fuhr Frau Schmid, zu den Richtern gewendet, fort, »so war das sicherlich nicht seine Schuld, sondern es kam von ihrer außerordentlichen Furchtsamkeit. Einmal in der Nacht fiel etwas mit einem Betrunkenen vor. Ich erinnere mich nicht mehr genau daran, aber ich weiß, wie sie von uns allen damit geneckt wurde.«

Der Vorsitzende ermunterte Frau Schmid, sich zu besinnen oder zu erzählen, was sie noch davon wisse. Dann, da ihr nichts einfiel, fragte er Deruga, ob er sich vielleicht noch daran erinnere.

Deruga hob den Kopf und sah aus, als habe er keine Ahnung, wovon die Rede sei.

»Ach, Sie wissen doch, Doktorchen«, redete ihm Frau Schmid zu. »Es kam nachts ein Betrunkener am Pavillon vorbei und grölte so laut, daß Ihre Frau davon aufwachte und dachte, es wäre unter dem Fenster. Es wird im November gewesen sein, denn es war eine stürmische und regnerische Nacht, und Sie hatten keine Lust aufzustehen und stellten sich schlafend, während Ihre Frau fast verging vor Angst. So ungefähr war es, erinnern Sie sich denn nicht mehr daran?«

»O ja«, sagte Deruga, »es stellte sich eine ungewöhnliche Zärtlichkeit bei meiner Frau ein. Ich wachte auf, weil sie sich an mich schmiegte und ihren Kopf dicht an meinen Hals drückte, und als ich mich noch in dem Traum wiegte, es habe sie plötzlich eine Leidenschaft für mich überkommen, flehte sie mich an, ich solle sie vor dem Betrunkenen schützen. ›Er ist unter dem Fenster‹, sagte sie, ›im nächsten Augenblick wird er hereinkommen. Was fangen wir an, oh, was fangen wir an! Schließe wenigstens das Fenster.‹ Ich rief: ›Ich werde mich hüten, das zu tun; so bist du doch einmal zärtlich gegen mich‹ –

und ich habe es ausdrücklich ziemlich bösartig gesagt, denn sie ließ mich los und drehte ihr Gesicht nach der anderen Seite und weinte. Ich sagte noch viel beißender als vorher, sie solle nicht so dumm sein und weinen, und übrigens, wenn sie sich unglücklich fühle, brauche sie nicht für das Leben zittern. Und wenn sie zum Sterben unglücklich sei, sagte sie, sie möchte doch nicht, daß ein ekelhafter, betrunkener Mensch sie anfaßte und erwürgte. Daß sie gar nicht unglücklich wäre, sagte sie nicht. ›Der Kerl liegt draußen im Straßengraben und wird singen, bis er einschläft‹, sagte ich, und dann stellte ich mich schlafend, um sie durch die Furcht zu quälen. Nach einer halben Stunde verstummte das Geheul, und gleich darauf schlief sie fest und ruhig, während ich wachend neben ihr lag und ihren hübschen weißen Hals betrachtete und darüber nachdachte, wie leicht ich ihre Kehle zudrücken könnte, fast ohne daß sie es merkte.«

Der Staatsanwalt zuckte triumphierend seine geschwänzten Augenbrauen und streckte, den Mund schon zum Reden geöffnet, den Zeigefinger aus, als der Justizrat die Hand gegen ihn erhob und gleichgültig, wie man einen nichtigen Einwand beseitigt, sagte: »Er hat es ja nicht getan. Hunde, die bellen, beißen nicht, wie unsere Zeugin schon sagte.«

Ehe noch der Staatsanwalt einen Laut hervorbringen konnte, erklärte Dr. Zeunemann, nachdem er durch einen verbindlichen Blick nach rechts und links die Zustimmung erbeten, aber nicht abgewartet hatte, die Sitzung der Mittagspause wegen für geschlossen. Er wollte um drei noch einige Fragen an Frau Hauptmann Schmid richten, und wenn seine Kollegen einverstanden wären, könne sie dann abreisen. Der Nachtzug nach Wien gehe um acht Uhr.

III

Dr. Bernburger hatte der Sitzung in Gesellschaft eines ihm befreundeten jungen Nervenarztes, des Dr. von Wydenbruck, beigewohnt und verließ mit ihm das Justizgebäude.

Die beiden Herren waren außerordentlich verschieden, aber durch das gemeinsame Interesse für Psychologie, und was damit zusammenhängt, ziemlich vertraut geworden, besonders seit Bernburger, als er infolge von Überarbeitung an nervösen Depressionen litt, sich von Dr. von Wydenbruck nach einer eigenen Methode hatte behandeln lassen. Während Bernburger klein war, von verkümmertem Wuchs, mit schwächlichen Gliedmaßen, dabei ein ausdrucksvolles Gesicht und unermüdlich kluge, aufmerksame Augen hatte, war Dr. von Wydenbruck von großer, schmaler und eleganter Figur und hatte so verfeinerte Züge, daß sie sich bei scharfer Beobachtung ganz zu verflüchtigen schienen. Sein Gang hatte etwas Elastisches und Biegsames, als sei er stets bereit, auszuweichen oder sich anzupassen, aber in Wirklichkeit streckte er nur höchst bewegliche Fühler aus und blieb auf dem Grunde seines Wesens von schwerer, glatter Unveränderlichkeit. »Da sind wieder einmal ein paar Hysterische zusammengekommen«, sagte er, als sie die breite, zum Mittelpunkt der Stadt führende Straße hinuntergingen.

»Sie halten Deruga doch nicht für hysterisch?« sagte Dr. Bernburger eifrig, an seinem Begleiter hinaufsehend. »Ich beurteile ihn ganz anders. Daß er den Mord begangen hat, steht mir fest, und zwar hat er ihn ohne Erregung, mit einer Ruhe ohnegleichen, ja mit einer Selbstverständlichkeit begangen, die es ihm ermöglicht hat, keinen Schnitzer zu begehen, der ihn verraten könnte. Die Verbrecher, die mit sorgfältiger Überlegung zu Werke gehen, machen bekanntlich immer irgendeinen Fehler, der ihnen zum Verhängnis wird. Deruga hat gemordet, wie ein anderer seine Suppe auslöffelt, beiläufig, beinah mechanisch, und darum hat er keine Spur hinterlassen.«

»Sehr fein bemerkt«, lobte Dr. von Wydenbruck. »Nur die unbewußten Handlungen sind lebendig und fruchtbar und in ihrer Art fehlerlos und unfehlbar. Ich möchte hinzusetzen, auch tadellos.«

»An sich meinetwegen, in bezug auf die Zweckmäßigkeit«, entgegnete Bernburger; »aber das ist jetzt nicht unser Standpunkt. Sonst wäre ja jeder unmoralische Mensch in seinen unmoralischen Handlungen tadellos.«

»Ist er denn das nicht?« fragte Wydenbruck. »Aber Deruga«, fuhr er fort, »gehört nach meinem Dafürhalten nicht dahin. Ich halte ihn und nicht minder seine Frau für moralisch zurechnungsfähig, aber für hysterisch. Mord ist in unserer Zeit nur ein den untersten Schichten des Volkes angemessenes Verbrechen; tritt er in gebildeten Kreisen auf, so deutet er auf Hysterie oder Perversität.«

»Das stimmt für uns«, sagte Bernburger, »aber nicht für die Italiener. Übrigens gibt es auch bei uns Umstände und Leidenschaften, die einen Gebildeten auf natürlicher Grundlage zum Mörder machen können, zum Beispiel Eifersucht.«

»Ich möchte die Eifersucht selbst für das Dämonische erklären«, sagte der andere. »Jedenfalls glaube ich, daß wir es hier mit einer hysterischen Mordlust zu tun haben, die nichts als verdrängter Liebestrieb ist. Obwohl Derugas Frau ihn nach Aussage dieser guten, komischen Brutta liebte, findet er keine Befriedigung. Um mehr herauszupressen, erregt er Furcht, ihre Angst verdoppelt seinen Genuß, aber seine Gier bleibt ungesättigt und wird auch über ihrem Leichnam nicht erlöschen. Diese Unglücklichen sind die eigentlichen Vampire der Sage.«

»Daß es das gibt, bezweifle ich nicht«, sagte Dr. Bernburger, »vielleicht hat sogar jeder Mensch etwas vom Vampir in sich; doch kann ich Ihre Methode, die äußeren Beweggründe gar nicht in Betracht zu ziehen, nicht billigen. Sie sind vorhanden und üben ihre Wirkung aus, so oder so.«

»Auf Gesunde, ja«, antwortete Wydenbruck, »auf Kranke

kaum oder nur, um willkürlich verwertet zu werden. Auf Hysterie deutet bei Deruga schon seine höchst merkwürdige Fähigkeit, sich auszuschalten, wann es ihm paßt. Er ist überaus reizbar, leicht bis zu Tränen ergriffen, und im nächsten Augenblick ist er von Stein. Er ist dann gewissermaßen nicht mehr da. Wenn er sich darauf legte, könnte er es vielleicht dahin bringen, sich tatsächlich zu spalten, und wir hätten dann die Erscheinung der Doppelgängerei.«

»Und die Frau?« forschte Bernburger; »warum halten Sie die Frau für hysterisch?«

»Ihre Furchtsamkeit ist ein hinreichendes Symptom«, sagte Dr. von Wydenbruck. »Beachten Sie doch, wie Mordlust und Furchtsamkeit aufeinander eingestellt sind. Es ist höchst merkwürdig, wie solche Naturen magnetisch zueinander hingezogen werden, um ihre Wesenseigentümlichkeiten durcheinander aufs höchste zu steigern und ihr Los zu erfüllen. Alle Schranken durchbrechend offenbart sich der Selbstvernichtungstrieb als rätselhafte Leidenschaft.«

Es war, als hätten sich diese Gedanken dem Justizrat Fein mitgeteilt. Denn als er seinen Klienten nach beendigter Sitzung traf, sagte er zu ihm:

»Hören Sie, Doktor, wenn wir Sie als geisteskrank hinzustellen versuchten, hätten wir, glaube ich, Aussicht.«

»Machen Sie das, wie Sie wollen«, sagte Deruga, »ich überlasse ja ohnehin alles Ihnen. Da ich ein sehr guter Mensch bin und die Dinge sehe und benenne, wie sie sind, ist es leicht möglich, daß man mich für verrückt hält.«

Der Justizrat sprach seine Absicht aus, Deruga zum Mittagessen zu begleiten. Meister Reichardt werde schon etwas Eßbares haben, soviel er wisse, führe der Alte sogar einen ganz guten Wein. Ohne einen Schluck Wein, eine gute Zigarre und eine Tasse guten Kaffee könne er allerdings um drei Uhr nicht weiterarbeiten.

»Das ist recht, daß Sie mitkommen«, sagte Deruga, »so können wir noch ein bißchen miteinander tratschen. Aber hören Sie«, unterbrach er sich plötzlich, »kommen Sie wirklich aus Teilnahme für mich, oder wollen Sie mich aushorchen?«

»Ja, mein Freund«, lachte der Justizrat, »wozu bin ich denn da? Ich vertrete ja Ihre Interessen, und wenn Sie vernünftig wären, erzählten Sie von vornherein alles mir, anstatt zur Unzeit und zu Ihrem Schaden damit herauszuplatzen. Mensch, Sie machen einem, weiß Gott, das Handwerk schwer.«

»Wenn ich eine alte Freundin nach zwanzig Jahren unverhofft wiedersehe«, entschuldigte sich Deruga, »komme ich natürlich ins Schwatzen. Sie hätten mich warnen sollen. Übrigens ist es mir ja gleichgültig.«

In Derugas kleinem, altmodisch eingerichteten Stübchen war der Tisch schon bereit, und es brauchte nur ein zweites Gedeck aufgelegt zu werden. Nachdem der Justizrat seinen ersten Hunger gestillt hatte, lehnte er sich behaglich zurück und sagte: »Sie scheinen Ihre Frau aber doch mordsmäßig geliebt zu haben?«

»Wieso?« fragte Deruga kühl. »In den Flitterwochen ist das doch selbstverständlich. Seitdem habe ich Gott weiß wie viele andere geliebt.«

»Nun ja«, meinte der Justizrat, »aber man muß doch jedenfalls eine Frau sehr lieben, um sich ihretwegen in eine solche Klemme zu bringen.«

»Erstens konnte ich das nicht voraussehen«, sagte Deruga, »und zweitens täte ich das für jeden Menschen, und es ist schlimm genug, daß das nicht alle tun. Wenn ein Jäger ein angeschossenes Tier nicht möglichst schnell vollends tötet, würde man ihn mit Recht einen rohen Kerl nennen. Menschen dagegen sieht man wochenlang, monatelang Qualen leiden, bevor sie sterben können, und hilft ihnen nicht. Schöne Nächstenliebe! Als ob man einem überhaupt ein kostbareres Geschenk machen könnte als den Tod! Ich wäre dem, der mir das Leben abkürzt, wenn ich nicht mehr dazu tauge, bedeutend dankbarer als denen, die es mir gegeben.«

»Das hat denn doch seine zwei Seiten, mein Lieber«, sagte der Justizrat. »Da könnte schließlich jeder Neffe seinen reichen Erbonkel umbringen und behaupten, er habe es aus Nächstenliebe getan.«

Deruga schoß das Blut ins Gesicht. »Was meinen Sie damit?« sagte er. »Das ist eine gemeine Anspielung, die ich mir verbitte.«

»Erlauben Sie«, sagte der Justizrat besänftigend, »das war ganz sachlich geredet, und wenn Sie empfindlich sind, kommen wir nicht weiter. Der Mensch ist einmal ein Kentaur, und außer guten Trieben gibt es auch schlechte. Und wenn einer eine Person tötet, deren Tod ihm Vorteil bringt, so muß man wenigstens mit der Möglichkeit rechnen, er habe es mindestens zum Teil des Vorteils wegen getan.«

»Sie wissen«, sagte Deruga, »daß ich von dem Testament meiner Frau keine Ahnung hatte.«

»Das heißt, Sie haben es mir gesagt!« berichtigte der Justizrat gelassen.

»Wenn Sie meinen Worten nicht glauben«, rief Deruga außer sich, »so spreche ich überhaupt nicht mehr mit Ihnen. Was fällt Ihnen ein, meine Verteidigung zu übernehmen, wenn Sie mich für einen gemeinen Raubmörder halten? Das ist unanständig gehandelt, ebenso unanständig, wie wenn ich meine Frau umgebracht hätte, um sie zu beerben. Und unanständig ist es, unter der Maske des Wohlwollens und der Zuneigung mit mir zu verkehren.« Er war graubleich im Gesicht geworden und hatte unwillkürlich mit der schlanken, braunen Hand den Griff eines Messers erfaßt.

»Ja, hören Sie mal«, sagte der Justizrat gutmütig, »wollen Sie mir eigentlich zwischen Käse und Kaffee die Kehle durchschneiden? Sie sind ein rabiater Italiener, und ich sollte mir jedesmal einen Blechpanzer umschnallen, bevor ich zu Ihnen gehe.«

»Bevor Sie mich beleidigen, allerdings«, gab Deruga zurück; »nur würde Ihnen das wenig nützen.«

»Ist das eine Beleidigung«, fuhr der Justizrat fort, »wenn ich sage, ich halte es für möglich, daß Sie von dem Testament Ihrer Frau Bescheid wußten? Sage ich denn, daß dieser Umstand Sie zur Tat bewog? Ich sage nur, man muß die Möglichkeit in Betracht ziehen, daß dieser Umstand mitwirkte.«

Deruga ließ das Messer auf den Tisch fallen und lehnte sich müde in seinen Stuhl zurück. »Die Möglichkeit ist deshalb ausgeschlossen«, sagte er, »weil die Voraussetzung fehlt. Sie wissen, daß das Testament mich nicht beeinflussen konnte, weil ich keine Ahnung davon hatte. Sie wissen das, weil ich es Ihnen sagte und Sie mir glauben müssen. Das sogenannte Publikum, das dumm ist und mich nicht kennt, braucht mir nicht zu glauben, aber von Ihnen verlange ich es.«

Der Justizrat schwieg eine Weile und sagte dann: »Versuchen Sie, mein Bester, einmal einen Teil der Gerechtigkeit selbst zu üben, die Sie von anderen in so reichem Maße verlangen! Ich habe erst seit kurzem das Vergnügen, Sie zu kennen, und zwar lernte ich Sie unter sehr zweideutigen Umständen kennen. Viel Gutes hört man nicht von Ihnen. Sie führen ein Lotterleben, arbeiten nur, wenn Sie keinen Pfennig mehr in der Tasche haben, obwohl Sie einen einträglichen Beruf und viel Verstand haben. Sie haben sich absichtlich verkommen lassen, sind sozusagen ein mutwilliger Vagabund. Wäre es nicht leichtfertig oder dumm von mir, wenn ich Ihnen durch dick und dünn glaubte, auch wo Tatsachen oder berechtigte Mutmaßungen dagegen sprechen? Wären Sie nicht der erste, mich allenfalls auszulachen und zu sagen: Der Fein ist ein echter Deutscher, dumm wie eine Kartoffel?«

Deruga wandte dem Justizrat mit einem liebenswürdigen Lächeln das Gesicht wieder zu. »Für einen Deutschen sind Sie wirklich ziemlich gescheit«, sagte er, »und dabei ein ganz guter Kerl. Aber ich sehe nicht ein, warum Sie mich nicht die Wahrheit sagen ließen. Dann wäre diese langweilige und ekelhafte Geschichte schon zu Ende.«

Der Justizrat sah gedankenvoll in den Rauch seiner Zigarre

und schüttelte den Kopf. »Ich habe Ihnen nach bester Überzeugung geraten«, sagte er. »Daß Sie die Tat aus reinen, edlen Motiven begangen haben, hätten Sie nicht beweisen können; umgekehrt kann man Ihnen nicht beweisen, daß Sie sie überhaupt begangen haben, es müßten sonst noch ganz unvorhergesehene Indizien herauskommen. Ich denke also, wenn Sie konsequent leugnen, bringe ich Sie durch. Und das ist doch besser als ein paar Jahre Gefängnis, wenn Sie vielleicht auch einen ganz gemütlichen Diogenes darin vorgestellt hätten. So wagen wir einen hohen Einsatz, können aber auch keinen hohen Gewinn davontragen; im anderen Falle bekämen wir auch im besten Falle nur Stückwerk!«

»Und Sie sind kein Flickschneider, sondern ein Kleiderkünstler«, sagte Deruga. »Ich gehöre aber eigentlich in die Bude des Flickschneiders.«

»Ein echter Italiener kann ebensogut den Lazzarone wie den Edelmann spielen«, sagte der Justizrat. »Wenn Sie erst frei und im Besitze Ihres Vermögens sind, werden Sie diesen kurzen Schmerz vergessen und womöglich ein neues Leben anfangen.«

»Ein neues Leben anfangen?« lachte Deruga. »Mit sechsundvierzig Jahren! Als ob ich nicht längst genug und übergenug davon hätte!«

»Na, da will ich Ihnen weiter nicht hineinreden«, sagte der Justizrat. »Sie können ja auch weiter lumpen. Jedenfalls leuchtete Ihnen mein Rat damals ein, und Sie haben ihn aus freien Stücken angenommen.«

»Ich tue alles, was Sie wollen, damit die Baronin Truschkowitz, diese niederträchtige Person, das Vermögen nicht bekommt«, sagte Deruga. »Wäre das nicht, ich ließe mich ruhig köpfen oder ins Zuchthaus sperren. Das Leben ist einen solchen Kampf nicht wert.«

IV

Auf der von unsicheren Frühlingssonnenstrahlen durchflakkerten, breiten Straße, die auf die Front des Justizgebäudes führte, stieß Dr. von Wydenbruck auf den Oberlandesgerichtsrat Zeunemann, stellte sich vor und sprach seine Bewunderung über die Art aus, wie der Oberlandesgerichtsrat die Verhandlung führte. Er sei für den Einblick in eine komplizierte Psyche, der ihm da gewährt würde, sehr erkenntlich, und er sei überzeugt, Dr. Zeunemann werde noch immer mehr in ihre Tiefen und Untiefen hineinleuchten.

»Ich pflege meine Fragen so zu stellen«, sagte der Oberlandesgerichtsrat, »daß alles auf den Fall Bezügliche an äußeren und inneren Tatsachen von selbst hervorkommt. Nicht mit Hebeln und Schrauben, wissen Sie, sondern unwillkürlich, wie sich ein Blatt entrollt.«

»Ja, ich habe das bemerkt«, sagte Dr. von Wydenbruck entzückt, »es ist wundervoll. Sie schaffen gewissermaßen nur die geeignete Atmosphäre, und das Spiel des Lebens entfaltet sich. Bisher haben Sie die Bestrahlung des Tages vorwalten lassen, vielleicht lassen Sie es auch einmal Nacht werden, lassen die Schatten aus dem Hades der Seele aufsteigen.«

»Sie sind Psychologe und wollen Ihr Studium machen?« sagte Dr. Zeunemann.

»Von Ihrer reichbesetzten Tafel fällt vieles ab«, erwiderte Dr. von Wydenbruck verbindlich.

Sie blieben auf der breiten Freitreppe stehen, um das Gespräch zu beenden, während es drei Uhr schlug. »Ich kann dazu nicht so viel tun, wie Sie glauben«, erklärte der Oberlandesgerichtsrat. »Ohne Seelenkunde kann allerdings heutzutage kein Kriminalist auskommen, aber ich sage mit Absicht ›Seelenkunde‹, um auszudrücken, daß es sich nach meiner Meinung um keine eigentliche Wissenschaft handelt, sondern um ein angeborenes Gefühl, man könnte es Genialität nennen. Ich lasse mich weit mehr von meinem Gefühl als von Berechnung leiten; Sie werden sich wundern, eine solche Ansicht von einem Juristen zu hören.«

Während Herr Dr. von Wydenbruck Verwunderung und Bewunderung ausdrückte, hatte sich der Schwurgerichtssaal gefüllt, und einer von den Geschworenen, Geflügelzüchter Köcherle, fragte den Obmann der Geschworenen, Kommerzienrat Winkler, neben dem er saß, wer die feine Dame mit der langgestielten Lorgnette in der ersten Reihe des Zuschauerraumes sei.

»Das ist doch die Baronin Truschkowitz, die die ganze Geschichte in Gang gebracht hat«, sagte der Kommerzienrat. »Kennen Sie denn die nicht?«

»So sieht die aus?« rief der andere erstaunt. »Die hätte ich mir sehr schäbig und unterernährt vorgestellt, weil sie von der dürftigen Lage ihrer Kinder redet, und wie sie sich durchs Leben kämpfen müßten.«

»Der Adel«, sagte der Kommerzienrat, die Achsel zuckend, »hat eben andere Begriffe von dem, was man braucht und beanspruchen darf. Übrigens, wenn einer, der viel hat, noch mehr haben kann, sagt er nie nein.«

Der Geflügelhändler gab das zu, aber er fand es doch geschmacklos, sich so kostbar zu tragen, wenn man so redete, als wimmerten seine Kinder nach dem täglichen Brot.

»Ihre Toilette ist aber geschmackvoll«, bemerkte ein anderer.

»Und teuer«, setzte der Kommerzienrat hinzu, indem er einen schätzenden Blick über die Dame gleiten ließ. »Der Reiherbusch auf dem Hut etwa hundert Mark, die Brillanten im Stiel der Lorgnette vielleicht tausend Mark.«

»Sind es echte Brillanten?« fragte der Geflügelzüchter mit großen Augen.

»Ja, das Feuer haben nachgeahmte Steine nicht«, sagte der Kommerzienrat beinahe hitzig. »Wenn man auch dahin kommt, Brillanten künstlich herzustellen, so stimmt es meinetwegen nach der chemischen Formel, aber das Feuer der natürlichen

Steine ist anders. Das lasse ich mir nicht abstreiten. Die Natur ist eben doch unerreichbar.«

»Sind das denn auch Brillanten, die sie auf dem Hut hat?« fragte der Geflügelzüchter.

»Bewahre«, antwortete der Kommerzienrat mißbilligend, »dazu weiß eine solche Dame zu gut Bescheid in Geschmacksfragen. Das ist eine moderne Phantasieagraffe, die etwa fünfzig Mark gekostet hat. Aber Sie sind ja das reine Kind in solchen Sachen!«

»Stimmt«, gab der Geflügelzüchter zu, »wenn meine Frau nicht ein bißchen nach mir schaute, wäre ich von einem Bauernknecht nicht zu unterscheiden. Und ich will Ihnen ganz offen sagen, was man so eine elegante Frau von Welt nennt und eine sogenannte Demimonde-Dame, kenne ich nicht auseinander.«

»Was Sie sagen!« rief der Kommerzienrat. »Aber das gibt es ja gar nicht! Da muß man sich doch auskennen!«

»Was ist denn zum Beispiel die Truschkowitz für ein Typus?« fragte der Geflügelzüchter. »Steht das nicht ungefähr auf der Grenze?«

»Ich bitte Sie«, sagte der Kommerzienrat, vor Schreck und Ärger errötend, »das ist eine ganz feine Frau von Welt! Der Anzug ist der gute Ton und die Diskretion selbst.«

»Na, wissen Sie«, wandte der andere ein, »eine gescheite Demimonde-Dame sollte das doch nachmachen können. So etwas lernt sich doch bald.«

»Nein«, beharrte der Kommerzienrat, noch immer rot und erregt. »Ein gewisses Etwas lernt sich eben nicht. Es läßt sich nicht lernen, weil es sich nur fühlen läßt. Da gibt ein Atom den Ausschlag.«

Der eintretende Gerichtshof unterbrach das Zwiegespräch, Frau Hauptmann Schmid wurde wieder vorgeführt, und nachdem der Vorsitzende sie nochmals ermahnt hatte, die Wahrheit zu sagen und nichts zurückzuhalten, faßte er das Ergebnis ihrer bisherigen Aussage zusammen:

»Bald nach seiner Verheiratung mit seiner um einige Jahre älteren Frau bezog der Angeklagte eine Sommerwohnung bei Ihren Großeltern in Laibach. Die Derugas machten den Eindruck eines glücklichen Paares, dessen Glück immerhin getrübt wurde durch gewisse Eigenheiten des Mannes, namentlich seine an Jähzorn streifende Heftigkeit und seine Neigung zur Eifersucht. Soweit Sie wissen, war seine Eifersucht unbegründet. Nicht wahr, ich habe Sie recht verstanden?«

»Darüber kann ich doch unmöglich etwas wissen«, sagte Frau Schmid. »Denn es handelte sich ja um Vergangenes. Daß die arme Marmotte einen anderen gern gehabt hat, kann ja leicht sein, sie war gewiß schon dreißig Jahre alt, und ich glaube es sogar; denn der Doktor wäre doch närrisch gewesen, wenn er die Geschichte erfunden hätte, um sie und sich damit zu plagen.«

»Sie sagten doch aber heute morgen einmal«, hielt ihr Dr. Zeunemann vor, »Sie hielten es für ausgeschlossen, daß Frau Dr. Deruga sich jemals hätte etwas zuschulden kommen lassen.«

»Zuschulden kommen lassen«, wiederholte Frau Schmid, »davon ist doch keine Rede. Mein Gott, man wird doch einmal einen gern haben dürfen, ohne daß einem gleich daraus der Strick gedreht wird. Ich habe doch auch unser Doktorchen gern gehabt – nun, das Gefühl ist im Keime steckengeblieben –, aber wenn es auch einmal einen Kuß gegeben hätte, was wäre dabei? Den Allzuzimperlichen traue ich am wenigsten.«

»Sie haben aber keinen Anhaltspunkt dafür«, sagte Dr. Zeunemann, »daß die damalige Frau Deruga etwaige frühere Beziehungen derzeit noch fortgesetzt hätte?«

»Bewahre!« rief Frau Hauptmann Schmid fast schreiend, »was meinen Sie denn, dann wäre sie ja eine ganz infame Kröte gewesen! Da brauchen Sie nur Herrn Doktor selbst zu fragen, der wird es Ihnen schon sagen. Ich glaube, er spränge Ihnen gleich an die Kehle, wenn Sie ihn so etwas fragten!«

Dr. Zeunemann konnte nicht umhin zu lächeln. »Darum

halte ich mich lieber an Sie«, sagte er. »Sie halten also für möglich, daß Frau Deruga vor ihrer Verheiratung einmal eine Neigung hatte, sind aber überzeugt, daß derzeit jede etwaige Beziehung gelöst war. In Anbetracht des Umstandes, daß der Angeklagte sich als Arzt zuerst in Linz niederließ, gab er im Dezember die Sommerwohnung bei Ihren Großeltern auf. Haben Sie später noch im Verkehr mit ihm und seiner Frau gestanden?«

»Sie schickten eine Anzeige von der Geburt des kleinen Mädchens«, sagte Frau Schmid, »das nachher starb. Die Anzeige ließ ich mir von der Großmutter schenken und habe sie noch. Ich hatte immer das Gefühl, daß es besondere Menschen wären, und wartete lange darauf, daß sich etwas Besonderes mit ihnen begeben würde. Daß es so käme, dachte ich freilich nicht.«

Nachdem noch einige Fragen über die Besuche, die Derugas empfingen, und über ihren Geldverbrauch gestellt waren, wurde Frau Hauptmann Schmid entlassen, und ein eleganter Herr von etwa sechsunddreißig Jahren folgte ihr. Er sah so überaus tadellos aus, daß er an eine Figur aus dem Modeblatt erinnerte, und auch sein Gesicht hatte einen dementsprechenden regelmäßigen Zuschnitt; nur war es nicht glatt und rosig, sondern blaßgrau, müde und etwas eingefallen.

Er machte eine Verbeugung, durch welche er dem Gerichtshof den Respekt zuteilte, den er jeder staatlichen Einrichtung, wie weit er persönlich auch darüber stehen mochte, zugestand, und ließ unter anderen Personalien feststellen, daß er Peter Hase heiße und in München wohnhaft sei. Dann wurde er aufgefordert, mitzuteilen, wie er die Bekanntschaft des Angeklagten gemacht habe.

»Wir wurden einander im Kavalier-Café, wo er verkehrte, vorgestellt. Es ist ein Café ersten Ranges, aber ein sehr behagliches Lokal und ziemlich viel von Künstlern besucht, weil es eigentlich für Nichtkünstler gegründet wurde. Deruga ist dort sehr bekannt, und ich hatte öfters von ihm als von einer eigentümlichen Persönlichkeit und einem guten Gesellschafter sprechen hören, so daß ich mich freute, ihn kennenzulernen. Er hatte einen bestimmten Platz an einem bestimmten Tisch, wo sich ein ziemlich gemischter Kreis um ihn zu versammeln pflegte.«

»Waren Herren aus der Gesellschaft darunter?« fragte der Vorsitzende.

»Sowohl solche wie andere«, antwortete Peter Hase, »hauptsächlich aus der Boheme.« Er sprach das Wort so unbetont aus, daß es unmöglich gewesen wäre, herauszufühlen, ob er Verachtung oder Sympathie oder sonst was für den Begriff empfand. Überhaupt hatte er etwas vollkommen Beziehungsloses; er schien keine Umwelt als leere, weiße Mauern zu haben.

»Traten Sie in ein intimeres Verhältnis zu Deruga?« sagte Dr. Zeunemann.

»Das nicht«, sagte Herr Hase, ohne die Zumutung, er könne zu irgend jemandem in intimere Verhältnisse treten, im allermindesten zu rügen, »aber er interessierte mich immer, wenn ich ihn sah.«

»Darf ich Sie bitten«, sagte der Vorsitzende, »jetzt den Auftritt zu schildern, der zwischen Ihnen und Deruga in dem erwähnten Café stattfand?«

Herr Hase verbeugte sich zustimmend. »Erlauben Sie mir die Richtigstellung«, begann er, »daß von einem Auftritt zwischen Dr. Deruga und mir insofern nicht die Rede sein kann, als ich mich in keiner Weise aktiv dabei beteiligt habe. Es hatte damals ein Grubenunglück stattgefunden, bei welchem eine Anzahl von Arbeitern verunglückt war, und es wurde für die Hinterbliebenen gesammelt. An jenem Nachmittag kam eine Dame mit einer Liste für Unterschriften und Beiträge in das Café.«

»Eine Dame?« fragte der Vorsitzende.

»Eine Frau, wenn Sie lieber wollen«, sagte Herr Hase, »sie war sehr dürftig gekleidet. Sie näherte sich unserem Tisch, und da ich zunächst saß, gab ich ihr durch eine Handbewegung oder ein Kopfschütteln zu verstehen, sie solle sich nicht bemühen; denn ich finde Sammlungen jeder Art in Vergnügungslokalen unpassend. Dr. Deruga, der im Besitz einer außerordentlichen Beobachtungsgabe ist, hatte den kleinen Vorgang bemerkt und rief die Dame oder Frau, die im Begriffe war, weiterzugehen, zurück. ›Warum kommen Sie nicht zu uns, liebes Kind?‹ sagte er. ›Kommen Sie, wir möchten auch etwas zeichnen.‹ Dann überhäufte er mich mit Vorwürfen, daß ich die Dame eigenmächtig, ohne die Absicht der Gesellschaft zu kennen, verscheucht hätte. Um der Sache ein Ende zu machen, griff ich schnell nach der Liste, zeichnete einen Betrag und gab sie weiter. Als sie an Deruga kam, überlas er die Einträge und ärgerte sich, wie ich sofort an seinem Gesicht sehen konnte, über ihre Geringfügigkeit. ›Sehen Sie, liebes Kind‹, sagte er zu der Dame, ›diese Herren hier sind reich und haben infolgedessen, da sie sich Häuser bauen, Autos halten und Sekt trinken müssen, kein Geld für Arbeiterfrauen und Arbeiterkinder übrig, deren es ohnehin zu viele gibt. Ich dagegen bin arm, sollte mich eigentlich aufhängen und brauche infolgedessen nur einen Strick, der wenig kostet; daher bin ich in der Lage, dreihundert Mark zu zeichnen, die ich Sie in meiner Wohnung abzuholen bitte. Übrigens können Sie einstweilen als Pfand diese Nadel hier mitnehmen.‹ Er zog dabei eine eigentümliche, augenscheinlich sehr wertvolle Nadel aus seiner Krawatte und händigte sie der Dame ein, die, ohnehin durch sein Benehmen in Verlegenheit gesetzt, sich weigerte, sie anzunehmen, aber endlich nachgeben mußte. Ein paar von den Herren, die Dr. Deruga besser kannten als ich, sagten zu ihm, wenn jeder etwa fünf Mark zeichnete, käme genug zusammen; es sei doch nicht die Absicht, die hinterbliebenen Arbeiterfrauen reicher zu machen, als man selbst sei. Er solle Vernunft annehmen und eine seinen Verhältnissen angemessene Summe geben. Dadurch reizten sie Dr. Deruga noch mehr, er wurde wütend und sprudelte im Zorn allerlei Äußerungen hervor, die ich natürlich nur ganz ungefähr wiedergeben könnte.« Der Vorsitzende bat, dies zu tun, soweit es sein Gedächtnis erlaubte.

Herr Hase verbeugte sich zustimmend. »Er sagte also ungefähr so: ›Meine Verhältnisse? Was wissen Sie von meinen Verhältnissen? In Ihren Augen bin ich ein armer Teufel, und Sie glauben deshalb, sich über mich amüsieren und mich bevormunden zu können. Sie sehen eine Art Hofnarren in mir, der dazu da ist, Sie zu unterhalten, übrigens aber keine Ansprüche zu stellen hat. Ich könnte ebenso wie Sie eine reiche Frau heiraten und wäre dann in denselben Verhältnissen wie Sie. Übrigens habe ich das nicht einmal nötig, denn ich kann jederzeit über das Vermögen meiner geschiedenen Frau verfügen. Nach ihrem Tode werde ich ein reicher Mann und wahrscheinlich ebenso geizig und habgierig wie Sie jetzt; also nehmen Sie mein Geld, solange ich noch arm bin, liebes Kind.‹ Ich bitte übrigens nochmals zu bedenken«, setzte Herr Hase hinzu, »daß ich erzähle, was die Erinnerung mir aufbewahrt hat oder mir vorspiegelt. Das beste wird sein, wenn Sie Dr. Deruga selbst befragen, ob er die von mir wiedergegebenen Worte als die seinigen anerkennt.«

Der Vorsitzende hatte kaum den Kopf nach Deruga gewendet, als dieser vergnügt ausrief: »Vorzüglich war die ganze Schilderung und eines so ausgezeichneten Schriftstellers würdig. Ich mache einen viel besseren Eindruck darin, als ich für möglich gehalten hätte. Wahrscheinlich habe ich alles das gesagt, nur hat Herr Hase, anständig wie er ist, alle die Beschimpfungen weggelassen, die ich ihm persönlich an den Kopf geworfen habe, über seine Herzlosigkeit, Verlogenheit, Nichtigkeit und so weiter.«

»Ich habe weggelassen, was nicht unbedingt zur Sache gehört«, sagte Herr Hase gegen den Präsidenten gewendet, »allerdings hätte ich seine Ausfälle gegen mich vielleicht nicht ganz unterdrücken sollen, weil daraus deutlich wird, wie sehr er im Augenblick der Erregung unter der Herrschaft seines Temperaments steht und man nur sehr bedingterweise Schlüsse aus den Äußerungen ziehen darf, die er in solchen Augenblikken tut.«

»Ich bitte um die Erlaubnis«, sagte Justizrat Fein, aufstehend, »dieser sehr richtigen Bemerkung des Zeugen eine ähnliche hinzuzufügen. Das Ergebnis der eben vernommenen Aussage ist hauptsächlich, daß man Deruga überhaupt nicht ernst nehmen darf. Man muß in Italien gewesen sein und die Italiener kennen, um ihn richtig zu beurteilen. Seine Reden erinnern zuweilen an das Pathos, mit dem ein italienischer Quacksalber auf dem Markte seine Hühneraugenpflaster anpreist: ›Meine Damen und Herren, und wenn Ihr leiblicher Bruder hier stände, er könnte Sie nicht ehrlicher bedienen, als ich es tue. Nicht um meinetwillen, um Ihretwillen stehe ich hier, denn was bedeuten die paar Pfennige, die Sie mir geben, gegen das, was ich Ihnen verschaffe, ein schmerzloses Dasein, einen sieghaften Gang, die Gunst der Frauen, die Bewunderung der Männer!«

Während im Publikum gelacht wurde, legte Dr. Zeunemann seine Stirn in leichte Falten und sagte: »Man darf immerhin nicht vergessen, daß die Italiener als schlaue Leute von ihren nationalen Eigentümlichkeiten sehr guten Gebrauch zu machen wissen, und daß, wer häufig Masken trägt, deshalb doch ein Gesicht hat, wenn auch mitunter schwer zu entscheiden sein mag, welches das echte ist. Ich will aber jetzt nicht Philosophie treiben, sondern Tatsachen feststellen, und da möchte ich darauf hinweisen, daß uns von dem Angeklagten noch ähnliche Aussprüche bekannt geworden sind, die er in vollständigem, seelischem Gleichgewicht machte. Ferner möchte ich wissen, ob der Angeklagte damals die gezeichnete Summe gezahlt hat?«

Herr Hase bedauerte, darüber keine Auskunft geben zu können. Auf der vordersten Reihe der Geschworenensitze erhob sich Kommerzienrat Winkler und sagte: »Die gewünschte Auskunft gibt uns vielleicht die Nadel in der Krawatte des Angeklagten. Es dürfte die verpfändete sein, die er also augenscheinlich ausgelöst hat!« Deruga bestätigte, daß es die Nadel sei, die er gegen Bezahlung der genannten Summe zurückerhalten habe, zog sie heraus und bot sie zur Besichtigung an.

»Haben Sie denn wirklich die dreihundert Mark gegeben?« fragte der Justizrat Fein. »Wie hatten Sie denn gleich so viel Geld übrig?« Deruga zuckte etwas ungeduldig die Schultern. »Glauben Sie denn«, sagte er, »ich hätte mir nicht jeden Augenblick dreihundert Mark verschaffen können? Ich brauchte mir zum Beispiel nur einen Vorschuß vom italienischen Konsulat geben zu lassen für Übersetzungen, Untersuchungen oder dergleichen. Deruga hat Gehirn im Schädel und keine Kartoffeln.«

Inzwischen hatte der Vorsitzende die Nadel betrachtet und fragte Herrn Hase, ob es dieselbe sei, die der Angeklagte an jenem Abend als Pfand gegeben habe, was Peter Hase, nachdem er einen diskreten Blick darauf geworfen hatte, bejahte.

»Es ist ein auffallend schönes Stück«, sagte Dr. Zeunemann, in den Anblick der Nadel versunken, die einen Mohrenkopf mit Turban darstellte; der Kopf bestand aus einer schwarzen, der Turban aus einer weißen Perle, und der letztere war reich mit Rubinen und Smaragden besetzt.

»Ein Geschenk meiner verstorbenen Frau«, sagte Deruga, indem er die Nadel wieder in Empfang nahm. »Sie meinte, sie sei wie gemacht für einen Othello wie mich.«

Nach diesem Zwischenfall fragte der Vorsitzende den Zeugen, ob er noch irgend etwas hinzuzufügen habe. Über Herrn Hases unbewegliches Gesicht ging zum ersten Male ein schwaches Erröten; seine Aufmerksamkeit war nämlich durch die Baronin Truschkowitz abgelenkt worden, die, in der ersten Reihe der Zuschauer sitzend, sich weit vorgebeugt und die von dem Präsidenten gehaltene Nadel mit leidenschaftlicher Aufmerksamkeit betrachtet hatte. Angeredet, drehte er sich erschreckt um und sagte, daß er nichts mehr zur Sache mitzuteilen wisse, aber bereit sei, auf fernere Fragen zu antworten.

Peter Hase verließ nach Schluß der Sitzung das Gerichtsgebäude nicht, sondern wartete auf Dr. Zeunemann, stellte sich ihm vor und bat, ein paar Fragen an ihn richten zu dürfen, worauf der Oberlandesgerichtsrat ihn in sein Zimmer mitnahm. Hauptsächlich wünschte Herr Hase zu wissen, welche Strafe den Angeklagten etwa treffen könnte, falls er wider Erwarten verurteilt würde.

»Ja, sehen Sie, Verehrtester«, antwortete Dr. Zeunemann, während er den Talar mit dem Gehrock vertauschte, »bis jetzt geht die Anklage nur auf Totschlag, und dabei würde er mit ein paar Jahren Zuchthaus davonkommen. Aber unser Staatsanwalt sieht es eigentlich als Mord an, und wenn noch irgendein dahinzielendes Individuum auftaucht, kann die Geschichte bedenklich werden. Wenn zum Beispiel festgestellt würde, daß der Mann mit dem Inhalt des Testaments bekannt war, ja, dann würde die Meinung des Staatsanwalts wahrscheinlich durchdringen, und in dem Falle würden wir auch sofort, so leid es mir tut, zur Verhaftung schreiten müssen.«

»Darf ich fragen«, erkundigte sich Herr Hase, »wie Sie persönlich die Sache beurteilen?«

»Ich bin zu sehr Psychologe«, sagte Dr. Zeunemann, »um nicht einen gewissen Anteil an problematischen Charakteren zu nehmen. Was für eine Grundfarbe dieses Chamäleon eigentlich hat, darüber bin ich, um die Wahrheit zu sagen, noch nicht ins klare gekommen.«

»Warum sollte er überhaupt eine Grundfarbe haben«, sagte Herr Hase verhältnismäßig lebhaft. »Der schimmernde Wechsel ist die Natur dieses fabelhaften Geschöpfes. Ich habe eine große Sympathie für Chamäleons«, fügte er nach einer Pause hinzu.

»Ich verstehe, ich verstehe«, erwiderte Dr. Zeunemann, »schön, aber schlüpfrig. Die ästhetische Betrachtungsweise ist sehr verschieden von der moralischen und diese nicht immer identisch mit der juristischen.«

Er war im Begriff, einen breitrandigen Filzhut vom Gestell zu nehmen, als es klopfte und auf sein unwirsches Herein die

Baronin Truschkowitz auf der Schwelle erschien, der der Staatsanwalt die Tür öffnete.

»Lieber Präsident«, sagte sie rasch, indem sie ihre in einem weißen, festanliegenden Lederhandschuh steckende Hand reichte, »ich weiß, daß es im höchsten Grade zudringlich ist, Sie in Ihrem Heiligtum und noch dazu um diese Zeit zu überfallen, aber Sie sind zu ritterlich, um mich hinauszuwerfen, und ich bin zu unedel, um Ihre Höflichkeit nicht auszunutzen.«

Dr. Zeunemann stieß einen komischen Seufzer aus. »Machen Sie es wenigstens kurz, Frau Baronin«, sagte er.

Sie lachte ein helles, jugendliches Lachen, in dem ein girrender Ton war, der etwas Verführerisches hatte. »Ich mache es schon kurz«, sagte sie, »wenn nur Sie, Herr Präsident, es nicht in die Länge ziehen. Es betrifft die Nadel, die Sie heute in der Hand hatten und jenem Menschen zurückgaben. Ich erkannte sie sofort wieder als ein Erbstück meiner Großmutter, das heißt, meiner und meiner verstorbenen Kusine Urgroßmutter. Es ist mir unleidlich, dies kostbare Andenken in den Händen jenes Menschen zu wissen, und ich möchte Sie bitten, zu bewirken, daß sie mir eingehändigt wird.«

»Ihnen, Frau Baronin«, sagte Dr. Zeunemann erstaunt, »ja, gehört sie denn Ihnen?«

»Natürlich«, sagte die Baronin, »ich bin bekanntlich die nächste Verwandte der Verstorbenen.«

Dr. Zeunemann war so betroffen, daß er sich unwillkürlich setzte, nicht ohne auch der Baronin durch eine Gebärde einen Stuhl anzubieten. »Aber die Nadel gehörte ja gar nicht Ihrer Kusine«, sagte er, »sie hatte für gut befunden, sie zu verschenken.«

»Leider«, sagte die Baronin, »aber hernach hat sie sich scheiden lassen, und in solcher Lage geben sich anständige Menschen ihre Geschenke zurück. Außerdem hat er sie doch umgebracht! Da kann man ihn doch nicht ihre Nadel tragen lassen.«

Die ratlosen Blicke, die der Oberlandesgerichtsrat mit dem Staatsanwalt wechselte, brachten sie durchaus nicht aus der Fassung. »Nun?« fragte sie mit einem energisch aufmunternden Nicken. »Sie sehen, daß Sie es sind, der die Sache in die Länge zieht.«

»Da Sie mir befehlen, kurz zu sein«, sagte Dr. Zeunemann, der sich inzwischen gesammelt hatte, »so sage ich Ihnen rund heraus, daß Ihr Wunsch unerfüllbar ist. Selbst wenn Dr. Deruga verurteilt würde, könnten wir ihm nicht nehmen, was ihm gehört; aber noch ist er nicht verurteilt und hat einstweilen Ihre verstorbene Frau Kusine sowenig umgebracht wie – verzeihen Sie – wie Sie und ich.«

»Herr Präsident«, rief die Dame mit einem vorwurfsvollen Blick ihrer graublauen Augen aus, »verlieren denn wirklich gerade die Rechtsgelehrten allen Sinn für das natürliche und menschliche Recht?«

»Ihr Recht wird Ihnen werden, Frau Baronin«, beeilte sich jetzt der Staatsanwalt zu versichern. »Ich bin überzeugt, daß, wenn es unserer Einsicht und Arbeit nicht gelingen sollte, die Vorsehung selbst die Wahrheit ans Licht bringen wird.«

»Und die Nadel?« fragte die Baronin. »Ich sammle solche Sachen, und das schönste Stück, auf das ich Erbansprüche habe, soll in den Händen eines solchen Menschen bleiben?«

»Dafür machen Sie Ihre Großmutter, aber nicht uns verantwortlich«, sagte Dr. Zeunemann lachend, indem er aufstand und wieder nach seinem Hute griff.

»Sie sind ein steinharter, gepanzerter, undurchdringlicher Jurist«, schmollte die Baronin.

»Aber ein weicher, für die Reize schöner Damen sehr empfänglicher Mensch«, fügte Dr. Zeunemann versöhnlich hinzu.

Als sie alle zusammen aufbrachen, bat die Baronin, mit Peter Hase bekannt gemacht zu werden. »Sie sind mir kein Fremder«, sagte sie liebenswürdig zu ihm, »da ich Ihre Bücher kenne und bewundere. Es tröstet mich über den abscheulichen Prozeß, daß ich ihm eine so wertvolle Begegnung verdanke.«

Sie forderte ihn auf, sie und ihren Mann im Hotel zu besuchen, falls er noch einige Zeit hierbleibe, und als sie ihren Wagen warten sah, verabschiedete sie sich von den beiden anderen Herren, indem sie lächelnd sagte: »Ich bekomme die Nadel doch noch, das weissagt mir mein Gefühl.«

Die Herren gingen noch ein paar Schritte miteinander. »Wie reizend und anziehend«, sagte Dr. Zeunemann, »ist doch der gänzliche Mangel an Logik und Objektivität an Frauen. Wenigstens für uns Männer.«

»Und Ihre Grausamkeit!« setzte Herr Hase anerkennend hinzu.

»Ich halte sie mehr für gedankenlos«, sagte Dr. Zeunemann.

»Wie alt schätzen Sie übrigens diese Frau? Sie hat eine erwachsene Tochter, da muß sie doch schon zweiundvierzig Jahre alt sein.«

»Eher älter«, sagte Peter Hase, »sie ist sehr gepflegt und sehr geschickt angezogen.«

»Natürlich, natürlich«, sagte Dr. Zeunemann, »keine Arbeit, keine Sorgen, das erhält jung.«

Auch den Kommerzienrat Winkler beschäftigte die Baronin Truschkowitz, und er suchte eine Gelegenheit, Dr. Bernburger ein wenig nach ihr auszufragen. »Sie hat Scharm, Schick, Grazie«, sagte er zu ihm, »aber gefährlich viel Temperament.«

»Dazu bin ich ja da, um das zu kontrollieren«, sagte Dr. Bernburger.

»Ich habe beobachtet«, fuhr der Kommerzienrat fort, »daß sie es vermeidet, Deruga anzusehen, obschon sie sonst scharf aufpaßt. Sie setzt sich so, daß er nicht in ihr Gesichtsfeld kommt. Haben früher irgendwelche Beziehungen zwischen ihnen stattgefunden?«

»Sie kennt ihn gar nicht«, sagte Dr. Bernburger, »aber sie hat ihn von jeher gehaßt.«

»Also blinde Voreingenommenheit?« meinte Herr Winkler.

»Nun ja«, sagte Dr. Bernburger, »aber das macht ihn nicht besser.«

Der Kommerzienrat lachte. »Wie verhält sich denn ihr Mann dazu?« fragte er.

»Oh, er gibt ihr den Arm und ist neben ihr«, sagte Dr. Bernburger. »Übrigens ist er ein feiner Mensch. Selbst seine Dummheit hat etwas an sich, daß man unwillkürlich den Hut vor ihr abnimmt.«

»Dumm sein, mit der Frau!« sagte der Kommerzienrat, »na, ich gratuliere!«

»Da können Sie sich täuschen«, entgegnete der Anwalt.

»Ob Sie Respekt vor ihm oder Grundsätze hat, weiß ich nicht. Vielleicht ist sie eine kalte Kokette.« Der Kommerzienrat schüttelte sich. »Das wäre nichts für mich«, sagte er. »Ich glaube, da möchte ich noch lieber betrogen werden.«

V

Der Präsident eröffnete die Sitzung mit den Worten, daß die nächsten Zeugenverhöre sich mit der letzten Lebenszeit der verstorbenen Frau Swieter beschäftigen würden, und daß er hoffe, es würde von dieser Seite aus mehr Licht auf die noch nicht völlig aufgeklärten Vorgänge fallen. Man sei bis jetzt davon ausgegangen, daß der Angeklagte von dem Inhalt des Testaments keine Kenntnis gehabt habe. Die einzige Person, die darum gewußt habe, sei die nächste Freundin der Verstorbenen, Fräulein Kunigunde Schwertfeger. Es sei unmöglich, daß durch deren Aussage, falls sie nämlich die bisher beobachtete Zurückhaltung aufgäbe, das Bild erheblich verändert würde.

Es war für jedermann sichtbar, daß es Fräulein Schwertfeger Selbstüberwindung kostete, den Saal zu betreten. Sie war einfach und nicht nach der Mode gekleidet, eine unauffällige Erscheinung, die nur, wenn man sie eingehend betrachtete, Besonderheit und Reiz verriet. Beides fand man dann reichlich in den fast zu großen, offenen Augen, in der zu kurzen Nase, in dem kleinen, etwas geöffneten Munde und in dem Mienenspiel, das das ohnehin unregelmäßige Gesicht ständig bewegte. Wahrscheinlich, weil sie sich einer kindlichen Unfähigkeit zur Verstellung und einer Neigung, unbedacht herauszuplaudern, bewußt war, wappnete sie sich unter Fremden gern mit Vorsicht und Verschwiegenheit, was ihr, verbunden mit der Scheu vor der Öffentlichkeit, den Ausdruck eines kleinen Tieres im Käfig gab, das gewohnt ist, geneckt zu werden und sich zur Wehr setzen zu müssen.

Nachdem Dr. Zeunemann ihr den Eid abgenommen hatte, forderte er sie auf, das zur Aufklärung des Falles Dienliche ohne Vorbehalt zu sagen. Es gebe Leute, fügte er hinzu, die sich für wahrheitsliebend hielten und doch unter Umständen ein Verschweigen, eine Lüge für erlaubt, ja sogar für verdienstlich ansähen. »Gehören Sie zu denen?« fragte er.

Sie zögerte einen Augenblick und sagte dann, indem sie die großen Augen fest auf ihn richtete: »Ja, das tue ich.« Ihre kleinen, verarbeiteten und nicht schön geformten Hände schlangen sich dabei fest ineinander.

»Das sind ja gute Aussichten«, sagte Dr. Zeunemann. »Haben Sie, wenn ich fragen darf, von vornherein die Absicht, uns die Wahrheit nur in Auszügen und Bearbeitungen mitzuteilen?«

Sie schüttelte den Kopf und lächelte, ein lustiges Lächeln, das im Nu ihr ganzes Gesicht überrieselte. »Nein, nein«, sagte sie treuherzig, »ich habe die Absicht, die Fragen, die Sie an mich richten werden, nach bestem Wissen und Vermögen wahrheitsgemäß zu beantworten. Es ist ja nicht gesagt, daß die vorhin erwähnten Umstände hier vorliegen.«

»Nun, das ist brav«, sagte der Vorsitzende. »An die schweren Folgen eines Meineides brauche ich Sie wohl nicht zu erinnern. Nur das will ich sagen, daß wir kurzsichtigen Menschen allemal am besten tun, jede Lüge schlechthin für Lüge, im häßlichsten und abscheulichsten Sinne, anzusehen und uns an die Wahrheit zu halten. Die Folgen liegen in Gottes Hand. Jene Sophismen oder Trugschlüsse, die uns eine Lüge für geboten erscheinen lassen wollen, können gefährliche Irrlichter sein.«

Fräulein Schwertfeger nickte ernsthaft.

»Wollen Sie uns und den Herren Geschworenen zunächst ausführlich erzählen, was Sie von der Entstehung des Testamentes der verstorbenen Frau Swieter wissen! Da Sie von früher Jugend an miteinander befreundet waren, wird sie vor der Aufsetzung des Testamentes mit Ihnen davon gesprochen, vielleicht Sie um Ihren Rat gefragt haben?«

»O nein«, antwortete Fräulein Schwertfeger schnell, »sie sagte wohl immer: ›Was meinst du dazu, Gundel? Soll ich das tun, Gundel?‹ Aber das war nur eine Form der Höflichkeit oder Herzlichkeit. In wichtigen Dingen beanspruchte sie nie Rat und hätte ihn nie angenommen.«

»Um Rat also hat sie nicht gefragt?« sagte Dr. Zeunemann. »Aber die Beweggründe ihres Willens wird sie doch angegeben haben?«

»Ja, das hat sie getan«, antwortete Fräulein Schwertfeger.

»Die Verstorbene war schon seit acht Jahren krebsleidend«, sagte Dr. Zeunemann. »Hat ihr das nicht schon früher, bevor sie das Testament aufsetzte, Anlaß gegeben, über ihre letztwilligen Verfügungen zu sprechen?«

»Mit mir nie«, sagte Fräulein Schwertfeger. »Und ich glaube, überhaupt nicht. Die Ärzte suchten sie doch immer über den wahren Charakter ihres Leidens zu täuschen, und sie kam ihnen darin entgegen, erstens, weil ihr überhaupt leicht etwas weiszumachen war, und dann, weil sie in diesem Falle das Bedürfnis hatte, getäuscht zu werden. Sie wollte leben und hoffen. Dazu kommt, daß sie sich nach einer Operation immer wieder vollkommen gesund fühlte.«

»Wie kam es denn«, sagte Dr. Zeunemann, »daß sie doch zuletzt an das Testament dachte?«

»Nun, das ist klar«, sagte Fräulein Schwertfeger, »weil es damals wirklich dem Ende zuging und sie das fühlte. Als ihr vor einem Jahre der schreckliche Anfall kam, nach welchem sie nicht wieder aufgestanden ist, war sie sehr betroffen und wußte, daß sie nicht wieder gesund werden würde. Sie sprach es nicht aus, aber ich fühlte oft, daß sie es dachte.«

Aufgefordert, den Vorgang ausführlich zu schildern, erzählte Fräulein Schwertfeger:

»Eines Nachmittags, da ich sie wie gewöhnlich besuchte, empfing sie mich mit den Worten, ich käme im rechten Augenblick. Sie habe eben beschlossen, ihr Testament zu machen, und ich müsse ihr dabei behilflich sein. Wenn sie wieder gesund würde, so mache es ja nichts, aber sie müsse doch auch die Möglichkeit in Betracht ziehen, daß sie diesmal nicht davonkäme, und ohnehin sei es leichtfertig von ihr, so alt wie sie sei, es noch nicht getan zu haben. Es wäre doch zu sinnlos, wenn die Verwandten ihr Geld bekämen, die ihr fast ganz fremd und die außerdem reich wären. Ich sagte, sterben würde sie noch lange nicht. Ich sähe sie schon im Geiste vor mir, frisch und stark und leichtfüßig wie früher. Darauf antwortete sie nichts, aber in ihren Augen sah ich, was sie dachte, und sie las wohl dasselbe in meinen.«

»War sie aufgeregt?« fragte Dr. Zeunemann.

»Nein«, sagte Fräulein Schwertfeger, indem sie mit einer heldenmütigen Anstrengung die bei der Erinnerung aufsteigenden Tränen verschluckte, »nicht besonders, nur im Anfang zitterte die Stimme ein wenig. Dann sagte ich, daß ich nicht gern mit Testamenten und solchen Sachen zu tun hätte, besonders wenn es sie anginge. Aber sie hätte ganz recht. Wenn man Vermögen besäße, müsse man ein Testament machen, und sie hätte es schon längst tun sollen. Was sie denn mit ihrem Gelde vorhätte, wenn ihre Verwandten es nicht bekommen sollten? Sie wurde darauf sehr verlegen und machte eine lange Vorrede, ich würde gewiß erstaunt sein und sie auslachen und sie schelten, bis sie mir endlich sagte, daß sie Dr. Deruga zu ihrem Erben einsetzen wollte.«

»Bitte, einen Augenblick«, unterbrach Dr. Zeunemann. »Ihre Freundin setzte voraus, daß der Entschluß Sie überraschen würde. Hatte sie früher einmal andere Pläne geäußert? Wenn man Sie vorher nach den Absichten Ihrer Freundin gefragt hätte, hätten Sie gar keine Ahnung oder Meinung gehabt?«

»Doch, das hätte ich«, sagte Fräulein Schwertfeger. »Ich hatte immer geglaubt, sie würde eine Stiftung für arme Kinder machen, zum Andenken an ihr eigenes verstorbenes Kind, und weil sie überhaupt Kinder so sehr liebte. Sie pflegte zu sagen, schlecht ernährte, traurige Kinder wären ein Schandfleck der Gesellschaft. Sie ging darin so weit, daß sie jedes Kind, das sie zufällig schreien hörte, für ein mißhandeltes hielt. Ich sagte oft zu ihr, um sie zu trösten: ›Weißt du, das ist wirklich ein eigensinniger Balg.‹ Aber im Grunde glaubte sie mir nicht. Wir hatten auch von Einrichtungen gesprochen, die man zugunsten armer Kinder machen könnte.«

»Erinnerten Sie sie denn nicht daran?« fragte Dr. Zeunemann, »oder hielt sie es nicht von selbst für nötig, ihre Sinnesänderung zu erklären?«

»Sie sagte, sie hätte bei Stiftungen immer den Verdacht, das Geld käme gar nicht denen zugute, für die man es bestimmt hätte.«

Fräulein Schwertfeger stockte, nachdem sie dies erklärt hatte, und war augenscheinlich ungewiß, ob sie noch was hinzufügen müsse oder fortfahren dürfe.

»Und irgendeinen Weg, diese Gefahr zu vermeiden, hatte Ihre Freundin nie ins Auge gefaßt?« ermunterte der Vorsitzende.

Das Fräulein faßte nach kurzem Kampfe augenscheinlich Mut und sagte:

»Sie hatte die Absicht gehabt, ihr Vermögen mir zu vermachen, sowohl, damit ich mein Leben bequemer einrichten könnte – meine Freundin stellte sich das Leben einer Zeichenlehrerin nämlich sehr mühsam vor – und dann, weil sie wußte, ich würde in ihrem Sinne damit für arme Kinder wirken.«

»Ja so!« sagte Dr. Zeunemann, »Ihnen hatte sie ihr Vermögen vermachen wollen. Das ist doch aber keine Kleinigkeit, wenn man in einer solchen Sache plötzlich umschwenkt. Das muß sie Ihnen doch erklärt und entschuldigt haben?«

Fräulein Schwertfeger machte ein stolz abwehrendes Gesicht. »Das mußte sie gar nicht«, sagte sie, »wir waren doch befreundet. Allerdings bedrückte es sie, und sie wollte mir weitläufig auseinandersetzen, warum sie so handelte. Sie hätte einmal gehört, daß es Dr. Deruga schlecht ginge, und daß er sehr heruntergekommen wäre, und daran müsse sie fortwährend denken. Er sei der Vater ihres geliebten Kindes und hätte sie liebgehabt, und sie könne sich noch immer nicht von dem Gedanken entwöhnen, daß, was ihr gehöre, eigentlich auch sein sei, sie würde nicht ruhig sterben können, wenn sie ihn nicht durch ihr Vermögen vor Not geschützt wisse. Natürlich ließ ich sie gar nicht ausreden, sondern tröstete sie und versicherte ihr, daß das Geld mich nur in Verlegenheit setzen würde, weil ich denken würde, ich müsse es irgendwie ausgeben, und wisse nicht wie, und daß ich mein Leben nicht anders einrichten möchte, weil ich es einmal so gewöhnt wäre und ich mich wohl dabei fühlte. Das Geld würde mich nur an ihren Verlust erinnern und mir dadurch verhaßt werden.«

»Es ist doch aber sonderbar«, sagte der Vorsitzende, »daß Ihre Freundin Ihnen nicht wenigstens ein Legat ausgesetzt hat wie ihrem Dienstmädchen.«

»Das unterließ sie auf meinen Wunsch«, sagte Fräulein Schwertfeger kurz.

»Ich bitte einen Augenblick ums Wort«, schaltete plötzlich der Staatsanwalt ein. »Nach der Darstellung der Zeugin hatte ich den Eindruck, als habe die von ihr mitgeteilte Unterredung, der sich die Abfassung des Testamentes anschloß, gleich nach der letzten, schweren Erkrankung ihrer Freundin, also im März oder April, stattgefunden. Dagegen ist das vorliegende Testament vom 19. September, also vierzehn Tage vor dem Tode derselben, datiert.«

Fräulein Schwertfeger entgegnete nichts, sondern warf nur einen langen, feindseligen Blick auf den Fragesteller, wie auf einen unberufenerweise sich Einmischenden, und sah dann wieder den Vorsitzenden an.

»Wollen Sie uns darüber aufklären, mein Fräulein«, bat dieser freundlich.

»Meine Freundin schrieb das Testament zuerst im Frühling«, sagte Fräulein Schwertfeger, »und am 19. September schrieb sie es noch einmal ab.«

»Es blieb also unverändert?« fragte der Vorsitzende.

»Meine Freundin erhöhte die Summe, die sie der Ursula, ihrem Dienstmädchen, ausgesetzt hatte«, sagte Fräulein Schwertfeger. »Vermutlich«, sagte Dr. Zeunemann, »hatte das Mädchen sie während ihrer schweren Krankheit so gut gepflegt, daß sie ihre Dankbarkeit mehr zum Ausdruck bringen wollte.«

Fräulein Schwertfeger nickte und sah den Vorsitzenden herzlich an. »Dafür«, setzte sie hinzu, »fiel jetzt auf meinen Wunsch das Legat fort, das in der ersten Fassung mir ausgesetzt war.«

»Wenn es so weitergeht, wird unvermerkt noch ein ganz neues Testament aus der unveränderten Abschrift«, bemerkte der Staatsanwalt mit diabolischem Kichern.

»Sie hatten also anfänglich nichts gegen das Legat einzuwenden gehabt«, sagte der Vorsitzende. »Aus welchem Grunde lehnten Sie es jetzt ab? Es war doch nichts zwischen Sie und Ihre Freundin getreten?«

»O nein, nein«, beteuerte Fräulein Schwertfeger lebhaft. »Ich gab nur damals nach, um sie nicht aufzuregen; aber ich beschloß von Anfang an, das Legat gelegentlich rückgängig zu machen, weil es mir nicht paßte.« Da sie das spöttisch-ungläubige Lächeln des Staatsanwalts bemerkte, warf sie mit einer kleinen, trotzigen Gebärde den Kopf zurück und preßte die Lippen zusammen.

Nach einer Pause nahm der Vorsitzende das Verhör wieder auf, indem er fragte: »Ist die Verstorbene in der Folge, ich meine nach der ersten Abfassung, noch öfters auf das Testament zurückgekommen?«

»Nein«, sagte Fräulein Schwertfeger entschieden. »Es war kein angenehmer Gesprächsgegenstand für uns beide.«

Der Staatsanwalt lachte unhörbar, als wolle er sagen, es scheine auch jetzt keiner für sie zu sein, worauf sie einen vernichtenden Blick nach der Richtung seines Platzes warf.

»Hat Frau Swieter Ihnen nie erzählt oder Andeutungen gemacht«, fragte der Vorsitzende mit freundlicher Dringlichkeit, »ob irgendein besonderer Anlaß vorlag, der sie bewog, ihr Testament zugunsten des Angeklagten zu machen? Sie sprach, wie Sie erzählten, davon, daß es ihm schlecht ginge, daß er heruntergekommen sei. Wie war ihr das zu Ohren gekommen? Hatten sich vielleicht Gläubiger von ihm an sie gewendet? Oder sollte er selbst sie um Geld angegangen haben?«

»Das weiß ich nicht«, sagte Fräulein Schwertfeger, »aber ich glaube es nicht, weil sie es mir gewiß erzählt haben würde. Sie hätte mir dadurch ihr Testament ja viel leichter erklären können. Daß es Herrn Dr. Deruga nicht gut ging, wußte sie schon lange; es gibt unzählige Wege, auf denen einem solche Gerüchte zu Ohren kommen.«

»Sprach Ihre Freundin zuweilen mit Ihnen über den Angeklagten?« fragte Dr. Zeunemann.

»Nein, fast nie«, sagte Fräulein Schwertfeger. »Sie glaubte, daß ich kein Verständnis für ihn hätte.«

»Also«, fiel der Staatsanwalt ein, »konnten sehr wohl Beziehungen zwischen Ihrer Freundin und ihrem geschiedenen Gatten bestehen, ohne daß Sie Kenntnis davon hatten.«

Fräulein Schwertfeger warf den Kopf zurück und kräuselte verächtlich ihre kurze Oberlippe.

»Es soll selbstverständlich nichts Nachteiliges über Ihre Freundin geäußert werden«, sagte der Vorsitzende vermittelnd. »Immerhin könnte sie Ihnen etwas verschwiegen haben, um nicht ein tadelndes Urteil von Ihnen hören zu müssen.«

»Möglich wäre das«, sagte Fräulein Schwertfeger, »aber sehr unwahrscheinlich. Es liegt jedenfalls kein Grund vor, so etwas anzunehmen. Ihr Vermögen vermachte sie ihm einfach, weil er der Vater ihres Kindes war und sie, ihrer Meinung nach, geliebt hatte. Ich erinnere mich, daß sie früher einmal sagte, die Ehe wäre ihrem Wesen nach unauflöslich, wenn sie durch Kinder befestigt wäre, und als jemand widersprach, sagte sie, vielleicht wäre das nicht allgemein gültig, aber sie hätte die Erfahrung an sich gemacht. Meine Freundin war ihrer anschmiegenden Natur nach nicht geeignet, alleinzustehen, und vielleicht hatte sie sich unbewußt diese Theorie gebildet, um sich wenigstens seelisch noch gebunden zu fühlen.«

»Wenn ich Sie nicht schon über Gebühr angestrengt habe«, sagte Dr. Zeunemann höflich, »möchte ich Sie bitten, uns zu erklären, wie es kommt, daß Sie und Frau Swieter, so vertraut sie miteinander waren, in der Beurteilung des Angeklagten so voneinander abwichen.«

Fräulein Schwertfeger lachte ein wenig. »Warum ein Mensch einen anderen liebt, versteht der Dritte selten. Außerdem kann man wohl selbst einem Menschen das Unrecht verzeihen, das er einem getan hat; die Freunde aber werden am wenigsten dazu geneigt sein.«

»Danach sind Sie der Meinung«, sagte der Vorsitzende, »daß der Angeklagte an dem ehelichen Zerwürfnis schuld war?«

»Er quälte sie durch sein launisches, maßloses Wesen«, sagte Fräulein Schwertfeger mit Zurückhaltung.

»Trotzdem, und obwohl Frau Swieter seinerzeit selbst auf der Scheidung bestand«, sagte der Vorsitzende, »scheint es, daß sie fortfuhr, an ihrem geschiedenen Mann zu hängen. Können Sie, als ihre Freundin, uns vielleicht zum Verstehen dieses Widerspruches helfen?«

Fräulein Schwertfeger dachte eine Weile nach und sagte dann: »Widersprüche gibt es in jedem einzelnen Menschen und um so mehr in den Beziehungen zwischen zweien. Als meine Freundin noch verheiratet war, schenkte sie ihrem Manne einmal ein Buch zum Geburtstage; und als er eine Widmung darin haben wollte, schrieb sie auf das erste Blatt:

›Deruga, du bist eben
so schön als wunderlich.
Man kann nicht ohne dich
und auch nicht mit dir leben.‹

Es ist ein Epigramm, das Lessing auf eine gewisse Klothilde gemacht hat.«

Die Zuhörer lachten, aber Dr. Zeunemann blieb ganz ernst. »Noch mit einer Frage möchte ich Sie belästigen«, sagte er. »Frau Swieter soll außerordentlich furchtsam gewesen sein. Die Furcht vor dem hitzigen Temperament ihres Gatten soll sie mit zur Scheidung bewogen haben. Glauben Sie, daß sie sich auch nach der Scheidung noch vor ihm gefürchtet hat?«

»O nein, vor Deruga nicht«, sagte Fräulein Schwertfeger mit Überzeugung. »Vor ein paar Jahren las sie einmal in der Zeitung, daß ein Mann seiner von ihm geschiedenen Frau aufgelauert und sie erstochen habe. Mit Bezug darauf sagte sie, das käme häufig vor, und Frauen, die sich von ihren Männern trennen wollten oder getrennt hätten, müßten eigentlich irgendwie geschützt werden. Ich sagte, sie solle doch die dummen Zeitungen nicht lesen, die Hälfte von allem, was darin stünde, wäre erlogen. Da lachte sie und sagte, ich meinte wohl, sie fürchtete sich? Und dann erklärte sie mir, Deruga sei zwar bei den kleinen Reibungen, die im Zusammenleben unvermeidlich wären, maßlos heftig gewesen und auch nicht frei von Rachsucht, aber von langer Dauer sei das nie gewesen, und sie sei gewiß, daß er gegen sie keinen Groll hege. Daher weiß ich bestimmt, daß sie keinerlei Furcht vor ihm hatte. Im allgemeinen allerdings war sie sehr furchtsam und bevorzugte zum

Beispiel zum Wohnen den dritten Stock, weil sie da vor Einbrechern am geschütztesten zu sein glaubte. Sie fürchtete sich auch sehr vor dem Tode, obwohl sie ihn andererseits als eine Wiedervereinigung mit dem Kinde ersehnte.«

»Vermutlich fürchtete sie nicht den Tod, sondern das Sterben«, sagte der Vorsitzende, »das sie sich als qualvoll vorstellte.«

»Ja«, stimmte Fräulein Schwertfeger zu, »sie hatte große Angst vor Schmerzen und mußte doch so schrecklich aushalten.«

Der Staatsanwalt fragte, ob die Kranke infolge der Schmerzen jemals Störungen oder Trübungen des Bewußtseins gehabt hätte.

»O nein«, sagte Fräulein Schwertfeger mit einem Lächeln, den Blick auf Dr. Zeunemann gerichtet, »sie klagte im Gegenteil zuweilen darüber, daß ihr Kopf bei den größten Qualen stets klar bleibe. Einmal fragte sie mich, ob ich sie lieb genug hätte, um ihr Gift zu geben, das sie von ihrem Leiden erlöste. Ich war sehr erschrocken und sagte, ich hätte sie zu lieb dazu, ich könnte so etwas nicht denken, geschweige denn es tun. Dann erinnerte ich sie daran, wie sie sich doch des Lebens wieder freuen könne, sobald ihr besser sei, und daß sie vielleicht wieder ganz gesund würde, und wie bald dann die Schmerzen vergessen sein würden, so wie ich sie kannte. Da lachte sie und tröstete mich und sagte, ich hätte ganz recht, sie hoffe noch einmal zu prahlen mit dem, was sie so tapfer ausgehalten hätte. Es gab jedenfalls keinen Augenblick, in dem sie nicht genau gewußt hätte, was sie tat.«

»Es erübrigt nun noch eine Frage, deren Antwort im verneinenden Sinne mir zwar schon in Ihren übrigen Aussagen inbegriffen scheint, die ich aber doch ausdrücklich feststellen muß: Hat Frau Swieter ihren geschiedenen Mann von dem Inhalt ihres Testaments in Kenntnis gesetzt?«

»Das weiß ich nicht«, sagte Fräulein Schwertfeger. »Ich glaube es auch nicht. Wozu sollte sie es getan haben?«

»Das wollen wir zunächst dahingestellt sein lassen«, sagte der Vorsitzende. »Gesetzt den Fall, sie hätte es ihm mitteilen wollen, so hätte sie ihm schreiben müssen. Da sie in jener Zeit nicht mehr aufstand, geschweige denn ausging, mußte sie den Brief irgend jemandem zur Besorgung geben. Durch Sie hat sie es also nicht getan?«

»Nein«, sagte Fräulein Schwertfeger.

»Hat sie Ihnen überhaupt nie Briefe zur Besorgung mitgegeben?«

»Vielleicht«, sagte Fräulein Schwertfeger, »ich erinnere mich nicht; aber keinen an Dr. Deruga.«

»Er konnte vielleicht anders adressiert sein, um Sie irrezuführen?«

»O nein«, sagte Fräulein Schwertfeger, die Stirn faltend, »das hätte sie vorher mit ihm verabreden müssen. Solche Schleichwege hätte sie nicht gewählt, dafür stehe ich ein.«

»Ich glaube Ihnen, Fräulein Schwertfeger«, sagte der Vorsitzende nach einer kleinen Pause. »Ich verlasse mich auf Ihre Wahrheitsliebe. Sie sind Lehrerin, die Jugend ist Ihrem Einfluß anvertraut, Sie genießen die Liebe und Verehrung Ihrer Schülerinnen sowohl als auch der Eltern derselben und werden das nicht um eines Hirngespinstes willen verschweigen wollen. Sie haben also weder dem Angeklagten im Auftrage Ihrer Freundin von dem Inhalt ihres Testamentes Mitteilung gemacht, noch haben Sie einen Brief Ihrer Freundin besorgt, in welchem diese Mitteilung enthalten war, oder allenfalls hätte enthalten sein können?«

»Nein«, sagte Fräulein Schwertfeger.

»Sie sind also überzeugt, daß der Angeklagte von dem Testamente keine Kenntnis hatte?«

»Ich bin überzeugt davon«, antwortete sie.

Dr. Zeunemann bedachte sich und sagte, er wolle das Verhör damit abschließen, sie würde ohnehin ermüdet sein. In der Tat sah sie sehr blaß aus, so daß ihre großen Augen beinah schwarz erschienen.

»O ja, ich bin sehr müde«, sagte sie, »darf ich gehen?« Dr. Zeunemann erklärte ihr, daß sie zwar jetzt, da Mittagspause sei, wie alle anderen gehen dürfe, daß er aber für die Dauer des Prozesses um ihre Anwesenheit bitten müsse, worauf sie sich durch eine kurze Neigung des Kopfes verabschiedete.

»Ein wackeres Altjüngferchen«, sagte Justizrat Fein zu Deruga, »obwohl sie nicht die beste Meinung von Ihnen hat.«

»Gute, dumme Gans«, antwortete dieser kurz. Er hatte mit aufgestütztem Kopf und verdecktem Gesicht dagesessen und richtete sich jetzt auf wie jemand, der in dem Labyrinth einer dunklen Musik versunken war, wenn sie plötzlich abreißt. Der stechende Blick, den er durch den Saal gleiten ließ, blieb zufällig an der Baronin Truschkowitz hängen, die, eben im Aufstehen begriffen, ihrem einige Plätze von ihr entfernt sitzenden Anwalt ein Zeichen mit den Augen gab, und er sagte: »Unausstehliche Person; paßt ganz zu der schmutzigen Sache, die sie vertritt.«

»Na, wissen Sie«, entgegnete der Justizrat. »Daß die Baronin sich ungern ein Vermögen entwinden läßt, auf das sie gerechnet hatte, ist menschlich, und daß sie Ihnen allerhand Böses zutraut, um so eher zu entschuldigen, als sie Sie nicht kennt.«

»Halten Sie das für eine Entschuldigung?« sagte Deruga scharf. »Weil sie selbst gierig ist, kann sie sich auch bei anderen kein anderes Motiv vorstellen; das ist ihre Menschenkenntnis. Ekelhaft!«

Die Besprochene war unterdessen auf die Freitreppe des Gerichtsgebäudes gelangt und blickte durch die Lorgnette ungeduldig um sich. »Ich bin ganz erregt«, sagte sie zu Dr. Bernburger, »über die Art und Weise, wie man mit diesem Fräulein umgeht. Sie mag ja übrigens ein anständiges Mädchen sein. Aber es ist klar, daß sie nicht die Wahrheit sagt, und ich begreife nicht, daß man das so gehen läßt.«

»Ja, das ist eine heikle Sache, Gnädigste«, sagte Dr. Bernburger, »die Folter ist längst abgeschafft.«

»Das war eben sehr voreilig«, sagte die Baronin. »Die Alten waren in vieler Hinsicht klüger als wir und wußten recht gut, warum sie sie anwendeten. Aber wir müssen doch auch Mittel haben, um die Wahrheit aus den Leuten herauszubringen. Ich würde ganz anders vorgehen, wenn ich der Präsident wäre. Aber Sie kommen mir zerstreut vor, Herr Doktor.«

»Im Gegenteil«, sagte Dr. Bernburger, »ich bin vertieft in unser Problem.«

»Und haben Sie bemerkt«, fuhr die Baronin fort, »daß sie gerade das zugab, was sie bestreiten wollte, nämlich daß meine Kusine sich vor ihrem geschiedenen Mann fürchtete? Und wie interessant, daß die Männer eine Neigung haben, ihre geschiedene Frau umzubringen? Man muß es sich doch sehr überlegen, ehe man den Schritt tut.«

»Ich hoffe, Kind«, sagte der neben ihr stehende Baron gutmütig, »das ist nicht der einzige Grund, der dich abhält, dich scheiden zu lassen.«

Sie sah ihn mit einem Lächeln an, in dem ein leichter Spott lag, und sagte:

»Nein, mein Teurer, du bist viel zu ritterlich, als daß ich mich vor dir fürchten könnte.«

Gleichzeitig winkte sie dem wartenden Chauffeur, das Auto näher heranzulenken, und entließ ihren Anwalt mit flüchtigem Gruß.

Der Staatsanwalt hatte sich beim Verlassen des Saales an Dr. Zeunemann gehängt und begleitete ihn unter vorwurfsvollen Reden in sein Zimmer. Es sei klar, sonnenklar, sagte er, daß dieses Muster – er meinte Fräulein Schwertfeger – den Brief besorgt habe. Das Muster habe keine Übung im Lügen. Er wolle gerecht sein, aber gelogen habe sie. Da müsse eingeschritten werden! Oder ob wieder einmal durch die Gunst der Frauen ein Elender der verdienten Strafe entzogen werden solle? Dieser Mensch besitze die Gunst der Frauen, und im Leben wie im Salon hänge ja heutzutage der Mann von der Gunst der Frauen ab. Ob es denn aber nicht zum Himmel schreie, wenn auch das Recht durch Weiberlaunen gemacht würde!

Der Staatsanwalt rang während dieser Reden die Hände und fuhr sich durch die langen, dünnen Haare, die verwildert nach allen Seiten hingen.

»Beruhigen Sie sich, Herr Kollege«, sagte Dr. Zeunemann mißbilligend, »bei Fräulein Schwertfeger trifft Ihre Zwangsvorstellung von der Gunst der Frauen nicht zu, sie hat offenbar eine Abneigung gegen ihn.«

»Worte!« rief der Staatsanwalt verzweifelt. »Worte, Worte! In der Tat begünstigt sie ihn. Wahrscheinlich hat sie selbst an ihn geschrieben. Ist es nicht sonnenklar?« wendete er sich an die beiden Beisitzer.

Diese bestätigten, daß ihnen das Verhalten von Fräulein Schwertfeger auffallend vorgekommen sei; aber es ließe sich auch anders, zum Beispiel durch die den Frauen eigentümliche Scheu vor der Öffentlichkeit erklären.

»Ach Gott«, jammerte der Staatsanwalt, »wohin soll das führen, wenn ein so schäbiges altes Muster schon den Scharfblick bewährter Juristen trüben kann!«

»Lieber Herr Kollege«, sagte Dr. Zeunemann, nach der Uhr sehend, »Sie bedürfen ebenso wie wir des Mittagessens und der Mittagsruhe. Schlafen Sie ein Viertelstündchen! Und künftig bitte ich Sie, die Fragen zu stellen, die Sie für zweckmäßig halten.«

»Was hilft es, Fragen zu stellen, wenn man mit Lügen abgespeist wird?« sagte der Staatsanwalt bitter. »Ich weiß jetzt, was ich wissen wollte, nämlich daß es sich so verhält, wie ich von Anfang sagte: es war kein Totschlag, sondern vorbedachter Mord. Als er erfuhr, daß sie ihm ihr Vermögen vermacht hatte, beschloß er, sie zu töten, ehe sie etwa, durch ihre Verwandten beeinflußt, anderen Sinnes werden und das Testament umstoßen könnte.«

»Soll ich Ihnen Ihre Insinuationen zurückgeben«, sagte Dr. Zeunemann, »und den Argwohn äußern, daß Sie die Dinge durch eine von der Baronin Truschkowitz aufgesetzte Brille ansehen? Vergleicht man ihre Reize mit denen des Fräulein Schwertfeger, so erscheint dieser Verdacht beinahe unbegründet.« Der Staatsanwalt, dem die Neckerei augenscheinlich schmeichelte, mußte lachen. Indessen, fügte er brummend hinzu, ein Prozeß, bei dem Weiber beteiligt wären, arte immer in Tratsch aus, es müßten ihm aber alle bezeugen, daß er von Anfang an der Überzeugung gewesen sei, es handle sich um Mord.

Ja, sagte Dr. Zeunemann, und er bezeuge freiwillig noch dazu, daß der Staatsanwalt in seine ersten Überzeugungen verliebt zu sein pflege, wie eine Mutter in ihr Kind, bis das zweite käme und jenes verdrängte.

VI

Ursula Züger, achtunddreißig Jahre alt, seit neunzehn Jahren im Dienst der verstorbenen Frau Swieter«, begann der Präsident.

Ursula Züger blickte mit überlegenem Lächeln in die Runde. ›Ihr dampft vor Gier nach den Tatsachen, die nur ich berichten kann‹, schien ihre Miene zu sagen; ›fallt nur her über die Beute und sättigt euch, ich denke, sie soll euch schmecken.‹

»Sie müssen bei so langem Zusammenleben mit allen Verhältnissen der Frau Swieter sehr vertraut gewesen sein.«

»Das will ich meinen«, sagte Ursula, »was meine Gnädige angeht, das weiß ich von Anfang bis zu Ende, das gibt es nicht anders.«

»Hat die Verstorbene zuweilen von der Vergangenheit, ich meine, von der Zeit ihrer Ehe mit dem Angeklagten, mit Ihnen gesprochen?«

»Hui!« Ursula stieß einen pfeifenden Ton aus, welcher sagen zu wollen schien, daß dies unzählige Male der Fall gewesen sei. »Namentlich seit der Zeit, wo sie krank lag, das arme Wurm.

Wenn ich dann abends bei ihr saß, ging das immer: ›Wissen Sie noch dies und das, Urschel? Wissen Sie noch die Geschichte mit dem Bettler?‹ Nämlich in der ersten Zeit, als unser Herr Doktor noch keine Patienten hatte, da kamen ausgerechnet alle Bettler, die es in der Stadt gab, und einmal ging der Herr Doktor selbst an die Tür und sagte: ›Sie, guter Freund, ich soll Ihnen was geben? Also, was haben Sie heute verdient? Na, sagen Sie die Wahrheit: mindestens eine Mark, mindestens! Sie gehen an der Krücke, haben nur ein Auge – schön, sagen wir eine Mark. Ich dagegen nichts. In vier Wochen habe ich nicht zehn Mark verdient! Aber wenn Sie eine Zigarette wollen und mir ein bißchen Gesellschaft leisten‹ – und da hat er wahrhaftig einmal einem mit eigener Hand eine Zigarette gedreht, der sah aus, als ob er geradewegs aus dem Kehrichtkübel käme, aber sonst ein verschmitzter, lustiger Kerl, der kam dann alle paar Tage und sagte gleich, wenn ich die Tür aufmachte, er wolle nichts haben, wolle nur dem Herrn Doktor ein bißchen Gesellschaft leisten.«

»So«, sagte der Vorsitzende, »Sie tischten der Kranken also lustige Erinnerungen auf, um sie zu erheitern.«

»Versteht sich«, sagte Ursula. »Schmerzen und Kummer hatte sie ohnehin genug.«

»Wenn Frau Swieter dem Herrn Doktor nichts nachtrug«, fuhr der Vorsitzende fort, »sich seiner sogar gern erinnerte, wechselte sie wohl zuweilen Briefe mit ihm?«

»Das dachte ich doch, daß Sie wieder davon anfingen«, sagte Ursula triumphierend. »Damit ist es aber ein für allemal nichts. Wo wird sie denn mit ihrem geschiedenen Mann Briefe gewechselt haben? Da hätten sie ja ebensogut zusammenbleiben können.«

»Das ist doch ein Unterschied«, setzte der Präsident auseinander. »Es kann vorkommen, daß man sich entfernt sehr gut verträgt, während man sich unter einem Dach beständig in den Haaren liegt.«

»Dazu war meine Gnädige eine viel zu feine Dame«, sagte

Ursula streng. »Von In-den-Haaren-Liegen war da gar keine Rede und auch nicht von heimlichen Tuscheleien, nachdem sie einmal auseinander waren. Wenn ich früher wohl einmal sagte, der Herr Doktor sei doch im Grunde gar kein schlechter Mensch gewesen, und es sei doch eigentlich schade, wenn er nun auf eine schiefe Bahn geriete, und auch für uns, weil immer etwas ging, solange er da war, dann schüttelte meine Gnädige den Kopf und sagte: ›Wenn wir uns auch heute versöhnten, würden wir doch übers Jahr auseinandergehen.‹ Und recht hatte sie, so ein Mann wie der konnte einmal keine Ruhe geben.«

»Sie sind also der Meinung«, fragte der Vorsitzende, »daß Frau Swieter weder an den Angeklagten geschrieben noch von ihm Briefe empfangen hat?«

»Der Meinung!« wiederholte Ursula mit blitzenden Augen.

»Von Meinung brauchen Sie da gar nicht zu reden, Herr Präsident, denn das weiß ich. Deswegen bilde ich mir nicht zu viel ein, wenn ich sage, daß der liebe Gott es nicht besser wissen kann. Erstens kenne ich die Handschrift vom Herrn Doktor, und weil sie vor einem Jahr krank wurde, hat sie keinen Brief mehr bekommen, der nicht durch meine Hand ging, und geschrieben hat sie auch nicht mehr, außer was sie mir oder Fräulein Schwertfeger, aber meistens Fräulein Schwertfeger, diktierte. Wir haben auch ihre Briefe auf die Post gebracht.«

»Nun, mein liebes Kind«, sagte Dr. Zeunemann, »Ihre Gnädige war doch nicht lahm! Wenn sie durchaus wollte, konnte sie auch aufstehen und sich Schreibzeug holen und schreiben, ohne daß Sie es wußten, und sie konnte auch zum Beispiel Herrn Dr. Kirchner, ihren Arzt, um die Besorgung eines Briefes bitten.«

»Ja, das scheint Ihnen so, Herr Präsident«, sagte Ursula nachsichtig, »weil Sie es nicht besser wissen. Aber daß meine Gnädige hinter meinem Rücken Briefe schrieb und abschickte, das ist ausgeschlossen. Wenn Sie die Verhältnisse kennten, würde Ihnen so etwas gar nicht in den Sinn kommen. Nein, und wenn sie auch nicht lahm war, und das war sie allerdings nicht, so hätte sie doch solche Zeremonien nicht mit mir gemacht, wo gar keine Veranlassung dazu da war; denn sie hätte ja nur zu sagen brauchen: ›Ursula, von dem Brief soll niemand etwas wissen, und Sie sollen es auch nicht wissen.‹ Und dem Herrn Dr. Kirchner einen Brief mitgeben, darüber muß man wirklich lachen, wenn man die Verhältnisse kennt. Da hätte sie ja nicht gewußt, ob er ihn nicht ein halbes Jahr in der Tasche behielte oder auf der Treppe schon verloren hätte. Und warum hätte sie denn ihre Geheimnisse fremden Leuten anvertrauen sollen, wo sie doch Fräulein Schwertfeger und mich hatte, auf die sie sich verlassen konnte? Also das schlagen Sie sich nur aus dem Kopfe, Herr Präsident, mit den heimlichen Briefen! Was in unserem Hause vorgegangen ist, das weiß ich, und da konnte nichts vorgehen, was ich nicht wußte.«

»Sie werden doch zuweilen Besorgungen gemacht haben, liebes Fräulein«, sagte der Präsident, der sich noch nicht für geschlagen erklären mochte. »Wissen Sie auch, was in der Wohnung vorfiel, wenn Sie nicht da waren?«

»Wenn Sie mich damit hereinzulegen denken, wie man so sagt, Herr Präsident«, antwortete Ursula unerschüttert, »dann sind Sie ausgerutscht, mit Erlaubnis zu sagen. Wenn ich fort war, konnte am allerwenigsten etwas vorfallen, weil ich dann nämlich die Wohnungstür hinter mir abschloß. Meine Gnädige hatte das selbst angeordnet und gesagt: ›Wissen Sie, Ursula, weil ich doch nicht aufstehen soll, nach dem, was der Herr Doktor sagt, so ist es am einfachsten, Sie schließen die Tür ab, damit ich sicher bin, daß niemand hinein kann. Kommt jemand, so mag er läuten und wiederkommen. Brennen wird es ja nicht gerade, während Sie fort sind.‹ Na, was das betrifft, darüber war ich ganz ruhig, denn wo sollte es brennen, wo ich immer nur in der Frühe oder nachmittags ausging, wenn kein

Feuer im Hause war. Fräulein Schwertfeger hatte eigens den Wohnungsschlüssel, damit sie zu jeder Zeit hineinkonnte. Also, Herr Präsident, das müssen Sie nun doch einsehen, daß in meiner Abwesenheit nichts vorfallen konnte.«

»Nur ist in Ihrer Abwesenheit Ihre Herrschaft ermordet worden«, erhob sich die kreischende Stimme des Staatsanwalts.

Ursula verstummte; aber, wie es schien, mehr erstarrt über die Dreistigkeit, diese Tatsache anzuführen, als von ihrer Beweiskraft überwunden. »So weit sind wir noch nicht«, sagte sie endlich, sich aufraffend. »Ich glaube überhaupt nicht an den Mord, weil es unmöglich ist, daß etwas in der Wohnung vorfiel, solange ich fort war.«

»Außer wenn Frau Swieter selbst wollte«, warf der Vorsitzende ein.

»Ja, das werden Sie doch aber selbst nicht glauben, Herr Präsident«, sagte Ursula, wieder in den früheren Gedankengang einlenkend, »daß die todkranke Frau aufstand und womöglich drei Treppen herunter auf die Straße lief, nur um unserem Herrn Doktor einen Brief zu schicken, den ich ihr jeden Augenblick mit dem größten Vergnügen besorgt hätte.«

Dr. Zeunemann seufzte. »Verreist sind Sie niemals«, begann er von neuem, »seit Frau Swieter im vorigen Jahre krank wurde und zu Bette lag?«

»Nein«, sagte Ursula, »obwohl sie es mir oft angeboten hat und ich ja auch wußte, daß Fräulein Schwertfeger gerne solange bei ihr gewohnt hätte, und daß sie ja auch eine Krankenschwester hätte nehmen können. Aber die hätte doch die Verhältnisse nicht so gekannt wie ich, und wenn es mir auch leid tat, meine Mutter so lange nicht zu sehen, so habe ich mir doch gesagt: die Frau hat dich seit neunzehn Jahren nicht verlassen, so verlasse ich sie auch nicht. Ruhe hätte ich zu Hause auch nicht gehabt, und ich glaube, ich fände im Grabe keine Ruhe, wenn ich das arme, kranke Wurm allein gelassen hätte.«

Ursulas laute Stimme wurde unsicher, und sie fuhr sich mit dem Taschentuch über das Gesicht.

Der Vorsitzende wartete ein wenig und forderte sie dann auf, den Todestag der Frau Swieter, soweit sie sich erinnern könne, vom Anfang bis zum Ende zu schildern.

»Gerade an dem Tag«, begann Ursula, »hatte ich gar nichts Böses vermutet. Die Nacht war nämlich sehr schlecht gewesen, ich hörte sie stöhnen, lief wohl fünfmal hin und fragte, ob ich den Doktor holen sollte, aber sie sagte: ›Nein, der hilft mir doch nicht‹, und mich schickte sie auch fort, weil ich es ihr nur schwerer machte. Denn wenn ich da wäre, sagte sie, müßte sie sich beherrschen.

Gegen Morgen bin ich wirklich eingeschlafen, denn vier Uhr habe ich es schlagen hören, aber fünf nicht mehr, und um sieben weckte mich der Kaminkehrer, der anläutete. Ich war wütend, daß er so laut schellte, und lief an die Tür und sagte, das sei keine Art, so unversehens daherzukommen, er habe sich den Tag vorher anzumelden, und jetzt nähme ich ihn schon gar nicht an; ich mochte den unverschämten Kerl nämlich ohnehin nicht leiden. Ich dachte, meine Gnädige wäre vielleicht auch erst vor kurzem eingeschlafen und nun wieder geweckt, und da klingelte sie mir auch schon und fragte, wer draußen wäre. Ich sagte, der Kaminkehrer, und daß ich ihn geschimpft hätte, und sie sagte, es habe nichts zu sagen, sie würde schon wieder einschlafen, es sei ihr jetzt ganz wohl. Aussehen tat sie freilich, als wenn sie Fieber hätte, aber es blieb ganz ruhig bei ihr, und da ich um zehn Uhr wieder hereinschaute, lag sie ganz still da, und die Haare fielen ihr halb übers Gesicht. Ich ging leise heraus und beeilte mich, so gut ich konnte, und wie ich wieder da war, guckte ich wieder leise herein, und da lag sie mit offenen Augen und lächelte so friedlich und sagte: ›Sind Sie da, Urselchen, mir ist ganz wohl, ich habe gar keine Schmerzen mehr.‹ Sie sah auch wirklich ganz gut aus, obgleich sie tiefe Schatten wie breite, schwarze Bänder unter den Augen hatte, und wie ich sie so betrachtete, kam sie mir sonderbar vor und ich sagte: ›Gnädige Frau sehen so geheimnisvoll aus.‹ Meine Seele dachte aber nicht daran, daß das Geheimnis der Tod war, denn sonst hätte ich es ja nicht gesagt.«

»Was antwortete sie darauf?« fragte der Vorsitzende.

»Sie lächelte noch glücklicher als vorher und sagte: ›Das Geheimnis ist, daß unser Mingo mich besucht hat.‹ Mingo hieß unser Kind, das gestorben ist, und wir nannten es der Mingo, weil wir eigentlich bestimmt auf einen Buben gerechnet hatten.«

»Sie hatte also von ihrem verstorbenen Kinde geträumt«, sagte der Vorsitzende. »Erzählte sie Ihnen davon?«

»Natürlich«, sagte Ursula, »wenn sie von unserem Mingo geträumt hatte, sprach sie den ganzen Tag davon. Es war in einem offenen Wagen mit schönen schwarzen Pferden gekommen und hatte auf dem Rücksitz gesessen, so wie es sonst zwischen seinen Eltern saß. Ganz gerade und stolz hatte es dagesessen und ihr mit der kleinen Hand gewinkt, daß sie sich zu ihm setzen sollte, und plötzlich war es dann kein Wagen mehr gewesen, sondern eine Art Karussell oder Schaukel, und war nach einer wunderschönen Musik immer höher und höher geflogen. Es kam ihr so vor, als ob die Schaukel abgerissen wäre, und wie ihr bange wurde, sagte unser Mingo ganz ernsthaft: ›Halte dich nur an mir!‹ Darüber mußte sie lachen, daß das winzige Geschöpf seiner Mutter eine Stütze sein wollte, und wachte auf.

Zwischen dem Kochen ging ich immer wieder herein und schwatzte mit ihr von unserem Mingo, und dann brachte ich ihr das Mittagessen und setzte mich zu ihr und redete ihr zu, ordentlich zu essen, weil sie nämlich immer nur an allem nippte. ›Ach, Urselchen, lassen Sie mich nur, ich habe heute keinen Hunger‹, sagte sie, ›gewiß kommt unser Bettler, der wird froh sein, wenn er so viel bekommt.‹ Es war nämlich Donnerstag, und am Donnerstag kam meistens ein alter Mann, der sagte, in der ganzen Straße gäbe es keine so gute Köchin, wie ich wäre, und so hatten wir immer allerlei Spaß miteinander. Indem sie das sagte, läutete es auch schon an der Tür, es war aber nicht unser Bettler, sondern ein anderer, so wie ein Slowak sah er aus, die Mausefallen verkaufen. Ich hatte ihm kaum aufgemacht, da klingelte meine Gnädige so stark, daß es mir ordentlich durch die Knochen fuhr, und wie ich hinlief, sagte sie, ob es der Doktor sei. ›Bewahre‹, sagte ich, ›um die Zeit kommt der Doktor nicht, es ist ein Bettler.‹ – ›Dann ist es gut‹, sagte sie ›ich wollte Ihnen nur sagen, daß Sie den Doktor heute nicht zu mir hereinlassen. Ich bin zu müde, um mich quälen zu lassen. Sie können ihm sagen, ich hätte eine schlechte Nacht gehabt und schliefe.«

»Ist Ihnen das nicht aufgefallen?« fragte der Vorsitzende.

»Nein«, sagte Ursula erstaunt, »es ist auch gar nichts Auffallendes daran. Ich mußte manchmal den Doktor unter irgendeinem Vorwand fortschicken, zum Beispiel, wenn ich ihr gerade etwas Spannendes vorlas.«

»Haben Sie ihr auch an diesem Tage vorgelesen?« fragte der Vorsitzende.

Ursula schüttelte traurig den Kopf. »Dazu ist es nicht mehr gekommen«, sagte sie. »Nachdem ich meine Küche gemacht hatte wie alle Tage, fragte ich sie, ob ich ihr vorlesen sollte, oder ob sie möchte, daß Fräulein Schwertfeger käme. ›Nein‹, sagte sie, ›Gundel kommt gewiß von selbst, wenn sie Zeit hat, und ich glaube auch, daß ich wieder einschlafen werde. Da können Sie zur Bank gehen und die Miete bezahlen, weil Sie gestern nicht dazu gekommen sind‹ – es war ja der 2. Oktober –, ›und auf dem Rückweg könnten Sie mir eine Flasche griechischen Wein mitbringen, ich habe solche Lust darauf, und der Doktor hat mir Wein erlaubt.‹ Dann trug sie mir noch auf, dem Hausmeister zu sagen, daß er auf den Abend heizte, damit ich nicht im Kalten säße, weil der Wind so stark auf meinem Fenster stand. Er hätte nämlich eigentlich schon am Ersten heizen müssen, aber der Mensch war ja so faul, daß er kaum die trokkenen Blätter im Vorgarten zusammenfegte, und in den Keller gehen und heizen, das paßte ihm erst recht nicht. Wenn man ihn mahnte, hatte er immer einen Vorwand, weswegen er nicht dazu gekommen wäre. Er möchte lieber Heizer in der Hölle sein, als ein Hausmeister mit drei Häusern und achtzehn Parteien, von denen jede verschieden warm haben wollte; das war eine beliebte Redensart von ihm. Ich sagte also zu meiner Gnädigen, lieber wolle ich frieren, als daß ich mich mit dem Mehlwurm von Hausmeister einließe. Da lachte sie und sagte, nein, ich solle es ihm nur recht gefährlich ausmalen, wie kalt ich es hätte und wie böse sie auf ihn wäre. Und das waren die letzten Worte, die ich von ihr gehört habe.«

»Als Sie nach Hause kamen«, sagte der Vorsitzende, »war sie tot. Sie hatten die Tür abgeschlossen und fanden sie geschlossen wieder vor?«

»Abgeschlossen war die Tür nicht, und das kam daher, weil, kurz bevor ich kam, Fräulein Schwertfeger dagewesen war, und die dachte gewöhnlich nicht ans Abschließen.«

Fräulein Schwertfeger wurde gefragt, ob sie die Tür verschlossen gefunden habe, und erklärte, daß sie nicht darauf geachtet habe und deshalb nichts darüber sagen könne. Sie sei auf dem Wege in die Abendschule und in Eile gewesen, habe eben nur fragen wollen, wie es ginge. Da es totenstill in der Wohnung gewesen sei, habe sie angenommen, daß ihre Freundin schliefe, habe leise in das Schlafzimmer hineingeguckt und sei dann wieder gegangen. Die Tür, die vom Schlafzimmer ihrer Freundin ins Wohnzimmer geführt habe, sei wie immer weit offen gewesen. Sie habe beim Fortgehen die Wohnungstür keinesfalls abgeschlossen, denn sie habe das nie getan. Es sei etwa fünf Minuten vor sechs Uhr gewesen.

»Wieviel Uhr war es, als Sie nach Hause kamen?« wendete der Vorsitzende sich wieder an Ursula.

»Als ich um die Ecke von unserer Straße bog«, sagte Ursula, »hörte ich es von der Schloßkirche sechs Uhr schlagen, und von da sind es keine fünf Minuten mehr, besonders weil ich schnell ging. Ich hatte mich nämlich mit dem Warten auf der Bank, und weil ich nach dem Wein hatte laufen müssen, verspätet. Ich ging zuerst in die Küche und legte meine Pakete ab – ich hatte sonst noch einiges für den Haushalt eingekauft – und meinen Mantel. Dann ging ich leise ins Schlafzimmer; denn daß meine Gnädigste schliefe, nahm ich an, weil sie mich sonst sofort rief, sowie ich die Tür aufmachte. ›Sind Sie's, Urselchen?‹ rief sie mit ihrer weichen Stimme. Sie hatte so eine helle, unschuldige Stimme wie ein Kind. Durch die offene Tür sah ich, wie sie ganz still dalag, den Kopf auf der Seite und die Arme über der Decke, und kehrte gleich wieder um, froh, daß sie so gut schlief. Aber als ich im Wohnzimmer war, fiel mir auf einmal ein, daß sie sonst ganz anders lag, wenn sie schlief, nämlich nie flach auf dem Rücken, sondern etwas zur Seite geneigt, und die eine Hand hatte sie unter dem Gesicht. Wie mir das plötzlich einfiel, wurde mir so sonderbar zumute, daß mir wahrhaftig die Knie zitterten, und ich mußte mir ordentlich Mut machen, eh ich wieder hineinging. Und wie ich ihr leise, leise die Haare vom Gesicht nahm, sah ich, daß sie tot war, denn so still liegt ja kein lebendiger Mensch.«

»Trug sie die Haare immer offen?« erkundigte sich Dr. Zeunemann.

»O nein«, antwortete Ursula, mit einem kurzen, geringschätzigen Lächeln. »Ich frisierte sie jeden Morgen sehr schön und ordentlich, da fehlte gar nichts, aber in der letzten Nacht hatte es sich aufgelöst bei dem Herumwälzen wegen der Schmerzen, und weil sie so müde war, hatte ich sie nicht damit plagen wollen.«

»Wir wissen durch den Arzt, den das Mädchen sofort rufen ließ«, sagte der Vorsitzende, »daß der Tod eine bis zwei Stunden vorher eingetreten war, und zwar, wie der Arzt damals annahm, durch Herzlähmung. Der Zustand der Kranken hatte durchaus mit einer solchen rechnen lassen, weshalb von keiner Seite irgendein Argwohn geschöpft wurde.«

»Zählen Sie, Fräulein Züger, noch einmal im Zusammenhang auf, was für Personen im Laufe des Tages in der Wohnung gewesen waren!«

»In der Wohnung war überhaupt niemand«, sagte Ursula mit nachdrücklicher Mißbilligung. »Angeläutet hatte zuerst in der Frühe der Kaminfeger, den ich wieder fortschickte. Er kam dann noch einmal wieder, der zudringliche Mensch, und da sagte ich ihm, in einem ordentlichen Haushalt ließe man um zehn Uhr keinen Herd mehr putzen, er solle sich das merken. Nachher war der Postbote da; der warf gewöhnlich die Briefe nur herein, aber diesmal läutete er an, weil er einen ungenügend frankierten Brief hatte.«

»Was für ein Brief war das?« fragte der Vorsitzende hastig.

»Der Brief war für mich«, antwortete Ursula schnippisch triumphierend, »von meiner Freundin, die eine Stelle in Frankreich angenommen hatte.«

»Und weiter?« fragte Dr. Zeunemann.

»Danach läutete noch einmal die Gemüsefrau, der ich aber nichts abnahm, weil der Spinat letztes Mal bitter gewesen war, und am Mittag der Slowak. Sonst war niemand da, und in der Wohnung ist überhaupt niemand gewesen.«

Der Staatsanwalt bat ums Wort.

»Ich möchte bemerken, daß die Wohnung doch nicht so festungsmäßig verwahrt war, wie das gute Mädchen es darstellen möchte. Sie hat selbst erzählt, daß sie, als sie dem sogenannten Slowaken die Tür aufgemacht hatte, von Frau Swieter durch die Klingel abgerufen wurde. Er hätte also die Gelegenheit benutzen und eindringen können.«

Ursula drehte sich ganz nach dem großen, mageren Angreifer und stemmte den Arm in die Seite, während sie ihn mit sprühenden Augen von oben bis unten maß.

»Hätte er das?« fragte sie höhnend. »Ja, wenn ich ihm nicht die Tür vor der Nase zugeworfen hätte. Ich schlug die Tür fest zu, ehe ich zu meiner Gnädigen hineinlief, und sie war auch zu, als ich wiederkam. Den Slowaken hörte ich noch auf der untersten Treppe. Ich hatte ihm nämlich einen Teller Suppe gegeben und wollte den leeren Teller wieder hereinnehmen, aber er hatte sie nicht angerührt. Um Suppe ist es diesen Vagabunden ja gewöhnlich gar nicht zu tun. Übrigens war es ein ganz harmloser Mensch und sah auch gar nicht so zerrissen und schmutzig aus wie die richtigen Strolche.«

»Glauben Sie bestimmt«, fragte der Vorsitzende, »daß Sie den Angeklagten in irgendeiner Verkleidung erkannt hätten?«

»Unseren Herrn Doktor?« fragte sie endlich mit immer größer werdenden Augen. »Meinen Sie, ob unser Herr Doktor der Slowak gewesen sein könnte? Ja, wissen Sie, Herr Präsident, da könnten Sie mich ebensogut fragen, ob Sie unser Herr Doktor sein könnten! Unser Herr Doktor! Und der hätte nicht mit den Augen gezwinkert und gesagt: ›Ursula, kennen Sie mich nicht, dumme Person?‹ Überhaupt! Ja, so etwas meinen Sie, Herr Präsident, weil sie die Verhältnisse nicht kennen!«

Dr. Zeunemann schnitt die immer schneller strömende Rede durch eine verzweifelte Handbewegung und einen Seufzer ab. »Bleiben wir bei der Sache«, sagte er. »Sie halten es für unmöglich, daß jemand in die Wohnung eindringen konnte?«

»Ausgeschlossen, einfach ausgeschlossen«, antwortete Ursula.

»Außer, wenn Frau Swieter selbst wollte«, sagte Dr. Zeunemann.

»Ja, die wird gerade Räuber und Mörder eingelassen haben«, sagte Ursula mit zorniger Verachtung.

»Offensichtliche Räuber und Mörder nicht«, rief der Staatsanwalt dazwischen, »vielleicht aber ihren einstigen Gatten, für den sie leider noch immer, wie das Testament beweist, ein liebevolles Interesse hatte.«

»Und sie wird gerade nach siebzehn Jahren«, sagte Ursula fast schreiend, »am Läuten erkannt haben, daß er es war.«

»Wenn sie ihn erwartete, mein gutes Kind, war das nicht nötig«, sagte der Staatsanwalt mit dem beißenden Tone eines schadenfrohen Teufels.

Dr. Zeunemann machte eine warnende Handbewegung gegen Ursula, die aussah, als ob sie ihrem Gegner an die Kehle springen wollte. »Ich glaube«, sagte er, die Stimme erhebend, »wir fangen an, uns im Kreise zu drehen. Der Herr Staatsanwalt geht davon aus, daß eine Verständigung irgendwelcher Art zwischen den geschiedenen Eheleuten bestanden haben könnte, was aber noch ganz unbewiesen ist, ja wovon eher die Unmöglichkeit nachgewiesen ist. Nach meiner Meinung hat die Zeugin nichts Sachdienliches mehr vorzubringen, und wir könnten zur Vernehmung des Hausmeisters übergehen, wenn die Herren Geschworenen einverstanden sind.«

Den Kopf steif im Nacken und ein verächtliches Lächeln auf den Lippen, das dem angekündigten Hausmeister galt, begab sich Ursula auf ihren Platz neben Fräulein Schwertfeger.

Der Erwartete glich insofern einem Mehlwurm durchaus nicht, als er rot im Gesicht war mit einem bläulichen Anflug über der Nase. Er schlenderte in der bequemen Haltung eines Menschen herein, der dem Leben zu sehr als Liebhaber gegenübersteht, um jemals Eile zu haben, sah sich gemächlich um und unterzog zuletzt den langen grünen Tisch, vor dem er zu stehen hatte, samt allen darauf befindlichen Gegenständen einer beiläufigen Untersuchung. Der Vorsitzende vereidigte ihn und forderte ihn auf, die an ihn gerichteten Fragen nicht nur der Wahrheit gemäß, sondern auch ohne Zweideutigkeit und Weitschweifigkeit zu beantworten.

»I warum nicht«, sagte der Hausmeister, »da liegt ja gar nichts daran.«

»Wo pflegen Sie sich tagsüber aufzuhalten?« lautete die erste Frage.

»Ja«, sagte der Hausmeister lachend, »da läßt sich freilich nicht so eins, zwei, drei darauf antworten. Das ist nämlich je nachdem, was ich gerade zu tun habe. Aber wenn ich sage, daß ich entweder in einem von meinen drei Häusern bin, weil in einer Wohnung etwas zu richten ist, oder weil eine Partei mit mir dies oder das reden möchte, oder dann im Keller bei der Heizung, oder im Garten, wo ich so auf und ab spaziere, so wird das schon ungefähr stimmen. In meiner eigenen Wohnung bin ich am wenigsten und habe da ja auch nichts zu tun, denn für die Familie interessiere ich mich nicht so wie für den Beruf.«

»Sind die Häuser untertags abgeschlossen?« fragte der Vorsitzende.

»Gott bewahre«, sagte der Hausmeister, »da kann jedermann aus- und eingehen, wie er will. Nichts Unrechtes kommt ja bei uns sowieso nicht vor, und für alle Fälle ist vor jeder Wohnung eine besondere Wohnungstür. Nein, vom Abschließen ist bei uns keine Rede. Des Morgens um sechs schließe ich alle Türen auf, vielmehr meine Frau tut das, und abends um neun Uhr schließe ich zu, und bei der Methode haben wir uns immer gut verstanden.«

»Aber die Keller sind doch abgeschlossen?« fragte Dr. Zeunemann.

»Ja, sehen Sie, Herr Präsident«, antwortete der Hausmeister, »das läßt sich wieder nicht so eins, zwei, drei beantworten. Bei Nacht sollen sie wohl eigentlich geschlossen sein, denn am Tage ginge das ja gar nicht an, schon wegen dem Heizen, und wo die Fräuleins so oft Kohlen und Kartoffeln und dergleichen heraufholen. Das würde ja ein ewiges Auf- und Zuschließen. Es geht sowieso den ganzen Tag: ›Herr Hausmeister, ach, helfen Sie mir doch!‹ ›Herr Hausmeister, bitte, nur einen Augenblick!‹ Ich sollte immer an hundert Orten zugleich sein. Nein, es ist für alle Teile am besten, wenn die Keller ein für allemal offen sind, und daran hat auch noch niemand etwas auszusetzen gehabt.«

»Sie sollen aber selbst einmal«, erwiderte der Vorsitzende, »einen Mann ertappt haben, der sich im Keller eingeschlichen hatte.«

»So«, sagte der Hausmeister nachdenkend. »Ach so, das hat wohl die Urschel erzählt?« rief er nach einer Pause belustigt aus. »Ja, vor dem brauchte niemand Angst zu haben, der sah grün im Gesicht aus, als ob er die ganze Nacht unreife Äpfel gegessen hätte. Das war so ein Obdachloser, oder es kann ihn auch eins von den Mädels versteckt haben, denn die Jungfern haben doch alle ihren Liebhaber, wenn sie sich auch noch so zimperlich anstellen.«

Dr. Zeunemann machte ein ernstes Gesicht und fragte streng:

»Entsinnen Sie sich, wer am 2. Oktober des vergangenen Jahres aus- und eingegangen ist?«

»Du lieber Himmel«, seufzte der Hausmeister, »wie soll ich das behalten, was bei uns täglich ein- und ausgeht! Stellen Sie sich vor, Herr Präsident, drei Häuser mit achtzehn Parteien, wobei ich mich noch gar nicht mal gerechnet habe; in dem einen sind vier Parteien, in den beiden anderen je sieben. Und wie geht es vollends Anfang Oktober zu, wo die eine Partei auszieht und die andere einzieht, und die Handwerker, die das mit sich bringt!«

»Gerade weil es besondere Tage sind«, beharrte der Präsident, »haben Sie sie doch vielleicht im Gedächtnis behalten. Auch der plötzliche Tod der Frau Swieter, die das am meisten zurückliegende Haus bewohnte, hat den Tag unter den anderen hervorgehoben. Als später der Ihnen bekannte Verdacht entstand, haben Sie doch sicher in Ihrem Gedächtnis nachgeforscht, wen Sie an jenem Tag aus- und eingehen gesehen haben.«

»Ich will tun, was ich kann, um Ihnen gefällig zu sein, Herr Präsident«, sagte der Hausmeister. »Der Kaminkehrer, der in der Frühe da war, wird Sie ja wohl nicht interessieren, und der Postbote ebensowenig, und die Handwerker ging das Haus von der Frau Swieter nichts an, weil nämlich in dem Hause kein Umzug stattgefunden hatte. An Bettlern hat es auch nicht gefehlt, und was das betrifft, so war die Frau Swieter selbst schuld daran. Die anderen Parteien beklagten sich über sie, daß sie die Bettler herzöge, weil sie ihnen immer etwas gäbe. Übrigens, mir hat sie auch immer jede Kleinigkeit ordentlich bezahlt, sie gehörte nicht zu denen, die meinen, unsereiner wäre dazu da, allen alles umsonst zu machen. Also konnte sie es mit den

Bettlern schließlich auch halten, wie sie wollte. Sie sind ja auch einmal da und müssen in Gottes Namen zu ihrer Sache kommen.«

»Denken Sie gut nach«, sagte der Vorsitzende, »ob Sie zwischen vier und sechs Uhr nachmittags einen Bettler gesehen haben, einen, der Ihnen unbekannt war, der Ihnen auffiel!«

»Zwischen vier und sechs Uhr?« sagte der Hausmeister tiefsinnig. »Da schickte ich gerade meinen Jungen um eine Maß Bier in die Wirtschaft an der Ecke und wartete an der Gartentür, bis er wiederkam, und dann stellte ich die Maß auf die Treppe, um ab und zu einen Schluck zu nehmen. Indem kam gerade die Frau Hofrat im Parterre vom zweiten Hause und schimpfte, was sie wußte, daß ich nicht geheizt hatte, und ich sagte: ›Aber Frau Hofrat, bei dem schönen Wetter! Solches Wetter haben wir den ganzen Sommer über nicht gehabt, und das bißchen Wind wird Ihnen doch nichts machen, es ist ja Südwind‹, und so weiter, bis sie es denn wahrscheinlich einsah und wieder fortging. Ja, und dann kam einer, der hatte wohl etwas gebracht, einen Hut oder Mantille oder dergleichen, denn er hatte eine Schachtel, wahrscheinlich für die Pension, da war damals so eine Modesüchtige; und dann kam der Ulkige. Der hatte mich erst gar nicht gesehen und wollte an mir vorbeilaufen, als ob ich ein Laternenpfahl wäre, und ich wich ihm absichtlich nicht aus, weil ich dachte, ich wollte doch sehen, ob er gegen mich anrennte. Da blieb er plötzlich dicht vor mir stehen und sagte: ›Haben Sie Feuer, Euer Gnaden?‹ und hielt mir eine Zigarette hin. Ich mußte lachen und zog meine Schwedischen heraus und machte ihm Feuer, und zum Dank nickte er ein bißchen und faßte an die Mütze. Ein Bettler war das nicht, er hatte allerlei zu verkaufen, Löffel und Quirle, die trug er an einem Strick an der Hand. Wie er eben aus der Türe gegangen war, warf er die Zigarette in das Fliedergebüsch an der Pforte, ob sie nun nicht brannte oder sonst nicht schmeckte, das weiß ich ja nicht, und ich wollte sie erst auflesen, aber dann dachte ich: Ach laß sie liegen, eine feine wird es doch nicht sein.«

»Können Sie eine genaue, zuverlässige Beschreibung dieses Mannes geben?« fragte der Vorsitzende.

»Nein, Herr Präsident«, sagte der Hausmeister, indem er lächelnd den Kopf schüttelte, als wollte er sagen, um in die Falle zu gehen, dazu wäre er doch zu schlau. »So gern ich Ihnen den Gefallen täte, damit will ich nichts zu tun haben. Ich glaube, daß er ziemlich lange, schwarze Haare hatte, und daß er sozusagen träumerisch dahergeschlendert kam. Und wenn Sie ihn da vor mich hinstellen würden, würde ich ihn ja auch wohl wiedererkennen. Aber ob nun sein Kittel grau oder grün oder braun war, und was er für Stiefel anhatte, und ob er Löcher in den Strümpfen hatte, und was dergleichen mehr ist, das könnte ich wahrhaftig nicht sagen.«

»Haben Sie gar nicht darüber nachgedacht, was für ein Mann das sein könnte?« fragte der Vorsitzende.

»Na, das sah ich ja, Herr Präsident, daß er Löffel verkaufte«, sagte der Hausmeister, »dabei war nichts nachzudenken. Das nähme meine Zeit doch viel zu sehr in Anspruch, wenn ich mir über jeden Hausierer Gedanken machen wollte. Sie müssen sich vorstellen, was für Leute bei uns aus- und eingehen! Da ist zum Beispiel im dritten Haus im zweiten Stock der Herr Rübsamen, Komponist und Musikschriftsteller, ein schrecklich nervöser Mensch, und wenn ich nicht so viel Geduld mit ihm hätte, wäre er längst ausgezogen. Sie müssen nur sehen, was für Leute zu dem kommen, da stößt man sich nachher an nichts mehr. Herren und Damen kommen, die ihm was vorsingen oder vorspielen, die reine Zigeunerbande, und nachher sind es Künstler und feine Leute gewesen. An dem Tage ist übrigens auch der Klavierstimmer bei ihm gewesen, den hat er weggeschickt, weil er von der Ursula, dem Mädel, gewußt hat, daß ihre Gnädige eine schlechte Nacht gehabt hatte und schlafen sollte. Gutmütig ist er ja, der Herr Rübsamen. Der Klavierstimmer ist aber der mit der Zigarette nicht gewesen. Denn der hat ein rotes Gesicht und blonde Haare, den kenne ich, weil er alle Vierteljahre zum Herrn Rübsamen kommt.«

»Der Mann ist also aus dem dritten Hause gekommen?« fragte der Präsident.

»Aus dem zweiten könnte er auch gekommen sein, wo die Pension drin ist«, sagte der Hausmeister, »ich sah ihn erst, als er an das vordere herankam, wo ich stand.«

»Ich bitte den Hausmeister zu fragen, ob der Angeklagte dem Mann mit der Zigarette ähnlich sieht«, sagte der Staatsanwalt, indem er mit imperatorischer Gebärde den Arm ausstreckte.

»Wollen Sie den Angeklagten daraufhin ansehen!« forderte Dr. Zeunemann den Hausmeister auf.

Der Hausmeister drehte sich langsam um und betrachtete Deruga, den die Untersuchung zu belustigen schien, aufmerksam und erstaunt.

»Da bin ich überfragt, Herr Präsident«, sagte er endlich. »Ich möchte schwören, daß ich den Herrn da noch nie gesehen habe.«

»Sie müssen sich ihn mit schwarzer Perücke und mit falschem Bart vorstellen«, sagte der Vorsitzende.

»Ausgeschlossen«, rief der Hausmeister mit ungewöhnlicher Entschiedenheit. »Wenn ich mit solchen Vorstellungen anfange, kenn ich schließlich keinen mehr vom anderen, und hernach soll ich für das aufkommen, was ich mir vorgestellt habe und habe unversehens einen Meineid auf dem Halse. Denn sehen Sie, Herr Präsident, wenn man anfängt nachzudenken, wie einer ausgesehen hat, und ihn mit dem und jenem vergleicht, so hält man zuletzt alles für möglich, und am Ende ist es doch nur die pure Einbildung gewesen.«

»Sie haben also«, sagte der Vorsitzende, »kein genaues Erinnerungsbild von dem Manne, der Sie um Feuer bat. Besinnen Sie sich noch auf andere Personen, die am 2. Oktober zwischen vier und sechs Uhr in Ihren Häusern verkehrten?«

»Ja«, antwortete der Hausmeister. »Ich hatte eben meinem

Buben aufgetragen, den Maßkrug wieder in die Wirtschaft zu tragen, und sah ihm nach, wie er über die Straße ging, da rief mich einer von rückwärts an und fragte nach der nächsten Haltestelle für Autodroschken. Der war so in Eile, daß er kaum abwartete, bis ich ihm ordentlich Bescheid gegeben hatte, und gab mir einen Puff in die Seite, als er an mir vorbeilief. Gleich darauf rief mich meine Frau, weil das Leitungsrohr in der Pension im zweiten Hause wieder einmal verstopft war – da stekken sie nämlich ihre Knochen und ausgekämmten Haare hinein, als ob der Ausguß die Drecktonne wäre – na, und als ich da nachgesehen hatte und wieder in den Garten kam, sah ich gerade den Doktor ins dritte Haus hineingehen wegen der Frau Swieter, die unterdessen gestorben war.«

»Was für einen Eindruck machte der Herr auf Sie«, fragte der Vorsitzende, »der in so großer Eile war?«

»Das weiß ich noch«, sagte der Hausmeister, »daß er einen langen, breiten Mantel trug. Denn ich dachte bei mir, in der jetzigen Mode tragen die Weiber Männerröcke und die Männer Weiberzeug. Von hinten hat er wie ein eingemummtes Frauenzimmer ausgesehen. Sonst ist es aber ein feiner Herr gewesen.«

Der Staatsanwalt bat, noch einmal auf den Mann mit der Zigarette zurückkommen zu dürfen. Er wünschte zu wissen, ob er reines Deutsch oder wie ein Ausländer gesprochen habe.

»Ja, wissen Sie«, sagte der Hausmeister, »geradeso wie unsereiner reden ja die wenigsten. Ich habe schon oft gedacht, was redet der für ein Kauderwelsch daher? Und nachher war es doch ein Deutscher und nichts weiter. ›Haben Sie Feuer, Euer Gnaden?‹« Er wiederholte sich den Satz, wie um durch die Worte an Klang und Tonfall erinnert zu werden. »Eigen hat es ja geklungen, aber ganz lieb, ganz spaßig, und gutes Deutsch ist es doch auch gewesen. Der mit dem Auto dagegen, der hat so geschnauft, daß ich ihn kaum verstehen konnte, und mich hat er, glaub ich, auch nicht gut verstanden, wenigstens lief er zuerst nach der falschen Seite, obwohl ich es ihm klar auseinandergesetzt hatte. Es kann aber natürlich auch wegen der großen Eile gewesen sein.«

»Dieser Herr«, sagte der Vorsitzende, »ist wahrscheinlich derselbe, der in der Pension nach Zimmern fragte und abschlägig beschieden werden mußte. Es ist keine Spur von ihm aufzutreiben gewesen, und wir nehmen an, daß er sich nur vorübergehend hier aufgehalten hat.«

Beim Schluß der Sitzung waren alle Beteiligten mit Ausnahme von Deruga abgespannt, gereizt und aufgeregt. Herrn von Wydenbrucks Gedanken weilten bei dem Traume der verstorbenen Frau, den Ursula geschildert hatte, und er sprach sich darüber gegen Dr. Bernburger aus, als er neben ihm durch die breiten Gänge des Justizgebäudes ging.

»Das Kind«, sagte er, »das sie besuchte, war natürlich ein Bild für den Vater, das Schaukeln deutet auf sinnliche Regungen. Es ist zweifellos, daß sie ihn erwartete.«

Dr. Bernburger, der sehr blaß aussah, hatte sich eben eine Zigarre angezündet und begann sich etwas zu erholen.

»Das ist wahr«, sagte er hastig. »Die Schlüsse von zwei entgegengesetzten Richtungen treffen sich wie die Bohrer in einem Tunnel. Er hatte sie um Geld gebeten, das hatte ihre Erinnerungen belebt. Sie erwartete ihn in einer verliebten oder sentimentalen Stimmung. Er kam in der Verkleidung eines Hausierers, der hölzerne Löffel verkauft. Entweder ließ ihn die ins Geheimnis gezogene Ursula ein, er wußte ihre Aufmerksamkeit zu hintergehen, oder Frau Swieter selbst öffnete ihm. Wäre mir das Ergebnis der Voruntersuchung bekannt und hätte ich Fragen stellen können, so hätte ich den Tatbestand auf der Stelle herausgebracht. Ich lag auf der Folter, während dieser schwerfällige Apparat arbeitete.« Dr. Bernburger trocknete seine Hand mit dem Taschentuch ab, wobei seine dünnen Finger zitterten.

»Sie glauben also«, fragte Dr. von Wydenbruck, »daß der

Wunsch des Wiedersehens von Deruga ausging und seinen Grund in der Geldsorge hatte?«

»Das halte ich für wahrscheinlich«, sagte Dr. Bernburger. »Jedenfalls hat der Slowak sie getötet, und der Slowak war Deruga.«

»Meiner Ansicht nach«, sagte Dr. von Wydenbruck, »lag die magnetische Anziehung zugrunde, die Hysterische verhängnisvoll zueinander zieht. Wie sich auch der Wunsch eingekleidet haben mag, dies muß der Kern gewesen sein.«

»Ob es möglich wäre, daß die weggeworfene Zigarette noch in dem Gebüsch läge?« sagte Dr. Bernburger, seine Gedanken verfolgend. »Aber wieviel Schnee und Regen ist schon darauf gefallen.«

»Warum könnte es nicht auch der mit dem Auto gewesen sein?« wandte Dr. von Wydenbruck ein.

»Er zeigte unbefangen, daß er es eilig hatte. Der andere verlangte Feuer, um unbefangen zu erscheinen, und warf die Zigarette gleich darauf fort, weil er gar nicht rauchen wollte. Übrigens haben Raucher meistens auch Zündhölzer bei sich. Außerdem fühlte ich es, sowie das Mädchen den Slowaken anführte. Ich sah es wie mit dem zweiten Gesicht.«

Herr von Wydenbruck betrachtete seinen Freund mit einem neuen Interesse von der Seite. »Das wäre allerdings ausschlaggebend«, sagte er und erkundigte sich, ob sein Freund schon öfters solche Erscheinungen an sich beobachtet hätte.

In demselben Gang, den die beiden eben durchschritten, stand Deruga mit dem Justizrat Fein in einer Fensternische im Gespräch, beiläufig die Vorübergehenden beobachtend.

»Wenn ich der Präsident wäre«, sagte Deruga, »würde ich einen geladenen Revolver mit in die Sitzung nehmen und den Zeugen vors Gesicht halten, und wenn sie sich dann noch nicht entschlössen, vernünftig zu antworten, schösse ich sie nieder. Der Mann hat eine unbegreifliche Geduld.«

In diesem Augenblick sah er Dr. Bernburger mit seinem Begleiter herankommen, nahm rasch eine Zigarette aus seinem

Etui, trat ein paar Schritte vor und sagte zu Dr. Bernburger: »Haben Sie Feuer, Euer Gnaden?« Dann, nachdem er seine Zigarette angezündet hatte, stellte er sich wieder neben den Justizrat, indem er ihm aus ernsten Gesicht zublinzelte.

Dr. Bernburger war vor Erregung bleich geworden, während er Deruga schweigend die brennende Zigarette hinhielt. Es ist klar, dachte er, daß er sich über mich lustig macht. Über wieviel Scharfblick, Geistesgegenwart, Frechheit und Kaltblütigkeit verfügt dieser Mensch; es ist ihm alles zuzutrauen. Allerdings, wenn er nicht schuldig wäre, zeugte sein Benehmen nur von der Sicherheit des Unbeteiligten. Aber die seine war die Sicherheit des gewiegten zynischen Täters; es war die Herausforderung eines geistvollen Verbrechers, der sich für unüberführbar hält.

Dr. Bernburger war zu erregt und zu vertieft, um seine Gedanken laut zu äußern, er ging hastig seinem Freund um einige Schritte voraus.

»Er hat Ihre Gedanken erraten«, sagte dieser. »Das ist wieder ein Symptom von Hysterie, ebenso wie die Kaltblütigkeit. Man wird doch zuletzt einsehen müssen, daß es sich um etwas Krankhaftes, um eine Art Lustmord handelt.«

»Aber die Frau, die er tötete, war zweiundfünfzig Jahre alt«, sagte Dr. Bernburger ärgerlich.

»Das ist eben die Perversität«, sagte Dr. von Wydenbruck. »Vielleicht verschmolz sie ihm auch dadurch mit dem Erinnerungsbild seiner Mutter, wodurch der aus Leidenschaft und Vernichtungslust zusammengesetzte Hang verhängnisvoll verstärkt wurde.«

Unterdessen machte der Justizrat seinem Klienten Vorwürfe. »Sie sind wirklich ein Topf voller Mäuse«, sagte er. »Ich müßte Ihnen ein Schloß vor den Mund hängen. Was war nun das wieder für eine Eruption?«

»Ach«, sagte Deruga, »warum sollte ich den beiden jungen Haifischen nicht einen Knochen zwischen die schiefen Zähne werfen? Sahen Sie nicht, wie ihm die Augen aus dem Kopfe quollen vor Gier? Es tut mir nur leid, daß ich nicht zusehen kann, wie sie ihn abnagen.«

»Mit Haifischen ist nicht zu spaßen«, sagte der Justizrat, »und obwohl Sie ein nichtsnutziger Italiener sind, möchte ich doch nicht gerade, daß er Sie zwischen die Zähne bekäme.«

VII

Die Baronin hatte kaum am Arme ihres Gatten den Saal verlassen, als ein Gerichtsdiener ihr in den Weg trat und sie im Namen des Oberlandesgerichtsrats Zeunemann bat, ihn zu einer kurzen Unterredung in seinem Zimmer aufzusuchen. Er sei bereit, setzte der Gerichtsdiener hinzu, sie sofort hinzuführen.

»Du begleitest mich doch«, sagte sie, zu ihrem Manne hingewendet, der sich willig anschloß. Er müsse zwar gestehen, sagte er, daß er Hunger habe; aber die Herren vom Gericht wären sicher im gleichen Fall, und so würde es nicht lange dauern.

Der Oberlandesgerichtsrat, sagte sie in französischer Sprache, wäre ein ganz angenehmer Mann, etwas kleinbürgerlich eitel, aber gefällig und im Grunde, glaubte sie, ganz auf ihrer Seite.

Dr. Zeunemann hatte sich bereits umgekleidet und knabberte an einem Stückchen Schokolade zur Stärkung. »Ich würde die Herrschaften nicht in diesem Augenblick zurückgehalten haben«, sagte er, ihnen Stühle anbietend, »wenn es nicht in Ihrem eigenen Interesse wäre; mein Wunsch ist, Ihnen einen Schreck oder eine unangenehme Überraschung, wenn nicht ganz zu ersparen, so doch zu mildern.«

»Einen Schreck, Herr Oberlandesgerichtsrat«, rief die Baronin aus, »jetzt, wo meine Nerven durch den gräßlichen Prozeß ohnehin erregt sind! Nein, so grausam können Sie nicht sein!«

»Ich hoffe, das Unangenehme dadurch abzuschwächen«, sagte Dr. Zeunemann, »daß ich Sie persönlich vorbereite. Ich erhielt heute früh einen Brief Ihrer Tochter, in dem sie schreibt, sie habe aus der Zeitung von dem Prozeß erfahren. Sie sei außer sich, protestiere dagegen und verlange, daß ihr Protest veröffentlicht werde.«

»Aber das werden Sie doch nicht tun, Herr Oberlandesgerichtsrat«, rief die Baronin, der das Blut ins Gesicht stieg. »Sie mag unterderhand protestieren, so viel sie will, aber das geht doch die Öffentlichkeit nichts an. Als ob der Prozeß nicht schon Skandal genug wäre!«

»Vielleicht ist Ihr Fräulein Tochter aus dem Grunde dagegen gewesen«, meinte Dr. Zeunemann, »daß Sie sich damit befassen?«

»Aber, lieber Oberlandesgerichtsrat«, sagte die Baronin, »Sie werden nicht erwarten, daß ich auf die törichten Einwände eines jungen Mädchens, eines Kindes, achte, wenn es sich um so wichtige Entschlüsse handelt. Würden Sie das tun?«

»Jedenfalls«, sagte Dr. Zeunemann, »würde ich an Ihrer Stelle jetzt zu verhindern suchen, daß Ihr Fräulein Tochter irgend etwas in Szene setzt. Sie scheint in großer Entrüstung und Erregung zu sein und zwar zum Teil deshalb, weil Sie, gnädige Frau, den Prozeß in ihrem Sinne angeregt zu haben behaupten.«

»Oh, die Undankbarkeit der Kinder«, seufzte die Baronin. »Hätte ich all dies Entsetzliche und Skandalöse auf mich genommen, wenn ich es nicht für meine Pflicht gehalten hätte, meiner Tochter die materiellen Vorteile zu erkämpfen, die ihr gebühren? Warum sagst du gar nichts, Botho?« wendete sie sich an ihren Mann. »Ich hoffe, du wirst deine Autorität gegen Mingo in Anwendung bringen.«

»Ich werde versuchen, sie von auffallenden Schritten zurückzuhalten«, sagte der Baron. »Übrigens weißt du ja, liebes Kind, daß Mingo nicht leicht zu beeinflussen ist.«

»Sehr leicht sogar«, entgegnete die Baronin, ihre Nasenflügel dehnend, »man muß nur verstehen, ihr zu imponieren.«

»Dazu ist sie wohl zu sehr an uns gewöhnt«, entgegnete der Baron ruhig, »und zu sehr von uns verwöhnt.«

»Von dir!« berichtigte seine Frau. »Gottlob, daß sie zu weit entfernt ist, um uns wesentliche Unannehmlichkeiten zu bereiten.«

»Der Brief, den ich heute erhielt«, sagte Dr. Zeunemann, »trägt den Poststempel Ostende.«

»Ostende!« rief die Baronin, indem sie von ihrem Stuhl aufstand. »Sie ist aus England abgereist, ohne uns um Erlaubnis zu fragen! Das darfst du nicht hingehen lassen, Botho!«

»Sie hat die Absicht, hierherzukommen«, fuhr Dr. Zeunemann fort.

»Ich danke Ihnen, Herr Oberlandesgerichtsrat«, sagte der Baron, sich gleichfalls erhebend, »daß Sie uns in so rücksichtsvoller Weise gewarnt haben. Wir wollen Ihre kostbare Zeit nicht eine Minute länger in Anspruch nehmen!« Auch die Baronin bedankte sich mit liebenswürdigen Worten und knüpfte die Bitte daran, von den barocken Einfällen ihrer Tochter nichts bekannt werden zu lassen.

In dem großen Vorsaal zu ebener Erde drängte sich das Publikum noch, so daß das Ehepaar nicht so schnell vorwärts kommen konnte, wie es wünschte. Halb ärgerlich auf ihren Mann, der ihr nicht so oder so die Bahn frei machte, halb beleidigt durch die Menschen, die nicht von selbst vor ihr zurückwichen, stand die Baronin still, als plötzlich etwas sie bewog, den Blick zur Seite zu wenden, und sie ganz in ihrer Nähe das Gesicht eines Mannes sah, der sie, wie es ihr schien, mit zudringlichem Spott betrachtete. Indem sie sich zornig abwendete, sah sie eine auffallende Nadel in seiner Krawatte, und es wurde ihr mit einem Male klar, daß der Mann Deruga war.

Ein Gefühl von Schwäche und Übelkeit überkam sie. »Warum gehen wir nicht weiter?« sagte sie heftig zu ihrem

Mann, ihn am Arm vorwärts drängend. Er bemerkte ihre Gereiztheit, verdoppelte seine Anstrengungen, sich einen Weg durch die Menge zu bahnen, und brachte sie in wenigen Minuten an das wartende Auto. Mit dem Ausdruck äußerster Erschöpfung warf sie sich in die Ecke des Rücksitzes.

»Hast du Deruga gesehen«, sagte sie zu ihrem Manne, der besorgt nach ihrem Befinden fragte, »und wie frech er mich anstarrte? Es ist unbegreiflich, daß man diesen Menschen frei herumgehen läßt. So schrecklich hatte ich ihn mir nicht vorgestellt.«

»Du hast ihn doch heute nicht zum erstenmal gesehen!« sagte der Baron verwundert.

»Ich erkenne niemand ohne Glas«, sagte sie gereizt, »das weißt du doch. Ich weiß nicht, wie ich mich von diesem Eindruck erholen soll. Ist es nicht unerhört, daß ich schutzlos der Rache dieses Mannes ausgesetzt bin? Ich werde mich keinen Augenblick mehr meines Lebens sicher fühlen.«

Was das anbelangt, meinte der Baron, könne sie ruhig sein; ein Angeklagter oder Verdächtiger sei immer vorsichtig.

»Und gewisse Menschen glauben immer das, was am bequemsten ist«, setzte sie hinzu.

Sie werde selbst ruhiger denken, wenn sie gegessen hätte, prophezeite der Baron gutmütig. Sie sei überhungrig, übermüde und durch die schlechte Luft angegriffen. Dazu sei noch der durch Mingo verursachte Schreck gekommen. Sie solle sich am Nachmittag ausruhen, anstatt sich wieder stundenlang in den dumpfen Gerichtssaal einzusperren und sich widerwärtigen, aufregenden Eindrücken auszusetzen. Er sei bereit, hinzugehen und ihr ausführlich Bericht zu erstatten; ohnehin würden die nächsten Vernehmungen nichts Neues bringen.

Dies verhielt sich in der Tat so. Frau von Liebenburg, die Inhaberin der Pension im zweiten Hause, erklärte vornehm ablehnend, daß sie nur ein feines Publikum habe, daß noch nie etwas mit ihren Pensionären vorgekommen sei, daß sie nichts den Prozeß Betreffendes aussagen könne. Sie könne natürlich nicht für jeden einstehen, der bei ihr nach Zimmern frage, und Buch führen könne sie auch nicht über jeden, der käme, aber sie weigere sich entschieden, irgend etwas über die bei ihr verkehrenden Herrschaften zu sagen. Sie bäte dringend, daß die bei ihr wohnenden feinen Herrschaften nicht mit Fragen und Nachforschungen inkommodiert würden, die zu keinem Ergebnis führen könnten.

Nach dieser empfindlichen Dame erschien Frau Rübsamen, die Frau des Komponisten und Musikschriftstellers im zweiten Stock des dritten Hauses, und entschuldigte ihren Mann, der leidend sei und überhaupt viel zu nervös, um als Zeuge auftreten zu können, da schon die Vorstellung, in einen solchen Prozeß verflochten zu sein, ihn in krankhafte Erregung versetzt habe. Er habe nun einmal ein künstlerisches Temperament, man könne mit ihm nicht umgehen wie mit gewöhnlichen Menschen. Er hätte doch auch nichts nützen können, denn sein Gedächtnis sei schwach, und wenn er Anstrengungen mache, sich zu besinnen, bekäme er nervöse Zustände.

Sie selbst hingegen besänne sich noch wohl auf den 2. Oktober, weil die Ursula sie am Morgen gebeten habe, wenn möglich, ein wenig Rücksicht zu nehmen; Frau Swieter habe eine schlechte Nacht gehabt und könne vielleicht am Tage ein wenig schlafen. Natürlich nähmen ihr Mann und sie gern Rücksicht. Frau Swieter wäre ja auch eine angenehme Partei gewesen, und ihr Mann habe immer gesagt, er könne sie nicht genug schätzen, weil sie nicht Klavier spielte und auch sonst kein Instrument ausübte; nur die Krankheit sei ihm peinlich gewesen. Die Vorstellung, einen Sterbenden oder Toten im Hause zu haben, sei nämlich ganz unerträglich für ihren Mann. Jetzt wohne eine Familie über ihnen, die turnten alle miteinander morgens und abends, und ihr Mann sage fast täglich, er würde noch so gern auf die arme Frau Swieter Rücksicht nehmen, wenn er nur die Turner nicht über dem Kopfe hätte. Sie hätte also das Ihrige getan und den Klavierstimmer fortgeschickt. Es sei ohnehin die Zeit gewesen, wo ihr Mann Mittagsruhe zu halten pflegte.

Eine Stunde später sei dann ein Herr dagewesen, sie hätte ihn aber eigentlich nicht für einen feinen Herrn angesehen. Der hätte gebeten, Herr Rübsamen möchte doch seine Stimme prüfen, ob es der Mühe wert sei, sie ausbilden zu lassen. Sie hätte den Herrn in den Salon geführt und es ihrem Manne gesagt, der hätte gefragt, was für ein Mann es wäre, worauf sie gesagt hätte, ihr käme er vor wie ein Kutscher oder höchstens Tapezierer. Solche Leute hörten nämlich oft, daß irgendein armer Teufel durch seine schöne Stimme sein Glück gemacht hätte, und wenn sie dann so recht brüllen könnten, daß die Wände zittern, bildeten sie sich ein, sie wären für die Kunst geboren. Nun, daraufhin hätte ihr Mann gar keine Lust dazu gehabt, das Prüfen von Stimmen wäre ohnehin ein undankbares Geschäft. Wenn man es den Leuten ausreden wollte, würden sie oft recht grob, und für einen nervösen Mann wie Herrn Rübsamen sei das Gift. Ihre Aufgabe wäre es denn in solchen Fällen, so einen Menschen mit guter Manier herauszureden, und das hätte sie auch diesmal getan, indem sie gesagt hätte, ihr Mann sei nicht zu Hause, er möchte ein andermal wiederkommen. Sie müsse aber sagen, er hätte sich nie wieder blicken lassen.

Ob sie den Herrn nach seinem Namen gefragt habe, erkundigte sich Dr. Zeunemann.

»Nein, nein«, sagte Frau Rübsamen, »ich wollte mich möglichst wenig einlassen. Nun, nach ein paar Jahren heißt er vielleicht schon Mirabilio oder Birbanti.«

»Das führt zu nichts«, sagte Dr. Zeunemann leise zu seinem Nachbarn, der hinter der Hand gähnte. »Ich wußte es vorher.«

»Schluß, Schluß«, sagte der Beisitzer ebenso.

Ob um die Mittagszeit ein Bettler oder Hausierer bei ihr angeläutet habe, fragte Dr. Zeunemann noch, unterbrach aber die Zeugin, da sie eine Reihe von Möglichkeiten zu erörtern begann, mit der Aufforderung, nur das mitzuteilen, was sie bestimmt wisse. Etwas Bestimmtes in bezug darauf zu wissen, wies jedoch Frau Rübsamen mit Entschiedenheit von der Hand, worauf die Untersuchung über verdächtige Besucher des Hauses an dem verhängnisvollen Tage einstweilen abgeschlossen wurde.

VIII

Das war schön von Ihnen, daß Sie die Kaution für mich hinterlegt haben«, sagte Deruga zu Peter Hase, indem er ihm die Hand reichte. »Ganz wie Sie, Gentleman durch und durch. Ich bin Ihr ergebener Diener.«

Ein Anflug von Röte färbte das blasse Gesicht des Schriftstellers.

»Man hatte mir fest versprochen, daß mein Name nicht genannt werden sollte«, sagte er, die Augenbrauen zusammenziehend. »Ich verstehe nicht, wie man davon abgehen konnte.«

Deruga lachte.

»Ich habe Ihnen nur eine Falle gestellt, und Sie sind hineingegangen«, sagte er. »Also Sie sind es wirklich. Geben Sie zu, daß ich ein Menschenkenner bin! Wenn ich stillsitzen könnte wie Ihr Deutschen, wäre ich vielleicht auch ein Dichter.«

»Ein besserer als ich«, sagte Peter Hase ernsthaft. »Sie verstehen es jedenfalls besser, Ihr Leben zu dichten.«

»Das fällt bei Ihnen wohl eher trocken aus«, meinte Deruga. »Gesellschaftslöwe, reiche Frau, Liebling des Publikums, Geheimrat, etwa noch der persönliche Adel. Etwas schematisch, aber doch ganz behaglich. Wie? Immer in einer so leicht parfümierten Atmosphäre.«

»Ich möchte den Abend mit Ihnen zubringen«, sagte Peter Hase ablenkend. »Wenn Sie nichts Besseres vorhaben?«

»Das wäre Bett und Schlaf«, sagte Deruga. »Beides wundervoll, aber ich kann es immer haben, Sie dagegen vielleicht nur heute. Machen Sie mit, Justizrat?« wendete er sich an seinen Anwalt.

Dieser sagte, er müsse sich nach seiner Familie umsehen, ein halbes Stündchen habe er noch Zeit. Er freue sich, sagte er, als sie in dem abgeteilten Raum einer Restauration beim Essen saßen, Peter Hase kennenzulernen. Er sei zwar nur ein einfältiger Fachmensch, habe keine Zeit für die schöne Literatur übrig, doch sei der Ruf von Hases Namen zu ihm gedrungen. In seiner Jugend habe er sich für einen Kenner und Feinschmecker in den Künsten gehalten, das sei aber wohl jugendliche Selbstüberhebung gewesen.

»Das glaube ich auch«, sagte Deruga. »Ein feines Beefsteak, etwas blutig, am Rost gebraten, darauf verstehen Sie sich besser.«

Der Justizrat lächelte gutmütig. »Nun ja«, sagte er, »das zu studieren hat man auch täglich Gelegenheit, ein gutes Buch ist selten. Und wissen Sie, wahre Geschichten, die würde ich lesen. Dabei kann man etwas lernen. Aber mich von fremder Leute Phantasien an der Nase führen zu lassen, dazu ist mir meine Zeit zu kostbar.«

»Das Leben ist leider im allgemeinen alltäglich und fade«, sagte Peter Hase, »und die Dichtung soll ein schöner, bunter Teppich sein.«

»Ja«, sagte Deruga, »ein purpurnes Meer voller Ungeheuer, Wunder, Kostbarkeiten und Seltenheiten. Grün wie Glas, süß wie Opal, schwarz wie Sturm, unerschöpflich, unergründlich, immer von zauberhaften Geburten gärend und gefräßig nach allem Lebendigen. Aber gerade so ist doch das Leben.«

Peter Hase betrachtete Deruga aufmerksam, in dessen schmalen Augen sich die Vorstellungen zu spiegeln schienen. »Sie sind eben ein Dichter dem Gefühle nach«, sagte er. »Ihr Gefühl macht es so.«

»Und im Grunde ist es alles derselbe gemeine Straßendreck«, sagte Deruga in verändertem Ton.

»Nun, da gehen Sie wieder zu weit«, sagte der Justizrat.

»Betrachten wir einmal unseren Prozeß! Sie sind mir gerade originell genug, und die Baronin Truschkowitz ist jedenfalls auch keine gewöhnliche Nummer.«

»Ich hasse diese Art Weiber«, fiel Deruga schnell ein. »Selbstsüchtig, habsüchtig, beschränkt, kalt und ewig nach neuen Sensationen lüstern. Ohne Geld wäre sie nur eine Dirne.«

»Aber, aber, Verehrtester«, sagte der Justizrat, gelinde scheltend, »da scheinen Sie mir doch ein bißchen parteiisch zu sein.«

»So«, sagte Deruga, sich erhitzend, »finden Sie es anständig, aus Geldgier einen Unbekannten des Mordes zu verdächtigen? Einen Menschen, der ihr nichts zuleide getan hat? Was für eine Gesinnung! Ich sollte eine alternde Frau, die mein Weib war, die Mutter meines einzigen, meines teuren, heiligen Kindes, töten, weil sie mir kein Geld oder nicht genug Geld geben wollte, womöglich, um ein paar Monate früher in den Besitz ihres Vermögens zu kommen? Ich, das schwöre ich Ihnen, wäre nie auf einen solchen Gedanken gekommen.«

»Herrgott«, sagte der Justizrat, »solche Sachen kommen doch aber vor. Man kann das Leben nicht immer in rosa Beleuchtung sehen. Es sind schon Menschen um ein paar Taler umgebracht worden. Außerdem vergessen Sie oder wollen Sie vergessen, daß die Baronin Ihnen dies Motiv nicht ausdrücklich unterlegt hat, und wenn man Sie für rachsüchtig, hitzig und tollköpfig hält, tut man Ihnen eigentlich nicht so unrecht.«

Deruga stützte den Kopf in die Hand und antwortete nicht.

»Ich fühle mich verpflichtet, Ihnen zu sagen«, hub Peter Hase nach einer Pause an, »daß ich der Baronin auf ihre Aufforderung hin einen Besuch gemacht habe. Sie machte mir den Eindruck einer Dame.«

»Was für einen Eindruck sollte sie auch sonst machen?« sagte Deruga scharf. »Einer Straßenputzerin oder eines Stallknechtes? Übrigens ist es ja einerlei. Sie will vermutlich mit dem berühmten Schriftsteller kokettieren.«

»Sie kokettiert nicht mehr, als es jede Dame tut«, sagte Peter Hase. »Sogar in einer besonders geschmackvollen, ihrem Alter angemessenen Art und Weise. Es kommt mir eher so vor, als wäre der Wunsch in ihr aufgetaucht, ich sollte ihre Tochter heiraten. Sie sprach mir immer wieder von ihrer Tochter.«

»Nun ja«, sagte Deruga, höhnisch lachend, »Dirne und Kupplerin, das ist ja fast dasselbe. Nur ist es besonders gemein, die eigene Tochter zu verkuppeln. Eine Frau, die die Männer kennen muß. Sie werden mir doch zugeben, meine Herren, wir haben uns alle gehörig im Schlamme gewälzt.«

»Wir sind allerdings nicht so rein wie ein Mädchen aus guter Familie«, sagte Peter Hase unverändert ruhig und höflich, »aber ich weiß nicht, ob das überhaupt zu wünschen wäre. Die Frauen selbst wünschen es augenscheinlich nicht.«

»Nein, sie lieben augenscheinlich den Schmutz«, sagte Deruga. »Basta, wie denken Sie über die kleine Baronesse?«

»Bevor ich sie gesehen und gesprochen habe«, sagte Peter Hase, »enthalte ich mich jeder Entscheidung. Da ihr Vermögen nicht außerordentlich ist, muß sie ungewöhnliche Qualitäten haben, um für eine Heirat in Betracht zu kommen.«

»Auf mein Vermögen rechnen Sie also nicht«, sagte Deruga. »Das ist anständig und auch sehr verständig. Die Deutschen sind zwar gute Hunde, doch ein italienischer Hirsch, wenn er vielleicht auch nicht so schnell läuft, ist gewandter und läßt sich nicht fangen.«

»Sie sind mir heute verdrießlich, Deruga«, sagte der Justizrat, indem er aufstand, um sich zu empfehlen, »und in Ihrer Lage wäre ich es vielleicht auch. Was die deutschen Hunde betrifft, so kann ich zwar nicht besonders gut laufen, aber leidlich bellen und beißen, und stelle mich ihnen in dieser Hinsicht zur Verfügung. Auf Wiedersehen!«

»Gott sei Dank, erst übermorgen«, sagte Deruga, dem ein Versuch, liebenswürdig zu lächeln, mißlang. »Morgen ist

Sonntag.« Er werde doch vielleicht zum Zweck einer kurzen Unterredung vorsprechen, sagte Fein.

»Auch gut«, erwiderte Deruga, »ohnehin ist der Sonntag der Selbstmörderwagen am Zuge des Lebens. Montag ist Totengräber.«

IX

Der Sonntag zeigte sich indessen Deruga unverhofft wohltätig, indem ein Freund seiner Kindheit und Jugend eintraf, Dr. Carlo Gabussi, Landarzt in einem Dorfe oberhalb Belluno, den Zeitungsberichte über den Prozeß veranlaßt hatten, nach München zu kommen, um Deruga allenfalls beizustehen. Die Freunde umarmten und küßten sich wieder und wieder, und es dauerte eine Weile, bis sie ein zusammenhängendes Gespräch zu führen imstande waren. »Kommst du wirklich meinetwegen, Carlo, lieber Junge?« sagte Deruga. »Das ist doch der Mühe nicht wert, die Reise, die Kosten und alles das?«

»Unsinn«, sagte Gabussi, »ich war froh, Gelegenheit zu einer Reise zu haben. Ich bin ja seit zehn Jahren nicht von meinem gesegneten Dorfe heruntergekommen. Wenn ich aber etwas für dich tun könnte, wäre ich allerdings glücklich. Denke dir von den vielen Opfern, die du mir gebracht hast, einmal wiederzugeben!«

»Ich dir?« lachte Deruga. »Meinst du, daß du monatelang Tag für Tag bei mir saßest, als ich krank im Spital lag?«

»Nun ja«, sagte Gabussi, »du bist zwar nicht mir zuliebe krank geworden, aber ich konnte doch zu dir kommen und brauchte nicht immer zu Hause zu sein, wo es so wenig Unterhaltung für mich gab. Du hörtest mir zu, wenn ich von meiner Angebeteten erzählte, und machtest mir Gedichte für sie.«

Deruga fragte, wie es ihr gehe, und ob sie noch immer nicht geheiratet hätten.

»Nein«, sagte Gabussi mit einem Anflug von Wehmut. »Dadurch, daß meine Mutter bei mir wohnt, und daß meine arme

Schwester lahm ist, kann ich nicht gut noch eine Frau unterbringen. Geld verdienen könnte sie auf meinem Dorfe auch nicht, denn eine verheiratete Lehrerin wird nicht angestellt. Aber ich bin ja so glücklich, daß ich meine Mutter noch habe! Sie ist jetzt so leicht, daß ich sie auf meinem Arme tragen kann, und ich trage sie jeden Abend ins Bett, obwohl sie sich fürchtet; aber ich kann es nicht lassen, und im Grunde hat sie es auch gern. Natürlich, meine Lisa hat jetzt einige weiße Haare in ihren schönen schwarzen Haaren. Sie sehen mir so aus wie eine Silberspur, die Gottes liebkosende Hand zurückgelassen hat. Kannst du dir das denken? Und wenn ich sie so gut und fröhlich zwischen ihren Schulkindern sehe, dann wird mir wohl das Herz eng, und ich denke: Wenn ihr so unsere Kinder an der Hand hingen! Aber das ist ja selbstsüchtig und unrecht, wenn ich bedenke, wie gut es mir geht, zum Beispiel mit dir verglichen, mein Dodo, mein alter, lieber Junge! Wie konntest du aber nur in solchen höllischen Wirrwarr verwickelt werden! Nein, sprich jetzt nicht davon, wenn du nicht magst! Wir haben Zeit, ich bleibe bei dir, solange du mich brauchst.«

»Die Schweinerei soll mir gesegnet sein«, sagte Deruga, »denn ohne sie hätte ich dich nicht so bald gesehen, Gabussi! Ein bißchen mager bist du geworden, aber sonst ganz das liebe, alte ehrbare, erschrockene Gesicht!«

»Aber du bist mein bronzener David nicht mehr«, entgegnete Gabussi. »Du siehst grau aus, das kommt vom Mangel an Luft und Bewegung. Laß uns spazierengehen – oder, noch besser, ich nehme einen Wagen, und du zeigst mir die Stadt und die Umgegend.«

Der Tag war grau und weich, und der offene Wagen fuhr langsam durch die tauenden Straßen, vom Geriesel der Tropfen wie von einem musikalischen Geleit begleitet. Deruga saß behaglich zurückgelehnt und gab Antwort auf die Fragen Gabussis, den die stattlichen Plätze und Gebäude entzückten. In einer stillen Straße, in die der Kutscher, dessen Gutdünken sie die Führung überließen, einlenkte, erkannte Deruga plötzlich ein schmiedeeisernes Tor. Der gepflasterte Weg, der an den Häusern entlang führte, lag verlassen, und das Fliedergebüsch war noch unbelaubt, nur eine Weide spannte keimende Zweige in einem feinen Strahlenbogen hinüber.

»Was ist dir?« fragte Gabussi, seinen Arm in den des Freundes schiebend, der sich aufgerichtet hatte.

»Wir fuhren eben an dem Hause vorüber, wo die arme Marmotte wohnte«, sagte Deruga.

Gabussi schwieg. Erst nach einer langen Pause sagte er: »Du warst doch einmal glücklich, Dodo.«

»Nein, damals nicht«, erwiderte dieser. »Mein Gemüt war zu ruhelos, mein Herz zu empfindlich und mein Verstand zu scharf. Ich glaube, ich müßte ein Gott sein, um mit meinen Gaben glücklich zu sein.«

»Es ist doch aber auch schön, so begabt zu sein, wie du bist«, sagte Gabussi. »Weißt du noch, wie oft unser Religionslehrer zu dir sagte: ›Sigismondo, Verstand hast du, Verstand genug. Aber der Verstand ist ein höllisches Feuer, die Vernunft ist ein göttliches Licht. Und Vernunft hat mancher alte Besenbinder mehr als du.‹«

Deruga lachte. »Ja, auf den Verstand war er schlecht zu sprechen«, sagte er. »Und weißt du, wie er dich vor mir warnte und prophezeite, es würde ein Freimaurer und Atheist aus mir werden, wenn ich nicht etwa gar ein Heiliger würde.«

Der Wagen hatte inzwischen die städtischen Anlagen erreicht, und sie sahen einen schnellen, starken Fluß unter den dicken Stämmen alter Weiden und Pappeln durch weite Wiesen fließen. Eine schwere Erinnerung aus naher Vergangenheit vermischte sich in Deruga wunderbar mit den Erinnerungen der Kindheit und stimmte ihn weich und träumerisch.

»Damals, als wir Buben waren«, sagte Gabussi, »da warst du noch glücklich.«

»Wenn ich nicht tief unter dem Glück immer gefühlt hätte, wie häßlich, armselig, falsch und ungerecht alles um mich her war«, sagte Deruga.

»Du, der einen solchen Engel zur Mutter hatte!« rief Gabussi aus. »Und weißt du, wie gern du bei uns warst, und wie du stillhieltest, wenn meine Mutter dich auf die Stirn küßte und ›kleiner Findling‹ nannte? Und wie wir unter dem Dache saßen und unsere Aufgaben lernten und uns vor jedem Schatten fürchteten?«

Als die Freunde von der Fahrt zurückkehrten, war eine wohlige Zufriedenheit über Deruga gekommen. »Wenn diese dumme Geschichte vorbei ist«, sagte er zu Gabussi, »werde ich ein neues Leben anfangen. Was meinst du, wenn ich zu dir in die Berge käme?«

»Aber, Dodo«, sagte Gabussi außer sich vor Freude, »das wäre ein Paradies für mich. Und wie würden meine Mutter und meine Schwester sich freuen! Und meine Lisa für mich! Das größte Glück für meine Lisa ist, wenn mir etwas Glückliches begegnet. Zu denken, daß du mich zuzeiten auf meinen Gängen begleitest und wir plaudern und schwatzen und Erinnerungen austauschen wie heute!«

Sie wurden durch ein feines Klopfen unterbrochen, das schon einige Male ungehört in das laute Gespräch geklungen hatte. Als Gabussi zur Tür ging und öffnete, sah er ein kleines, zierliches, blondhaariges Mädchen mit großen dunkelbraunen Augen, die ihn ängstlich, doch mit Feuer, ansahen.

»Ich wünsche Herrn Dr. Deruga zu sprechen«, sagte eine helle, von der Erregung etwas gedämpfte und zitternde Stimme. »Sind Sie es?« Gabussi schüttelte den Kopf und wies auf seinen Freund, indem er ihn zugleich mit den Augen fragte, ob er gehen solle.

»Nein, bleibe«, bat Deruga, die Hand auf seinen Arm legend; und er fragte das Fräulein, mit wem er die Ehre habe zu sprechen.

»Ich bin Mingo von Truschkowitz«, sagte die kleine Dame, »und komme, um Ihnen zu sagen, daß es mir sehr leid tut, daß meine Mutter den Prozeß gegen Sie angefangen hat, und daß ich nichts, gar nichts damit zu tun habe. Da meine Tante Ihnen das Vermögen vermacht hat, kommt es Ihnen zu. Überhaupt hat meine Mutter nicht das mindeste Recht darauf, da sie sich nie um Frau Swieter bekümmert hat.«

»Armes Kind«, sagte Deruga, »es muß Ihnen schwer geworden sein, so allein zu mir zu kommen. So alt wie Sie würde meine kleine Mingo jetzt auch sein«, setzte er nach einer Pause hinzu, während welcher seine Augen liebevoll auf ihr geruht hatten.

»Dasselbe«, sagte Mingo und zögerte einen Augenblick, »sagte Ihre verstorbene Frau, als sie mich sah.«

»Haben Sie meine Frau einmal besucht?« fragte Deruga. »Wann war es? Erzählen Sie mir davon.«

»Es war vor acht Jahren«, berichtete Mingo. »Ich besuchte sie, weil ich so vieles von ihr gehört hatte, was mich anzog. Bei uns fand ich alles herkömmlich und alltäglich und unbedeutend. Ich liebte mir vorzustellen, daß irgendein Zusammenhang zwischen mir und ihr bestünde, weil ich so heiße wie sie. Sie gefiel mir so gut, sie war mir wie ein geheimnisvolles Märchen; aber sie sagte, ich solle nicht wiederkommen, wenn es ohne Wissen meiner Eltern geschehen müßte. Vielleicht hatte mein Besuch sie auch traurig gemacht, weil ich sie an ihr verlorenes Kind erinnerte.«

»So lebt doch wenigstens ein kleiner Mingo«, sagte Deruga warm. »Nach Ihrer Meinung«, fragte er nach einer Pause, »bin ich also mit Unrecht angeklagt?«

»Nach dem, was Ihre Frau mir damals von Ihnen erzählte«, sagte sie mit Nachdruck, »bin ich überzeugt, daß Sie ihr absichtlich nie etwas zuleide getan haben.«

»Ich habe ihr viel zuleide getan«, sagte Deruga, »aber aus Liebe.«

»Das zählt nicht«, sagte Mingo entschieden und fuhr zögernd fort: »Ihre Frau zeigte mir auch ein Bild von Ihnen.«

»Es scheint aber nicht, daß es ähnlich war«, sagte Deruga lachend, »oder ich habe mich seitdem sehr verändert.«

»Nicht so sehr, wie es mir zuerst schien«, sagte sie.

Gabussi beteuerte, daß sein Freund sich nur zu seinem Vorteil verändert habe, und forderte das kleine Fräulein dringend auf, dies Urteil zu bestätigen.

»Das weiß ich nicht«, sagte sie tief errötend, »aber wie ein alter Mann sieht Deruga nicht aus.«

»Ihnen gegenüber bin ich sehr alt und weise«, sagte Deruga gütig, »und vermöge dieser Weisheit gebe ich Ihnen den Rat: Entzweien Sie sich meinetwegen nicht mit Ihrer Mutter, wenn sie mir auch unrecht tut! Ein Kind schuldet seiner Mutter zu viel, um ihr jemals zum Gläubiger werden zu können. Sprechen Sie es aus, wenn Sie anderer Meinung als sie sind, aber nicht ohne den Ton zärtlicher Liebe! Versprechen Sie mir das?«

Er streckte ihr die Hand hin, in die Mingo völlig überwunden ihre kleine legte.

Carlo Gabussi umarmte, als das Fräulein gegangen war, seinen Freund mit Begeisterung, lobte die Kleine und erkundigte sich nach der Mutter, die eine Teufelin sein müsse.

»Wenn sie das noch wäre«, sagte Deruga. »Sie ist nur eine glatte, hohle, genußsüchtige Frau, zu oberflächlich selbst, um lasterhaft zu sein. Ein Bild unserer Gesellschaft, wo die großen Räuber geehrt und die kleinen gehangen werden. Äußerlich ist sie nicht unangenehm.«

»Und warum haßt sie dich so?« fragte Gabussi.

»Weil ich das Geld bekommen habe, worüber sie bereits zu ihren Gunsten verfügt hatte«, sagte Deruga. »Übrigens scheine ich ihr gar nicht zu mißfallen.«

»Wie meinst du das?« fragte Gabussi. »Hast du denn mit ihr gesprochen?«

»Bis jetzt nur durch die Augen«, sagte Deruga. »Aber ich verstehe mich ja gut auf Weiber. Wenn ich darauf einginge, wäre sie geneigt, eine Liebelei mit mir anzufangen.«

»Aber, Dodo«, rief Gabussi entrüstet aus, »das ist ja eine abscheuliche Entartung! Mit einem Manne kokettieren, den man ins Zuchthaus oder etwa gar auf das Schafott zu bringen im Begriffe ist. Ich verstehe solche Sachen nicht. Könnte ich dich nur aus den Weibergeschichten herauswickeln, die die letzte Ursache deines Unglücks sind! Du solltest wieder heiraten, eine einfache, brave, liebe Frau, und dann zu mir hinauf in die Berge kommen. Was hast du von dieser heillosen Schlamperei? Luft, Licht, Sauberkeit, das sind die wichtigsten Verordnungen der modernen Gesundheitslehre.«

»Für gesunde Seelen ausgezeichnet«, sagte Deruga. »Aber Kranke brauchen warmen Dreck und mollige Fäulnis.«

»Unsinn«, sagte Gabussi in großer Erregung, »der Satz ist Unsinn, und die Voraussetzung, daß du krank bist, auch. Du bist bequem und zu gutmütig. Versprich mir, daß du nichts Neues anzettelst! Auch nicht aus Mitleid. Schließlich geraten die Frauen durch die Liebe noch tiefer in den Sumpf. Und versprich mir, sollte die Baronin wirklich mit dir kokettieren wollen, daß du ihr die verdiente Abfertigung zuteil werden läßt.«

Deruga wollte sich ausschütten vor Lachen über seinen Freund, der, mit den langen Armen gestikulierend, wie ein Bußprediger vor ihm stand. »Ich habe höchstens Lust«, sagte er endlich, als er wieder sprechen konnte, »sie noch mehr zu reizen, um sie hernach desto empfindlicher kränken und beschämen zu können. Ich verabscheue diese Person.«

»Ach, Dodo!« seufzte Gabussi, »das ist schlüpfrig und gefährlich. Laß sie doch gehen, wenn du sie verabscheust. Tu es um der entzückenden Kleinen willen, wenn du es nicht aus Selbstachtung tust!«

In Derugas Gesicht kam ein weicher Ausdruck. »Kleine Mingo«, sagte er, »ihr möchte ich wirklich nichts zuleide tun.«

»Siehst du«, sagte Gabussi eifrig. »Es war ein Unglück, daß du deine Tochter verlieren mußtest. An ihrer Hand wärst du gewiß nur reine, schöne Wege gegangen.«

»Oder ich hätte sie mit mir in den Schlamm gezogen«, sagte Deruga, plötzlich verdüstert.

»Mensch, führe nicht so verzweifelte Reden!« schalt Gabussi, »sonst könnte ich sogar an dir irre werden.«

Deruga umarmte und küßte seinen Freund. »Immer der alte«, lachte er. »Hast du vergessen, daß man mich nicht so ernst nehmen muß? Ich bin kein am Spalier gezogener Pfirsich. Man kann meine Worte nicht so ohne weiteres genießen, es muß erst etwas Schmutz herausgekocht und abgeschäumt werden. Hast du das vergessen?«

Auch Gabussi lachte nun. »Du hast recht, ich bin ein schwerfälliger Dummkopf«, sagte er. »Es ist kein Wunder, wenn dich in deiner unglücklichen Lage manchmal tolle Launen überkommen. Der muß vor allen Dingen ein Ende gemacht werden.«

Der Justizrat, den er befragte, sprach sich ziemlich hoffnungsvoll aus. Deruga habe zwar nicht durchaus einen guten Eindruck gemacht, und es bleibe zu vieles im dunkeln, als daß jeder Verdacht aufgehoben würde, aber die vorhandenen Indizien genügten seiner Ansicht nach durchaus nicht, daß gewissenhafte Geschworene daraufhin ein Schuldig aussprechen könnten. Gabussis freundschaftliche Gefühle waren davon nicht befriedigt; er bestand darauf, als Zeuge aufzutreten, damit die Menschen Deruga mit seinen Augen, das heißt, wie er wirklich wäre, sähen und ihn freisprächen, nicht, weil er nicht überführt werden könnte, sondern von seiner Schuldlosigkeit überzeugt.

»Sie sind mit Vorurteilen an dich herangetreten«, sagte er. »Sie haben nur einen Ausschnitt von dir kennengelernt. Könnte man ein Gemälde richtig beurteilen, wenn man nur ein millimetergroßes Stückchen davon betrachtet? Ich will ihnen von deiner Kindheit und deinen Jugendjahren erzählen, so wie du bist, ohne Übertreibung und künstliche Beleuchtung. Das ist eine induktive Methode, die den wissenschaftlichen Deutschen zusagen muß.«

Gabussis Erscheinung machte einen günstigen Eindruck. Man fand, daß seine ehrlichen braunen Augen, sein schlichtes

Auftreten und freimütiges Reden eines Deutschen würdig wären. Da er ein paar Semester in Wien studiert hatte, sprach er ziemlich gut Deutsch, wenn er langsam und vorsichtig vorging. Er sei, erzählte er, mit dem Angeklagten seit früher Kindheit bekannt, sie hätten dieselbe Schule und später dasselbe Gymnasium besucht. Dodo, wie er genannt wurde, sei in seinem, Gabussis, elterlichen Hause gern gesehen worden. Man habe bewundert, wie viel er geleistet, unter wie schwierigen Verhältnissen er sich durchgearbeitet habe.

»Worin bestanden die schwierigen Verhältnisse?« fragte der Vorsitzende.

»Seine Familienverhältnisse waren ungünstig«, erklärte Gabussi. »Er wurde zu Hause zu viel beschäftigt, so daß er oft die Nacht zu Hilfe nehmen mußte, um mit den Schularbeiten fertig zu werden.«

»Wie kam das?« fragte der Vorsitzende, »was war sein Vater?«

»Sein Vater war damals Obstverkäufer«, antwortete Gabussi. »Er hatte ein kleines Gewölbe hinter dem alten Rathause.«

»So«, sagte der Vorsitzende, in den Akten blätternd. »Nach Derugas Angabe war sein Vater Kaufmann.«

»Nun ja«, sagte Gabussi, »ein Obstverkäufer ist doch ein Kaufmann.« »Übrigens«, setzte er hinzu, indem er einen beunruhigten Blick auf seinen Freund warf, »hat er nicht immer dieselbe Beschäftigung gehabt. Er war ein guter, aber ruheloser Mann.«

Der Vorsitzende bat den Zeugen, Derugas Vater etwas ausführlicher zu charakterisieren.

Er habe ihn zu wenig gesehen und gesprochen, um ein maßgebendes Urteil fällen zu können, sagte Gabussi. Wenn er dagewesen wäre, habe er meist schwermütig und ohne Anteil zu nehmen in einem Winkel gesessen, nur selten einmal sei er mutwillig gewesen und habe dann laut gelacht und gescherzt.

»Er war also nicht immer da?« sagte Dr. Zeunemann.

»Nein«, sagte Gabussi, »er bekam zuweilen einen Anfall, der ihn zwang, die Familie zu verlassen und sich irgendwo herumzutreiben. Er blieb dann wochenlang, ja monatelang aus.«

»Trank er?« fragte der Vorsitzende.

»Oh, nicht besonders viel«, sagte Gabussi; »er war nur sehr eigentümlich. Er bekam von Zeit zu Zeit eine unwiderstehliche Sehnsucht, etwas zu erleben, einen Drang nach Abenteuern. Für das Familienleben war er nicht geschaffen, und das war für seine Frau und seine Kinder ein Unglück. Glücklicherweise war seine Frau ein Engel, einfach ein Engel, und Dodo, der älteste Sohn, nicht weniger. Er war ihr Ebenbild innen und außen.«

»Es waren also noch mehr Geschwister da?« schaltete der Vorsitzende ein. »Was ist aus ihnen geworden?«

»Oh, nichts besonders Gutes«, sagte Gabussi zögernd. »Sie haben des Vaters unglückliche Sucht nach Abenteuern geerbt.«

»Und der Älteste hatte nichts davon?« fragte Dr. Zeunemann.

»Im Gegenteil«, sagte Gabussi mit Feuer. »Er war schon als Kind die Stütze seiner Mutter. Er pflegte die kleinen Geschwister, er half in der Küche, im Hause und im Geschäft und sang dazu wie eine Lerche. Auch seine Mutter war stets heiter und von Dank gegen Gott erfüllt, daß er ihr einen solchen Sohn gegeben hatte. ›Den holdseligsten seiner Engel hat er mir geschickt‹, pflegte sie zu sagen, ›so daß ich schon auf Erden in der himmlischen Seligkeit bin.‹ Verursachte es ihr Kummer, daß er so angestrengt arbeiten mußte, tröstete sie sich dadurch, daß Gott seinem Liebling die Kraft geben werde. Während er nachts seine Schularbeiten machte oder später den Studien oblag, saß sie neben ihm und nähte oder flickte. So lebten sie in Wahrheit im Paradies, solange der Vater fort war.«

»Mißhandelte er Frau und Kinder?« fragte der Vorsitzende.

»Darüber kann ich nicht viel sagen«, antwortete Gabussi, indem er wieder einen beunruhigten Blick nach seinem Freunde warf, »denn weder Dodo noch seine Mutter äußerten sich darüber. Nach ihrem Tode gab es allerdings zuweilen Auftritte zwischen Vater und Sohn; denn die Arme hatte ihn stets etwas in Schranken gehalten.«

»Geschäft und Haushalt kamen vermutlich herunter?« fragte der Vorsitzende.

»Mein Freund tat, was möglich war«, erzählte Gabussi. »Er war Vater und Mutter für seine unerwachsenen Geschwister, obwohl er damals selbst ein zarter Jüngling war. Er fuhr zuweilen abends, wenn es dunkelte, Waren auf seinem Karren in die Häuser. Der Vater wurde allerdings mehr und mehr unzurechnungsfähig. Namentlich reizte er selbst die jüngeren Kinder zu Unarten und bösen Streichen. Er würde unermeßliches Unheil angerichtet haben, wenn er sich nicht vor Dodo gefürchtet hätte.«

»War er hinfällig und gebrechlich geworden?« fragte der Vorsitzende.

»Durchaus nicht«, sagte Gabussi lebhaft, »er war ein großer, muskulöser Mann, viel stärker als Dodo. Aber im Zorne schienen sich Dodos Kräfte zu verhundertfachen. Seine arme Mutter würde gesagt haben, daß Gott ihn mit seinem Atem erfüllte, um seinen Liebling zu schützen. Ich habe seinen Vater vor ihm davonschleichen sehen wie einen Hund, der weiß, daß er Prügel verdient.«

Langsam richtete sich der Justizrat zu seiner vollen Höhe auf. »Meine Herren«, sagte er, »ich glaube zu wissen, was viele von Ihnen jetzt denken: Da sehen wir wieder das unbezähmbare, gefährliche Temperament dieses Menschen! Wer sich an seinem Vater vergreift, warum sollte der sich nicht an seiner Frau vergreifen – und so weiter. Ich, meine Herren, habe im Gegenteil gedacht: Wieder bricht die beinahe krankhafte Heftigkeit hervor, wenn es sich darum handelt, Böses zu verhüten oder zu bestrafen. Wir haben in Deruga einen ungewöhnlich reizbaren Menschen, aber was ihn reizt, ist das Schlechte, Häßliche, Unharmonische. Daß er sich aus selbstsüchtigen Gründen an jemandem vergriffen oder jemandem unrecht getan habe, dafür liegt bis jetzt kein Beispiel vor.«

»Eifersucht ist denn doch wohl Selbstsucht«, entgegnete der Staatsanwalt, »besonders wenn keine Ursache dazu gegeben wird. Auch geht es nicht an, besonders bei Menschen, die krankhaft veranlagt sind, oder richtiger ausgedrückt, die sich nicht im Gleichgewicht befinden, das reifere und höhere Alter der Kindheit und Jugend gleichzustellen. Wir sehen bei dem Vater des Angeklagten, wie seine verhängnisvollen Anlagen mit dem Alter mehr hervortreten, und wie verderblich ihm das Wegfallen der Hemmung wurde, die die Gegenwart seiner frommen Frau für ihn bedeutete. Etwas Ähnliches liegt bei dem Angeklagten vor: Mit der Trennung von seiner durchaus anständigen, guten Frau beginnt sein Fall.«

»Sein Fall!« sagte der Justizrat gelassen, »da muß ich protestieren oder den Ausdruck dahin präzisieren, daß es sich um ein Abweichen von der herkömmlichen, ausgetretenen Laufbahn handelt. Es ist allerdings bei Deruga eine gewisse Vernachlässigung der äußeren Stellung, äußerer Würden, äußerer Ehren eingetreten. Damit braucht aber der Verfall des sittlichen Menschen nicht Hand in Hand zu gehen. Es kann sogar eine größere Verinnerlichung damit zusammenhängen. Als Staatsangehöriger bin ich allerdings für die bürgerliche Ordnung. Wir dürfen aber doch nicht vergessen, daß auch der Staat und jede von Menschen geschaffene Form von Kräften lebt, die ihm von außen, sagen wir meinetwegen aus dem Chaos, zuströmen.«

Ein ironisches Lächeln verzerrte das Gesicht des Staatsanwalts. »Das ist Philosophie«, sagte er, »und mit Philosophie läßt man sich auch die Notwendigkeit von Massenmördern und Giftmischern beweisen. Wir dagegen haben es ganz schlechtweg und einfältig mit strafbaren Handlungen zu tun. Christus durfte sich erlauben, die Zöllner und Sünder zu lieben, wir müssen uns bescheiden, sie zu strafen.« Der Vorsitzende machte die Handbewegung, mit der man Kreidestriche von einer Tafel löscht. »Das führt zu weit«, sagte er, und dann zum Zeugen gewendet: »Haben Sie selbst jemals Auftritte mit Ihrem Freunde gehabt?«

»Ich? Niemals, niemals!« sagte Gabussi lebhaft, »und doch ist gewiß nicht leicht mit mir auszukommen. Mein phlegmatisches Temperament, das mir die Natur nun einmal gegeben hat, muß eine feurige Natur, wie mein Freund ist, schon an sich reizen. Meine Langsamkeit im Auffassen hätten ihn oft ungeduldig machen können. Anstatt dessen war er stets opferwillig und hilfsbereit.«

»Ein Engel«, setzte der Staatsanwalt grinsend hinzu.

»Hatte der Angeklagte noch viele Freunde außer Ihnen?« fragte Dr. Zeunemann.

»Er stand mit fast allen gut«, sagte Gabussi, »aber befreundet war er nur mit mir. Ich bin überzeugt, daß kein einziger sein Inneres so gut kannte wie ich.«

»Das ist eigentlich sonderbar«, meinte der Vorsitzende, »bei einem Menschen, dessen feuriges, geselliges Temperament Sie selbst hervorheben.«

»Ja, so möchte man denken«, sagte Gabussi, »und wenn man ihn unter seinen Schulgefährten und später unter seinen Studiengenossen sah, so mußte man meinen, er sei mit allen verbrüdert. Ich erinnere mich, daß ich mich zuerst nicht an ihn heranwagte, weil ich dachte, ich mit meiner Schwerfälligkeit könne ihm nichts sein, der von so vielen wie von einer Familie umringt war. Aber diese Umgänglichkeit, die er an sich hatte, und die jeden anzog, war nur der Schleier, in den er seine Seele hüllte, um sie unzugänglich zu machen. Niemand ist schwerer zu kennen als er, der das Herz auf der Zunge zu haben scheint. Es gibt zurückhaltende Menschen, die durch Schweigsamkeit oder unnahbares Wesen die anderen von sich abwehren. Das war seine Art nicht. Er richtete durch Gesprächigkeit und Vertraulichkeit eine Mauer um sich auf.«

In dem Maße, wie Gabussi eifriger wurde, um dem Präsidenten seines Freundes Eigenart zu erklären, wuchs das verständnisvolle Interesse des Vorsitzenden. »Ich begreife Sie, ich begreife Sie«, sagte er, »das kommt bei leidenschaftlichen, übermäßig reizbaren Naturen vor. Sie müssen immer auf der Hut sein, daß sie nicht zu viel von sich verausgaben, und schaffen doch ihrer Lebhaftigkeit einen gewissen Ausweg.«

»Ja, ja, so ist es«, bestätigte Gabussi. »Er war im Grunde weich und leicht verletzlich, schämte sich, das den anderen zu zeigen, die so viel gleichgültiger und härter waren, und verhüllte sich auf seine Art. Er war kein Tier, das zu seinem Schutze Stacheln oder Schuppen hervorbringt, er konnte nur bunte Fäden spinnen und mit solchem Blendwerk sich unkenntlich machen. Das bewahrte ihn wohl vor der allzunahen Berührung wesensfremder Menschen, nicht aber vor allen schmerzhaften Zusammenstößen mit der Außenwelt, die sein Herz blutend machten. Ach, was für eine Tragik, daß er oft beschuldigt wurde, anderen Leid zugefügt zu haben, der immerfort durch andere litt!«

»Sehr interessant«, sagte Dr. Zeunemann. »Aber worunter litt er denn so sehr? Nun ja, unter seinem Vater. Dafür hatte er doch aber eine gute, liebevolle Mutter, er hatte Sie und den Verkehr mit Ihrer Familie.«

»Seine Mutter liebte er allerdings unendlich«, erklärte Gabussi, »und durch sie litt er gewiß nicht, wohl aber durch die Lage, in der er sie sah. Seine Seele fühlte sich nie heimisch in der Umgebung, in die sie gepflanzt war. Er hatte einen lebhaften Schönheitssinn, und alles Geschmacklose, sowohl an den Gegenständen wie an den Menschen, stieß ihn ab. Da er in ärmlichen oder wenigstens sehr beschränkten Verhältnissen geboren war und aufwuchs, kam es mir immer wunderbar vor, daß er gegen alles Kleinliche und Häßliche, und was sie mitbringen, so überaus empfindlich war. Ich selbst habe das erst allmählich verstehen lernen müssen, anfangs klangen mir seine darauf bezüglichen Klagen wie Dichtungen in arabischer oder persischer Sprache. Es bildete oft den Gegenstand unseres Gesprächs und war ein Punkt, wo wir nie zusammenkamen. Da ich ihn nicht begriff, war ich oft ungerecht gegen ihn, wenn er zum Beispiel Reichtum als das Allererstrebenswerteste hinstellte. Ich predigte dann wie ein rechter Moralphilosoph auf ihn ein, vielmehr an ihm vorüber. Denn von den Bedürfnissen, die ihn Reichtum ersehnen ließen, hatte ich keine Ahnung. Meine einfachere, derbere Seele fand sich in jeder Umgebung zurecht, sie ist gewissermaßen ein Naturlaut, und wenn man sie nur nicht in einen glänzenden Salon versetzt, so kann sie harmonisch einstimmen. Mit einer reichen Symphonie ist es anders. Mein Freund brauchte Schönheit um sich herum, in der sich die unendlich vielen, daher oft einander widerstrebenden Töne auflösten.«

»Hier ist also doch ein Punkt, wo Sie voneinander abwichen«, sagte Dr. Zeunemann.

»Allerdings«, gab Gabussi zu, »aber über freundschaftliche Meinungsverschiedenheit ging das nie hinaus. Wir ließen uns beide gelten, und er beneidete mich wohl sogar manchmal, weil ich so viel leichter zufriedenzustellen bin.«

»Es wundert mich«, fuhr Dr. Zeunemann gemütlich fort, »daß Ihr Freund bei seinem leichtverletzlichen Schönheitssinn das Studium der Medizin ergriff, bei dem es soviel Abstoßendes zu überwinden gibt.«

»Oh«, sagte Gabussi, »da kam ihm wieder seine Hilfsbereitschaft und Liebe für alle Kranken und Leidenden zugute. Er hatte insofern eine geradezu geniale Begabung für seinen Beruf. Dazu kam, daß er auf diesem Wege am ehesten zu Geld zu kommen dachte, was sowohl wegen seiner Familie wünschenswert war, wie er es auch aus den erwähnten Rücksichten für sich erstrebte.«

»Und woran liegt es denn Ihrer Ansicht nach«, fragte der Vorsitzende, »daß es ihm damit doch nicht geglückt ist?«

»Jedenfalls nicht daran«, sagte Gabussi, »daß er untüchtig gewesen wäre. Aber ich sagte schon, daß seine Seele reich und vielstimmig war. Er sehnte sich nach Geld und verachtete es andererseits; er warf zwei Hände voll weg für eine Handvoll, die er eingenommen hatte. Er arbeitete flink und gut; aber er träumte noch besser. Er war geboren mit allen Tugenden, Reichtum auf edle Art zu genießen, mit keiner von denen, die Reichtum machen. Beim Reichwerden kommt es ebensosehr wie auf die Fähigkeit des Erwerbens auf die des Festhaltens an, und die hatte er nicht. Es war jener tragische Zwiespalt in ihm, der meiner Ansicht nach nur dadurch auszugleichen ist, daß man die Nichtigkeit des Reichtums einsieht und alles dessen, was der Reichtum verschafft. Auch der Ärmste kann Schönheit im Überfluß genießen, wenn er sich in die Natur zurückzieht. Es war der einzige Fehler, den Deruga beging, daß er das nicht von Anfang an getan hat. In der großen Welt konnten die Konflikte seiner Seele keine Lösung finden.«

»Wir haben Ihnen ein sehr feines Bild Ihres Freundes zu verdanken«, sagte Dr. Zeunemann freundlich: »Nicht minder brauchbar, weil von Freundeshand entworfen.« Dann schloß er das Verhör ab, nachdem er noch einige belanglose Fragen gestellt hatte.

Als der Justizrat mit den beiden Freunden das Haus verließ, war die Zeit des Feierabends. Die Straßen füllten sich mit Menschen, aber in den Anlagen hinter dem Gerichtsgebäude war es still wie immer. Mit dem Lichte schienen die Gegenstände ihr buntes Kleid abgeworfen zu haben und in sanft schimmernder Nacktheit am Ufer der unendlichen Nacht zu feiern, bevor sie in das tiefe Bad hinuntertauchten. Gabussi erklärte sich mit dem Ergebnis seiner Aussagen nicht ganz zufrieden. Es sei alles anders herausgekommen, sagte er, als er beabsichtigt hatte. Man werde da, ohne zu wissen wie, von einer Strömung ergriffen, die einen von der eingeschlagenen Richtung abbrächte.

»Was du sagtest, war alles schön und gut«, tröstete Deruga. »Es kam mir nur überflüssig vor, wie wenn man einem Deutschen einen feinen Mailänder Risotto vorsetzt, der doch nur die Nase dazu rümpft und nach seinen Kartoffeln verlangt. Was macht das aber? Für mich war es schön, mit dir von der Vergangenheit zu träumen.«

»Ja«, sagte der Justizrat, »das vergangene Leiden dient, wie Shakespeare sagt, zu desto süßerem Geschwätz.«

»Während umgekehrt nichts weher tut, wie unser Dante sagt, als sich im Unglück vergangenen Glückes zu erinnern«, fügte Gabussi hinzu.

Bei dem Abhange, wo jetzt ein erstes Schneeglöckchen die gelbliche Spitze herausstreckte, blieb Deruga stehen.

»Da ist eins von den kleinen Geschöpfen«, sagte er, »es guckt wie eine Maus aus ihrem Loch hervor.«

»Sehen Sie«, triumphierte der Justizrat. »Sie lachten mich damals aus, als ich ihm die trockenen Blätter vom Kopf wegstocherte.«

»Sie hatten auch unrecht«, entgegnete Deruga, »denn nun holt es wahrscheinlich die Katze.«

»Meinen Sie den Nachtfrost?« fragte der Justizrat.

»Diese frühen Pflanzen können viel vertragen, sie sind darauf eingerichtet. Hören Sie, mein Lieber«, setzte er hinzu, indem er seinen Klienten fortzuziehen suchte, »Sie werden sentimental, das gefällt mir nicht.«

Deruga rührte sich nicht von der Stelle und starrte versunken auf die feuchte Erde. Eine Zeile aus einem alten Gedicht lag ihm im Sinn, und er führte sie an, als er sich darauf besonnen hatte:

»La doglia mia cresce coll'ombra.«

»Das klingt wie ein Ton von einer Amati«, sagte der Justizrat, die Musik des Verses mit sichtlichem Genusse schlürfend. »Was heißt das?«

»Mein Weh wächst mit den Schatten«, übersetzte Deruga. »Das will also sagen, mit der wiederaufgehenden Sonne verschwindet es und bedeutet nicht mehr als eine Abendstimmung.« Er schüttelte sich, als werfe er die trübe Laune von sich, und wandte sich rasch dem Ausgange zu.

»Wenn du erst bei mir in meinem Bergdorfe bist«, sagte Gabussi, »werden dich solche Stimmungen bald ganz verlassen. Das ist der Kohlenstaub der großen Stadt, den der reine Himmel der Höhen verzehrt.«

»Ob mir diese Luft wirklich so gut anschlagen würde, wie du meinst?« sagte Deruga. »Ich bin nun einmal kein Bauer.«

»Du wirst einer werden«, rief Gabussi lebhaft aus. »Wenn du erst gelernt hast, dich für nichts als unsere paar Kühe und Ziegen zu interessieren, dann wirst du gesund sein.«

Er forderte den Justizrat zur Bestätigung seiner Meinung auf.

»Ein bißchen zu verbauern, täte Ihnen gewiß gut«, sagte dieser vorsichtig.

»Sie meinen«, sagte Deruga, »wenn man den verzwickten Kerl in seine Bestandteile auflösen und einen ganz neuen daraus machen könnte, dann wäre ihm allenfalls geholfen.«

Der Justizrat lachte.

»Aber wenn man den alten Deruga gar nicht mehr herauskennte«, meinte er, »das wäre doch schade.«

Als Gabussi mit Deruga allein auf seinem Zimmer war, fuhr er fort, ihm das Leben auf seinem Dorfe auszumalen. Deruga könne ihn auf seinen Gängen begleiten, er verstehe ja mit einfachen Leuten umzugehen und werde bald der Gott der ganzen Gegend sein. Übrigens würden seine Frauen genug mit ihm zu schwatzen haben, und wenn er außerdem noch eine Beschäftigung haben müsse, so könne er ja diese oder jene medizinische Frage bearbeiten. Auch zu handwerklicher Beschäftigung gebe es Gelegenheit. Die Leute dort oben wären um mehr als hundert Jahre zurück, hätten Werkzeuge aus der Urwelt. Das wäre ein Feld für seine Erfindungsgabe und Geschicklichkeit.

»Ach«, sagte Deruga, »wie wenig du mich kennst! Begreifst du nicht, daß ich mich nach acht Tagen langweilen und nach vierzehn Tagen dich oder mich umbringen würde?«

»Langweilen?« wiederholte Gabussi erstaunt, seine großen

Augen noch weiter öffnend. »Langweilst du dich denn in der Stadt?«

»Nein, hier geht es an«, sagte Deruga, »dies Gewimmel von Würmern auf der Fäulnis unterhält mich. Ich verabscheue es, aber ich brauche es. Es ist die Form des Lebens, die ich aufnehmen kann. Deine Berge wirken wie nasse Knödel auf meinen Magen.«

»Ich verstehe dich nicht«, sagte Gabussi, sich ereifernd, »das kann dein Ernst nicht sein. Einem guten Menschen muß das Große und Einfache wohltun.«

»Ach, Gabussi«, erwiderte Deruga ungeduldig, »der Mensch ist kein Dreieck, worauf man den pythagoreischen Lehrsatz anwenden kann. Glaube mir, daß ich schließlich deine gute, alte Schwester verführen würde, nur um die klare Atmosphäre ein bißchen zu trüben!«

»Dodo, wenn deine arme Mutter dich so reden hörte!« klagte Gabussi. »Es sind nur Reden, nur Worte; doch die Worte schon zerreißen mir das Herz.«

Die Unterredung setzte sich bis tief in die Nacht fort, ohne daß die Freunde zu einem Verständnis gekommen wären. Gabussi bestand darauf, in München zu bleiben, bis der Prozeß beendigt wäre, und dann, falls er nach Wunsch erledigt wäre, Deruga sofort mitzunehmen, wogegen dieser eine stets wachsende Abneigung ausdrückte. Vielmehr redete er Gabussi zu, ohne Zeitverlust abzureisen, da er zu Hause von Mutter und Schwester und von seinen Kranken ungeduldig erwartet würde, hier aber jetzt nichts nützen könne. Gabussi gab endlich nach, aber er war traurig und enttäuscht.

Im Augenblick der Trennung umarmte Deruga ihn mit der alten Herzlichkeit und mit Tränen in den Augen. »Vergiß das verzweifelte Zeug, das ich geredet habe«, sagte er, »und glaube nur das eine, daß mein Herz immer dasselbe ist. Und wenn dich morgen der Schlag trifft und zu einem schlottrigen Idioten machte, der seinen Mund nicht mehr finden kann, so würde ich dich zu mir nehmen und dich eigenhändig füttern, solange du lebtest. Dasselbe laß mich von dir glauben! Was für ein Strudel von Dreck wäre das Leben, wenn es nicht unwandelbare Herzen gäbe!«

»Gott sei Dank«, sagte Gabussi, dessen große braune Augen glänzten, »ich glaube, ich hätte dem Himmel über meinem Kopfe mißtraut, wenn ich den Glauben an dich verlieren müßte!«

X

Die Baronin saß mit ihrer Tochter vor dem mit Gas geheizten Kamin und betrachtete ihre auf das Gitter gestützten schmalen Füße, während sie sagte:

»Was meinst du, Mingo, wenn ich dir die Erlaubnis zum Studieren gäbe?«

Mingo stand im Rücken ihrer Mutter am Fensterrand und starrte auf das nach einem raschen, starken Frühlingsregen schwarzblanke Pflaster, in dem die eben angezündeten Lichter sich spiegelten. Ihre Stimme klang schwach und müde zu der Fragenden hinüber, wie sie die Gegenfrage stellte: »Hast du denn die Absicht, es mir zu erlauben?«

»Ich habe gedacht«, antwortete die Baronin, »daß ich es doch nie übers Herz bringen werde, dich zu einer dir unsympathischen Heirat zu zwingen, und daß also daran gedacht werden muß, was aus dir werden soll, wenn du spät oder gar nicht heiratest. Glaubst du denn, daß das Studium dich glücklich machen wird?«

»Glücklich?« sagte die schwache Stimme vom Fenster her. »Ach, Mama! Aber es wird mich doch auf eine interessante und nützliche Art beschäftigen.«

»Früher«, sagte die Baronin erstaunt und fast ein wenig unwillig, »als du mich mit diesem Wunsche so sehr quältest, tatest du, als ob deine Seligkeit davon abhinge.« Mingo trat vom Fenster weg und kauerte sich in einen Sessel, den sie neben den ihrer Mutter gerückt hatte.

»Ob wohl alle Wünsche verblassen«, sagte sie, »wenn sie ihrer Verwirklichung nahekommen? Aber, Mama, vielleicht kann ich mich nur heute abend nicht so recht freuen, weil ich müde bin. Wenn du mir jetzt die Erlaubnis mit ins Bett gibst, werde ich morgen früh ganz glücklich damit erwachen.«

Die Baronin warf einen nachdenklichen, freundlichen Blick auf ihre Tochter.

»Nein, geh noch nicht zu Bett, Kleines«, sagte sie. »Ich finde es so hübsch, mit dir allein zu plaudern. Weißt du, das Heiraten steht dir ja immer noch frei, aber es ist lange nicht so unterhaltend, wie du es dir jetzt wohl vorstellst, besonders wenn man nur um des Geldes willen heiratet.«

»Hast du Papa um des Geldes willen geheiratet?« fragte Mingo.

»Nun, nicht in dem Sinne, daß er mir ohne Geld unannehmbar gewesen wäre«, sagte die Baronin, »im Gegenteil, er gefiel mir gut und zog mich an. Nur hätte das vielleicht nicht zu einer Heirat geführt, wenn er nicht so vermögend gewesen wäre.«

»Gefiel er dir später nicht mehr so gut?« fragte Mingo zaghaft.

»Oh, gefallen«, sagte die Baronin, »muß er einem doch. Er ist so außerordentlich vornehm, nie aufdringlich, nie geschmacklos. Nur langweilig ist er, kannst du dir das denken?«

»Ja«, nickte Mingo, »ich kann es mir vorstellen. Aber ich dachte, wenn man sich liebt!«

»Ach, kleine Torheit«, lachte die Baronin. »Liebe allein füllt nicht einen einzigen Abend aus, wenn man einmal verheiratet ist.«

»Ach«, sagte Mingo und träumte mit ihren großen, dunklen Augen auf die rotwogende Kupferplatte des Kamins. »Aber man hat doch Kinder«, fuhr sie nach einer Weile fort.

Die Baronin lachte ihr junges, anmutiges Lachen. »Du Kind bist mir bald genug davongelaufen.«

Mingo fühlte plötzlich eine große Welle von Liebe und Mitleid für die Mutter in sich aufsteigen, setzte sich mit einem Sprung auf ihren Schoß, schlang die Arme um sie und küßte sie.

»Du, meine Frisur und meine Spitzen«, rief die Baronin erschreckt; doch war ihr anzumerken, daß sie sich der Erschütterung dieses Zärtlichkeitsausbruchs nicht ungern hingab.

»Siehst du«, sagte Mingo fröhlicher als vorher, »daß es doch besser ist zu studieren! Das ist nicht langweilig und läuft nicht fort.«

»Für mich ist es zu spät«, meinte die Baronin; »aber für dich mag es das Richtige sein!«

Mingo tröstete, ihre Mutter sei so klug; wenn sie wolle, könne sie es auch.

Die Baronin schüttelte den Kopf. »Mein Verstand hat nie geturnt«, sagte sie, »er kann mit Grazie über einen Bach hüpfen und eine Blume pflücken und dergleichen, aber nichts, wozu man Muskeln braucht. Anstrengen kann ich mich in gar keiner Weise mehr. Vielleicht hätte ich es früher gekonnt, wenn die Notwendigkeit oder sonst ein starker Antrieb dagewesen wäre.«

»Mama«, sagte Mingo, die noch immer auf dem Schoß ihrer Mutter saß, »warst du nie verliebt? Vor deiner Heirat oder nachher?«

»Nein, so eigentlich verliebt nie«, antwortete die Baronin. »Weißt du, früher, als ich in deinem Alter war, hielt ich für Liebe das schmeichlerische Gefühl, das man hat, wenn man angebetet wird. Je besser einem der gefiel, der einen anbetete, desto angenehmer war es; selbst zu lieben, hatte ich gar kein Talent oder Bedürfnis. Und als ich verheiratet war, hatte ich mir vorgenommen, mir nichts Ernstliches zuschulden kommen zu lassen, und das stand mir immer im Wege.«

Mingo hatte sich inzwischen zu Füßen ihrer Mutter auf den Boden gekauert und starrte wieder in den geheimnisvoll wogenden kupfernen Feuerkessel. »Dann weißt du gar nicht, wie es ist, von einer Leidenschaft hingerissen zu sein?« fragte sie.

»Du scheinst es mir fast vorzuwerfen«, sagte die Baronin mit einem Anflug von Schärfe im Ton, aber nach einer Weile fuhr sie milder fort: »Es mag sein, daß ich deswegen nicht schlechter wäre. Übrigens nahm ich mich nicht eigentlich um deines Vaters willen zusammen, sondern es war ein Ausfluß meiner Natur. Große Aufregungen und Umwälzungen lagen mir nicht, und das, was ich einmal gewählt hatte, wollte ich durchführen. Ich halte das für ein Erfordernis des guten Geschmacks.«

»Ja, Mama«, sagte Mingo, indem sie auf die gepflegte, mit vielen kostbaren Ringen allzu belastete Hand ihrer Mutter einen Kuß drückte, »und Papa und ich haben Ursache, dir dankbar zu sein. Nur für dich macht es mich fast traurig.«

»Mach dir darüber keine Gedanken, mein Kleines«, sagte die Baronin. »Was einem nicht ansteht, das würde einen auch nicht glücklich machen. Ich habe mir einen anderen Weg zu meinem Glück ausgedacht.«

»Was meinst du, Mama?« fragte Mingo erschreckt.

Die Baronin errötete, ohne daß es im roten Widerschein der Kaminglut sichtbar geworden wäre. »Das erzählte ich dir ein andermal, Liebling«, sagte sie. »Ich höre eben ein Auto vorfahren. Das wird dein Vater sein.«

»Mama«, sagte Mingo rasch. »Du hast mir noch nicht versprochen, daß du von dem Prozeß zurücktreten willst. Ohne das kann mich nichts, nichts glücklich machen. Ich will gern auf das Studium verzichten und immer, so lange ich lebe, bei dir bleiben, damit du dich nicht langweilst, wenn du mir nur das zuliebe tust.«

»Rege dich nicht auf, Mingo«, sagte die Baronin abwehrend, »du weißt, daß ich das nicht liebe. Nichts in der Welt ist wert, daß man sich darüber aufregt. Ich habe dir gesagt, daß ich es mit dem Anwalt besprechen will!«

»Ach, dein Anwalt«, sagte Mingo, »der hat dich ja gerade

hineingehetzt. Er ist ein widerwärtiger Mensch! Er hat etwas Kriechendes, Schleimiges, Saugendes, als ob er zum Spion geboren wäre. Ich begreife nicht, daß du mit einem solchen Menschen verkehren magst.«

»Das ist doch kein Verkehr«, entgegnete die Baronin. »Ich bediene mich seiner Gaben, die ihn für diese Arbeit geeignet machen. Wenn er ein Edelmann wäre, würde er mir vermutlich weniger nützen können. Es mag sein, daß er auch mich ausnützt, aber er könnte das ja gar nicht, wenn er nicht meinte, daß ich recht habe, und daß meine Sache Erfolg haben kann. Du tust, als handle es sich um eine Privatangelegenheit, aber es handelt sich um ein Verbrechen, an dem die Öffentlichkeit Interesse hat.«

»Du sollst die Hand nicht darin haben«, drängte Mingo. »Du hast mir selbst zugegeben, daß du an deiner Überzeugung von seiner Schuld irre geworden bist.«

»Meine Überzeugung ist nicht maßgebend«, sagte die Baronin. »Die Geschworenen sind dazu da, das Recht zu finden. Es handelt sich einfach um das Recht. Ich will nichts für mich erzwingen, was nicht dem Rechte gemäß ist.«

»O Mama, Mama«, rief Mingo. »Der Schein ist aber auf dir, als wolltest du dir das Vermögen erzwingen, das dir nun einmal nicht bestimmt war.«

Die Baronin war sichtlich verletzt. »Ein Kind, das im Überfluß aufgewachsen ist, pflegt nicht nachzudenken, woher er fließt«, sagte sie. »Du hast es leicht, das Geld geringzuschätzen. Habe ich ein Recht darauf, so wäre es lächerlich von mir, darauf zu verzichten. Ob ich das Recht darauf habe, das heißt, ob Deruga es nicht hat und ich meine Ansprüche mit einiger Aussicht auf Erfolg werde geltend machen können, das wird dieser Prozeß ergeben. Dann ist es immer noch Zeit, zu erwägen, ob ich es mit einer Klage wegen des Vermögens versuchen soll.«

»Einstweilen könntest du aber doch deinem Anwalt sagen, daß er seine Nachforschungen aufgibt«, bat Mingo.

»Ich werde mich mit ihm besprechen«, sagte die Baronin ausweichend, »und seine Auffassung hören. Hält er Deruga jetzt für unschuldig, so bin ich die erste, mich darüber zu freuen. Persönliche Wünsche in diesen Angelegenheiten kommen weder dir noch mir zu.«

XI

Einen Tag nach der Abreise Gabussis besuchte der Justizrat seinen Klienten, der allein im kalten Zimmer saß. Er hatte das Fenster geöffnet, weil der kleine eiserne Ofen zu stark heizte, und hatte vergessen, es wieder zu schließen, nachdem er längst kalt geworden war.

Zuweilen trieb der Wind einen Regenguß hinein, ohne daß der Einsame, der verdrossen vor sich hin starrte, es bemerkte.

»Ihr Freund ist also abgereist«, sagte der Justizrat. »Das ist schade, da werden Sie sehr niedergeschlagen sein!«

»Ich bin froh, daß er fort ist«, entgegnete Deruga. »Gabussi ist mir der liebste Mensch auf Erden, aber es gibt Zeiten, wo er mir im Wege ist. Er kann sein Leben lang nüchtern sein, aber ich muß mich zuweilen betrinken.«

»So«, sagte der Justizrat, der inzwischen das Fenster geschlossen und sich gesetzt hatte, »und jetzt ist der Zeitpunkt für Ihre Saturnalien passend gewählt?«

Deruga zuckte die Achseln. »Ich richte mich dabei nach dem Kalender, dessen System jeder in seinem Körper trägt.«

»Wie Sie wollen«, sagte der Justizrat. »Mich hat etwas ganz anderes hergeführt. Kennen Sie eine Frau Valeska Durich aus Prag?«

»Ja«, sagte dieser, »ein aus Dummheit und Verliebtheit zusammengesetztes Wesen. Formel D_2V.«

»Sie müssen es wissen«, sagte der Justizrat, »denn sie scheint eben in Sie verliebt zu sein.«

»Ich kann wirklich nichts dafür«, sagte Deruga. »Wenn Sie eine halbe Stunde mit ihr zusammen wären und sie womöglich etwas grob behandelten, würde sie sich auch in Sie verlieben.«

»Nun, wir werden sehen«, sagte der Justizrat. »Sie will nämlich herkommen.«

Deruga lachte und zeigte sich dann geärgert. Was die dumme Person wolle? Der Justizrat solle ihr schreiben, daß er, Deruga, in Untersuchungshaft sei und nichts mit ihr zu tun haben könne und wolle.

»Das käme wohl zu spät«, sagte der Justizrat. »Sie will durchaus bezeugen, daß Sie vom Abend des 1. Oktober bis zum Nachmittag des dritten bei ihr gewesen seien. Da hätten wir denn ein Alibi.«

»Im Ernst?« sagte Deruga aufhorchend. »Das will die dumme Person? Nun, das ist ja eigentlich sehr angenehm. Besser könnte der Knoten gar nicht gelöst werden.«

»Das will ich denn doch nicht gerade sagen«, meinte der Justizrat bedächtig. »Es ist doch keine Kleinigkeit, wenn einer einen Meineid auf sich nimmt.«

»Das ist ihre Sache«, sagte Deruga heftig. »Herrgott, dieser kleinliche Wortkram! Es gibt Lügen, die einen anständigeren Ursprung haben als manche Wahrheit. Überhaupt ist das ihre Sache. Ich habe so viele Belästigungen von ihr ertragen, warum sollte ich nicht auch den Vorteil annehmen?«

»Natürlich«, sagte der Justizrat, »wenn es ohne ernstlichen Schaden ihrerseits geschehen kann.«

»Es ist merkwürdig, daß Sie auf einmal so bedenklich geworden sind«, sagte Deruga scharf. »Durch Sie bin ich in diese Lage gekommen. Wäre ich meiner Regung gefolgt, so wäre es längst so oder so zu Ende. Nun sich ein Mittel findet, mir den Prozeß in Ihrem Sinne vom Halse zu schaffen, machen Sie moralische Ausflüchte.« Er war vor Erregung rot geworden und warf einen wütenden Blick auf den Justizrat, der ihn nachdenklich betrachtete.

»Ich mußte mir doch erst Klarheit verschaffen«, sagte dieser, »und wissen, wie Sie zu der neuen Wendung stehen. Schließlich, wenn Sie einverstanden sind! Hatten Sie denn wirklich etwas mit der Dame?«

»Ich mit ihr?« sagte Deruga. »Sie hatte etwas mit mir. Sie quälte mich mit ihrer Verliebtheit. Übrigens irren Sie sich, wenn Sie sie als opfermütige Heldin auffassen. Sie ist zu dumm, um die Folgen ihrer Handlungen zu übersehen, und so verliebt, daß ihr jedes Mittel recht ist, um mich zu gewinnen.«

»Worin sie sich aber verrechnet?« setzte der Justizrat hinzu.

»Natürlich«, sagte Deruga scharf, »dachten Sie, ich solle sie aus Dankbarkeit heiraten?«

»O nein«, entgegnete der Justizrat, »Sie wollen jetzt viel höher hinaus.«

»Jetzt?« wiederholte Deruga auffahrend, »was meinen Sie damit? Was erlauben Sie sich? Meinen Sie, Sie können mich als dummen Jungen behandeln, weil ich angeklagt und vogelfrei bin? Ich halte mich allerdings für zu gut, mich an eine solche dumme und ungebildete Person wegzuwerfen. Die Weiber sind mir überhaupt widerlich.«

»Mit Ausnahmen«, sagte der Justizrat kühl.

»Das stimmt«, fuhr Deruga in hitzigem Tone fort. »Zum Beispiel mit Ausnahme der Baronin Truschkowitz. Sie ist habgierig, eitel, selbstsüchtig; aber dafür klug, elegant und ganz und gar unmoralisch. So müssen Frauenzimmer sein, damit man sich gut mit ihnen unterhalten kann.«

»Geschmackssache«, sagte der Justizrat. »Einen Meineid würde sie jedenfalls nicht für Sie schwören.«

»Nein, sie ist weder einfältig noch hündisch«, sagte Deruga, »und ich mag die Hunde nicht. Was kümmert Sie die Valeska? Lassen Sie sie zugrunde gehen, wenn sie will! Sie haben für mich zu sorgen.«

»Das tue ich«, sagte der Justizrat, »und ich zweifle eben, ob es ehrenhaft von Ihnen wäre, wenn Sie ein solches Opfer annähmen.«

Deruga lachte höhnisch. »Eins von diesen pompösen Worten«, sagte er, »die in eurer Gesellschaft üblich sind. Ehre, Moral, Ideal, Gott, Unsterblichkeit, lauter gemalte Säulen auf Sackleinwand. Man braucht euch keine dreißig Silberlinge zu bieten, damit ihr Gott verratet. Übrigens, wer sagt denn, daß Valeska einen Meineid schwört? Woher wissen Sie, daß ich nicht vom 1. bis 3. Oktober bei ihr war?«

Der Justizrat stand auf, um zu gehen. »Genug für heute«, sagte er; »aber ich nehme an, daß das nicht Ihr letztes Wort ist.«

»Und ich bitte Sie«, sagte Deruga, »fangen Sie nicht wieder davon an, wenn Sie wollen, daß wir gute Freunde bleiben! Weder Sie noch ich sind Valeskas Hüter. Sie tun am besten, sich an die Tatsache zu gewöhnen, daß sie leichtsinnig genug war, mich vom 1. bis 3. Oktober vorigen Jahres bei sich zu beherbergen.«

XII

Die Baronin hatte Peter Hase zum Mittagessen eingeladen, damit er ihre Tochter kennenlerne. Das Diner fand in einem kleinen, behaglichen Salon ihres Hotels statt, dessen in Weiß, Schwarz und Gold gehaltene Wände mit Blumenbüschen von ausschweifender Pracht geflammt waren.

Die Baronin teilte ihrem Gaste lächelnd mit, daß er ihrer Tochter noch in jeder Beziehung unbekannt sei. »Meine Tochter«, sagte sie, »hat von ihrem Vater eine gewisse Gleichgültigkeit gegen die Literatur geerbt; vielleicht darf ich gleichbedeutend sagen, einen gewissen Mangel an Phantasie.«

»Ich möchte es guten Geschmack nennen«, sagte Peter Hase, »denn Jugend und Bücher gehören nicht zusammen. Auch steht der Herr Baron vielleicht auf dem Standpunkt der Alten, welche die Dichter als Lügner verachteten.«

»Ich bin zu wenig belesen, um darüber urteilen zu können«, sagte der Baron, »aber so viel ist richtig, daß ich Zeitungen gerne lese, weil sie Wahres berichten.«

»Ach, Papa, Zeitungen«, lachte Mingo, »die sollen ja gerade am meisten lügen.«

»Die Zeitungen sind vielleicht das interessanteste moderne Epos«, sagte Peter Hase, »und jedenfalls ist das Leben die schönste Dichtung.«

Die Baronin wiegte zweifelnd den Kopf. »Ich glaube«, sagte sie, »auch in bezug auf das Leben sind die großen Talente unter den Menschen selten. Wenige leben ein großes, schön geschwungenes Leben. Bei den meisten fällt es zerfahren, kleinlich, alltäglich und sehr langweilig aus.«

»Für flüchtige Leser«, sagte Peter Hase, »man muß sich hinein vertiefen.«

»Ach, es lohnt nicht«, sagte die Baronin, »und wo es vielleicht lohnte, ekelt es einen. Die Erfahrung haben Sie vielleicht auch bei der geheimnisvollen Dame gemacht, die unserem Prozeß plötzlich eine neue Wendung zu geben scheint.«

»Die Dame stellte sich allerdings zunächst mehr alltäglich als geheimnisvoll dar«, sagte Peter Hase. »Ein vegetatives Wesen, gutmütig, schwach, träge, aber mit einer Anlage zum Heroismus, wie primitive Frauen sie manchmal haben.«

Mingo, die bis dahin mit fast unhöflicher Teilnahmslosigkeit dagesessen hatte, blickte errötend auf und sagte hastig: »Wer ist die Dame, warum war sie da?«

»Es ist eine Dame, die aussagte, daß Herr Deruga während der verhängnisvollen Oktobertage bei ihr gewesen sei, also die Tat, der man ihn verdächtigt, nicht begangen haben könnte«, erklärte Peter Hase. Er sprach mit Zurückhaltung, da er den Gegenstand für gesellige Unterhaltung nicht geeignet, ganz besonders aber für eine junge Dame nicht für passend hielt.

»Siehst du, Mama«, rief Mingo triumphierend. »Aber wer ist die Dame, daß er so lange bei ihr war? Ist er mit ihr befreundet?«

»Nun, unverheiratete Männer haben eben Beziehungen zu gewissen Frauen, Frauen der unteren Stände«, erklärte die Baronin. »Das ersetzt ihnen das Familienleben. Und sie bevorzugen ungebildete, anspruchslose Frauen, weil sie sich ihnen gegenüber gehenlassen können. Sich gehenzulassen, ist Männern ein wesentliches Bedürfnis.«

»Ich möchte es eine Schutzvorrichtung der Natur nennen«, sagte Peter Hase, »die gerade dem Kulturmenschen als eine Entspannung seiner stets gespannten Kräfte notwendig ist. Aber es ist eine tragische Verkettung, daß gerade der Kulturmensch es mehr und mehr verlernt, sich gehenzulassen, bis die unterdrückten Triebe sich zuletzt im Wahnsinn Luft machen.«

In Mingos Gesicht war zu lesen, daß sie diese Untersuchung weder verstand noch Interesse dafür hatte. »Wie war die Frau?« fragte sie, angelegentlich zu Peter Hase hingewendet. »War sie ganz ungebildet? War sie eine arme Frau?«

»Nein, das doch nicht«, sagte Peter Hase ernst und schonend. »Sie ist die Tochter eines Hausmeisters an einem Knabengymnasium, und es scheint, daß sie dadurch früh bedenklichen Einflüssen ausgesetzt war. Offenbar sucht sie in rührender Art an dem, was sie für Bildung ansieht, festzuhalten; sie betonte, wenn immer es möglich war, die Liebe zur Natur, zu allem Guten, Schönen und Wahren, wie man zu sagen pflegt, und sie sprach geflissentlich von der Freundschaft, die sie mit Deruga verbände. Das Wort Liebe oder Liebesverhältnis ließ sie nicht gern gelten. Ich hatte den Eindruck, daß sie das Bedürfnis hatte, ihrem Leben einen Hintergrund von Schönheit und Besonderheit zu geben, soweit sie es versteht.«

Die Baronin zuckte ungeduldig die Schultern, und der Baron suchte das Gespräch in eine andere Bahn zu lenken, indem er sagte, ähnliche Züge fänden sich viel bei den leichtfertigen Frauen der meisten Völker, und allerlei aus Japan, China, Indien und anderen Ländern erzählte, die er bereist hatte. Er sei in seiner Jugend weit herumgekommen, sagte er, aber schließlich habe er gefunden, daß es sich in Paris am besten leben lasse.

»O ja, Paris ist stets das mehr oder weniger Gegebene«, sagte die Baronin mit einem unterdrückten Seufzer und einem verschmitzten Ausdruck, der sie allerliebst kleidete.

Er liebe auch Paris, sagte Peter Hase, und sei im Begriff gewesen, zu einem mehrwöchigen Aufenthalt hinzureisen, als Derugas Prozeß ihn abgehalten hätte.

»Dieser Mensch scheint eine ungemeine Anziehungskraft zu besitzen«, sagte die Baronin.

Peter Hase warf einen unauffälligen Blick zu Mingo herüber, um zu sehen, wie das Besprochene sie berührte. Ihre großen Augen hingen mit Spannung und Anteil an seinem Gesicht. »Man begegnet so selten«, sagte er, »innerhalb der Kultur einem ganz natürlichen Menschen, wie Deruga ist; ein Kind, von der Beschaffenheit und in den Verhältnissen eines Mannes.«

»Sie wollen ihn vielleicht in einem Roman verwerten«, spottete die Baronin.

»Kaum«, erwiderte Peter Hase ernsthaft. »Er ist doch wohl zu zusammenhanglos für den Bau der Dichtung, wo alles Zweck sein muß und nirgends eine Fuge klaffen darf.«

»Unschuldig verurteilt«, fuhr die Baronin fort. »Das wäre doch ein Titel, der ziehen würde.«

»Es wird nicht dahin kommen«, sagte Peter Hase, ruhig feststellend. »Die Sache wird irgendwie im Sande verlaufen. Ich schließe aus Derugas Charakter, daß er bunte Erlebnisse, aber keine großen, tragischen, erschütternden haben wird.«

»Hörst du, Mama«, rief Mingo. »Auch Herr Hase ist von seiner Unschuld überzeugt. Jeder ist es. Du bist es dir selbst schuldig, nichts mehr gegen ihn zu unternehmen.«

»Ich sagte dir schon«, fiel die Baronin ein, »daß ich mit dem Anwalt sprechen werde. Seine Sache ist eigentlich nicht meine. In der Tat bedaure ich jetzt, daß ich so schwach war, mich von ihm in diese Sache hineinziehen zu lassen. Ich kam nicht auf den Gedanken, daß es ihm in erster Linie daran lag, sich durch einen aufsehenerregenden Prozeß bekannt zu machen. Er spiegelte mir vor, daß ich berufen sei, ein Verbrechen ans Licht zu ziehen, und benützte mich als Mittel, um berühmt zu werden.«

Die Baronin hatte kaum ausgesprochen, als der Kellner den Dr. Bernburger anmeldete, den sie zu einer Besprechung ins Hotel gebeten hatte.

»Das ist ungeschickt«, sagte die Baronin zögernd, und Peter Hase erhob sich, um nicht zu stören. Nein, sagte sie, er dürfe auf keinen Fall schon gehen, sie hätten ja noch nicht einmal den Kaffee eingenommen. Im Grunde sei es ihr lieb, wenn sie die Unterhaltung nicht allein zu führen brauche, Geschäftliches sei ihr ohnehin zuwider, diese Angelegenheit aber vollends verhaßt.

Den nun eintretenden Anwalt begrüßte sie mit einem hochmütigen Kopfneigen, dem sie nachträglich eine etwas höflichere Wendung gab, als sie bemerkte, daß er sie durchschaute und belächelte. Sie erklärte ihm, daß die Anwesenden von allem unterrichtet wären, und daß ihre Gegenwart nicht störe, und sagte dann mit einem kalten Blick:

»Die Sache entwickelt sich anders, Herr Doktor, als Sie mir anfänglich einredeten.«

»Ich schätze den selbständigen Charakter der Frau Baronin zu hoch«, entgegnete Dr. Bernburger, »als daß ich wagen möchte, ihr etwas einzureden.«

»Nun gut«, sagte die Baronin unwillig. »Sie schilderten mir die Vorgänge jedenfalls so überzeugend, wie ...«

»Wie Sie sich nur wünschen konnten«, fiel Dr. Bernburger lächelnd ein. »Ich bin von der Wahrscheinlichkeit der Vorgänge, wie ich sie damals darstellte, heute noch ebenso überzeugt wie damals.«

»Und die neue Zeugin?« fragte die Baronin.

»Eine verliebte Person«, sagte Dr. Bernburger wegwerfend, »die sich ein Verdienst um ihren Angebeteten erwerben möchte. Sie ist durchaus nicht wichtig und wurde nicht vereidigt, weil der Gerichtshof sie wegen ihrer Beziehungen zum Angeklagten von vornherein nicht für glaubwürdig hielt. Übrigens würden sich wohl Zeugen auftreiben lassen, um die Unwahrheit ihrer Aussage darzutun.«

»Nein, Mama«, rief Mingo, in lichter Entrüstung aufspringend, »damit sollst du nichts zu tun haben. Dies Spionieren und Hetzen ist unwürdig. Ich leide es nicht, daß du dich dazu hergibst.«

Dr. Bernburger betrachtete das junge Mädchen lächelnd durch seine Brille. »Ginge der Verbrecher nicht dunkle Wege«, sagte er, »brauchte man ihm nicht auf dunklen Wegen nachzuschleichen. Die Methode des Verbrechers bestimmt die Methode dessen, der ihn entlarven soll. Wenn ein Dieb mit Ihrer Börse davonläuft, und Sie wollen sie wiederhaben, müssen Sie ihm nachspringen; oder einen anderen für sich springen lassen.«

»Ich verlange von niemandem, wozu ich mir selbst zu gut bin«, sagte Mingo feindlich. »Übrigens hat uns niemand unsere Börse genommen.«

»Mische dich nicht in Dinge, Kind«, sagte die Baronin verweisend, »die du wenig kennst, um sie beurteilen zu können. Ich habe indessen doch das Gefühl«, wandte sie sich an Dr. Bernburger, »daß wir keine glückliche Rolle in dieser Angelegenheit spielen.«

»Es kommt auf den schließlichen Erfolg an«, sagte Dr. Bernburger, »und wie ich Ihnen schon sagte, hat sich meine Überzeugung bisher nur gefestigt. Mir ist es, als hätte ich den Vorgang miterlebt. Ich könnte ihn in einem Drama vorführen.«

»Und warum tun Sie es nicht?« rief die Baronin gereizt. »Ich glaube, die Stimmung wendet sich allgemein dem Angeklagten zu.«

»Herr Dr. Deruga hat augenscheinlich viel Glück bei Frauen«, sagte Dr. Bernburger, »in deren Augen ein Mann überhaupt durch den Verdacht eines Verbrechens zu gewinnen pflegt. Ferner begehen viele Menschen den Fehler, zu glauben, ein Verbrecher müsse von der Natur mit einem besonderen Stempel gezeichnet sein. Müsse roh, brutal, gemein, entstellt aussehen. Man bedenkt nicht, daß der Grund der meisten Verbrechen die Schwäche des Täters ist, indem er einem Antriebe nicht genug Widerstand entgegenzusetzen vermochte, und was für eine große Rolle der Zufall dabei spielt. Es ist nicht ohne Ursache, daß in früheren Zeiten viele Verbrecher selbst glaubten, der Teufel habe es ihnen eingeblasen.«

Der Baron meinte, solche Vorstellungen wären gefährlich, indem sie einem fast den Mut raubten, den Verbrecher zu verfolgen und zu bestrafen.

Der Anwalt zuckte die Schultern. »Hörte man damit auf«, sagte er, »so gäbe es ja nur noch Antriebe zum Bösen beziehungsweise Verbotenen, und alle Hemmungen fielen fort. Es ist wohl das beste, daß jeder schlechtweg das tut, was ihm sein Amt vorschreibt, ohne sich Skrupel über die Folgen und innersten Gründe zu machen. Justizrat Fein bringt unentwegt neue Entlastungszeugen vor; er hat jetzt wieder einen Professor ausgespielt, der eine Zeitlang mit Deruga und seiner Frau dasselbe Haus bewohnte, und der, wie es scheint, bestätigen soll, was wir längst wissen, daß Deruga ein sogenannter guter Kerl ist, dem man zwar Übereilungen, aber nicht überlegte Schlechtigkeit zutraut. Ich würde meine Pflicht nicht tun, wenn ich mich nicht bemühte, Beweise für unsere Überzeugung aufzutreiben, und ich hoffe noch immer, daß es mir gelingen wird, etwas Abschließendes zu finden. Ich verfolge eine Spur, von der ich aber schweigen möchte, bis ich selbst vollkommene Klarheit gewonnen habe.«

Mingo betrachtete Dr. Bernburger mit unverhohlenem Abscheu. »Das geschieht aber nicht für dich, Mama«, sagte sie in flehend befehlendem Tone, »nicht in deinem Auftrage.«

»Bitte, mische dich nicht ein«, sagte die Baronin gereizt, »verlasse uns lieber, wenn du dich nicht beherrschen kannst! Weder du noch ich haben ein persönliches Interesse an der Angelegenheit, sondern einzig ein sachliches. Es kann uns nur angenehm sein, wenn die Wahrheit festgestellt wird.«

»Ja, ich habe ein persönliches Interesse«, rief Mingo leidenschaftlich aus. »Ich weiß, daß er schuldlos ist. Allen Beweisen zum Trotz, die etwa ausspioniert werden, ist er schuldlos und besser als wir alle.« Ihre Stimme zitterte, die Tränen waren ihr nahe.

Der Baron und Peter Hase waren gleichzeitig aufgestanden, wie um die Kleine zu beschützen. Der Baron stellte sich neben sie und schlug einen Spaziergang vor: man müsse bei den immer noch kurzen Tagen die Helligkeit benützen. Dr. Bernburger hatte das Gefühl, in Ungnade und mit Verachtung beladen entlassen zu sein. Die Bitterkeit, die in seinem Innern kochte, verdichtete sich mehr und mehr zum rachsüchtigen Haß gegen Deruga, während er der Baronin gegenüber nur den inständigen Wunsch hatte, ihr zu beweisen, daß er recht gehabt habe.

XIII

Wir wurden mit Deruga dadurch bekannt«, erzählte Professor Vondermühl, »daß wir im gleichen Hause wohnten. Kurze Zeit, nachdem sie eingezogen waren, bekam meine Frau in der Nacht einen Magenkrampf, und um ihr möglichst schnell Hilfe zu schaffen, ging ich hinauf und bat Deruga zu kommen. Er zeigte die liebenswürdigste Bereitwilligkeit, und auch seine Frau bot ihren Beistand an. Seit der Zeit sahen wir uns häufig und haben in enger Freundschaft verkehrt, bis Derugas ihr Kind verloren und sich bald hernach scheiden ließen.«

»Haben Sie jemals etwas von Mißhelligkeiten zwischen den Ehegatten bemerkt?« fragte der Vorsitzende.

»Meine Frau hatte den Eindruck«, sagte der Professor, »daß sie sich zwar liebhatten, aber nicht zueinander paßten. Deruga hatte trotz seiner Verträglichkeit ein unstetes, unberechenbares Temperament und hätte straffer Leitung bedurft; seine Frau vermochte solche nicht auszuüben, sondern war zärtlich, anschmiegsam, gleichsam eine Pflanze, die im Schutze einer Mauer hätte wachsen sollen. Die Verschiedenheit trat wohl nach dem Tode des Kindes, das ein Band zwischen ihnen bildete, schärfer zutage.«

»Kam es zuweilen zwischen ihnen zu heftigen Ausbrüchen?« fragte der Vorsitzende.

»Eines Abends«, erzählte der Professor, »saßen meine Frau und ich nach dem Abendessen auf unserem kleinen Balkon, der vom Wohnzimmer nach dem Garten hinausging. In Derugas Wohnzimmer, das über dem unsrigen lag, mußte die Tür offenstehen, denn wir konnten ihre Stimmen hören, und wie ihr Gespräch allmählich in einen Wortwechsel ausartete. Wir lachten darüber, und meine Frau sagte: ›Der schreckliche Mensch, sein Teufel ist wieder los‹ – was ein Ausdruck von ihr war, um gewisse Launen, denen Deruga unterworfen war, zu bezeichnen. Sie schlug vor, wir wollten hineingehen, um der Frau willen den Auftritt unterbrechen. Ich jedoch war dagegen, da mir eine Einmischung in solchem Augenblick zudringlich erschien, vielleicht auch aus Bequemlichkeit oder sonst einer egoistischen Regung. Wir waren noch in der Auseinandersetzung darüber begriffen, als wir Frau Deruga einen unterdrückten Schrei ausstoßen hörten, einen Schrei des Schreckens, des Schmerzes, der Angst, wie es schien. Da sprang meine Frau auf und lief, ohne meine Zustimmung abzuwarten, in das obere Stockwerk hinauf, so daß ich Mühe hatte, mit ihr Schritt zu halten. Als ich atemlos oben ankam, hatte Ursula, das Mädchen, meiner Frau schon die Tür geöffnet und begrüßte uns mit strahlenden Augen. Sie mochte froh sein, daß ihre Herrschaft in diesem Augenblick nicht allein blieb. Deruga empfing uns mit gewohnter Herzlichkeit, von Verlegenheit oder Mißstimmung war ihm nichts anzumerken, außer daß er ein paar Redensarten wiederholte: ›Ach, die Ehe!‹ ›Man sollte sich das Heiraten gründlicher überlegen als das Aufhängen!‹ und dergleichen. Meine Frau, die sehr temperamentvoll war und keine

Menschenfurcht kannte, sagte scheltend, indem sie sich vor ihn hinstellte: ›Wir Frauen sollten allerdings vorsichtiger sein, und zumal die Ihrige hat unüberlegt gehandelt, als sie sich einem solchen Wüterich anvertraute. Weil Ihre Frau allzu gut ist, darum machen Sie Radau! Sie haben einen kleinen Teufel in sich, der Glück und Frieden nicht verträgt, sondern immer Schwefelgestank und Höllenspektakel um sich haben muß.‹ Deruga nahm solche Strafpredigten von meiner Frau gern an, weil er fühlte, daß sie wahrer Freundschaft entsprachen, und sie ihrerseits lieh auch seinen Rechtfertigungen Gehör, in welcher Form immer sie gegeben wurden. Diesmal schien er seine Heftigkeit zu bereuen und sagte in verhältnismäßig ruhigem Tone: ›Ich gebe zu, daß meine Frau lieb und sanft ist, aber ich verwünsche, verfluche und hasse dieses Sanftsein. Wenn sie mich liebte, wie sie sollte und könnte, würde sie mich einmal anzischen wie eine Schlange und mir sagen, daß ich ein Scheusal wäre, mich in Haß oder Liebe umschlingen und erwürgen. Wenn ich eine aussätzige alte Frau oder ein verendender Hund wäre, würde sie mich mit derselben Liebe und Sanftheit behandeln, die mich zur Wut reizt.‹ Die arme Frau sah ihn, wie ich mich gut erinnere, mit großen Augen an und sagte in ihrer Art zornig: ›Ich sagte dir doch eben, daß du ein Scheusal wärest‹, worüber wir alle lachen mußten. Er umarmte sie und behielt ihre Hand in der seinen, während er ihr erklärte, daß das doch nicht das Richtige gewesen sei.«

»Sie erwähnten vorhin«, unterbrach der Vorsitzende, »daß Frau Deruga einen Schrei ausgestoßen habe. Erfuhren Sie, ob sie nur aus Angst geschrien oder ob ihr Mann sie tätlich angegriffen hatte?«

»Das kam nicht zur Sprache«, sagte der Professor. »Vermutlich hatte er sie unsanft angepackt. Sie sah bleich und verstört aus. Als wir nach einer Stunde aufbrechen wollten, fragte meine Frau sie, ob wir sie nun auch mit dem Unhold allein lassen könnten. Worauf sie lachend erwiderte: ›Für heute hat der Vulkan ausgespien.‹ Das sagte sie laut und unbefangen, und auch Deruga lachte. Meine Frau konnte lange nicht einschlafen, weil es ihr unheimlich war, doch gelang es mir, sie zu beruhigen, indem ich ihr sagte, sie nähme die Sache zu ernst, Derugas Liebe zu seiner Frau habe sich gerade eben deutlich gezeigt.«

»Haben Sie jemals«, fragte der Vorsitzende, »klaren Aufschluß erhalten über den Grund der Aufwallungen des Angeklagten gegen seine Frau? Oder lag derselbe nach Ihrer Meinung nur in seinem Temperament und in der Verschiedenheit der Gatten?«

»Deruga deutete gelegentlich an«, sagte der Professor, »daß er Ursache zur Eifersucht habe, und zwar bezog sich dieselbe auf einen Mann, zu dem seine Frau, bevor sie Deruga heiratete, eine Zuneigung gehabt hatte, den sie aber, weil er gebunden war, nicht hatte heiraten können. Der Umstand, daß die alte Frau dieses Mannes starb, scheint seine Eifersucht und seinen Argwohn so sehr gesteigert zu haben, daß ihr Leben an seiner Seite unbehaglich wurde. Man war vielfach der Ansicht, sie habe die Scheidung betrieben, um jenen anderen zu heiraten, was aber die folgenden Ereignisse nicht bestätigten, denn sie ist bekanntlich ledig geblieben.«

»Halten Sie für möglich«, fragte der Vorsitzende, »daß die Furcht vor dem Angeklagten dabei den Ausschlag gab? Er könnte Drohungen gegen sie und den Mann ausgestoßen haben, falls sie ihn heiratete?«

»Für möglich muß ich das halten«, sagte der Professor nach einigem Besinnen, »aber etwas Bestimmtes kann ich nicht darüber sagen. Meine Frau würde besser unterrichtet sein, da sie sehr mit Frau Deruga befreundet und gerade damals viel mit ihr zusammen war. Zwar pflegte sie mir alles genau zu erzählen; aber ich habe nicht alles genau genug behalten, um es unter solchen Umständen wiedererzählen zu können. Das weiß ich sicher, daß Frau Deruga, nachdem sie geschieden war, sich eine Zeitlang mit der Absicht trug, jenen Mann zu heiraten, daß sie aber davon abstand. Der Betreffende hat sich dann anderweitig verheiratet, soll aber unglücklich geworden sein und ist vor einigen Jahren gestorben.«

Dr. Zeunemann bemerkte, aus den Schilderungen des Professors scheine hervorzugehen, daß seine Frau diesen Verkehr mehr als er gepflegt habe; ob etwa zwischen ihm und Deruga keine Sympathie bestanden habe.

»Nein, nein«, sagte der Professor, »das wäre kein zutreffender Ausdruck. Er teilte meine wissenschaftlichen Interessen nicht, und mir ist das Schweben und Gaukeln über den Tiefen, das Ausspielen von Hypothesen und Paradoxen, das Phantasieren im Unmöglichen nicht gegeben. Ich war zu schwerfällig für die oft grotesken Sprünge seines Geistes. Sie belustigten mich wohl, aber im Grunde wußte ich nichts damit anzufangen. So kam es, und auch weil ich sehr beschäftigt war, daß meine Frau die Beziehungen mehr pflegte, wozu sie schon durch ihre Jugend besser paßte. Sie war bedeutend jünger als ich und mußte doch vor mir sterben.«

Ob seine Frau nach dem Wegzuge von Frau Deruga mit dieser im Briefwechsel gestanden habe, fragte der Vorsitzende.

Es wären allerdings Briefe der Frau Deruga vorhanden gewesen, sagte der Professor, er hätte sie aber nach dem Tode seiner Frau verbrannt, damit sie nicht später Unberufenen in die Hände fielen. Er habe darin geblättert, bevor er sie zerstört hätte, und erinnerte sich einer Stelle, wo sie geschrieben hätte, der Frieden und die Freudigkeit, die sie sich von der Auflösung ihrer Ehe erwartet hätte, ließe noch immer auf sich warten.

›Ich ertappe mich jetzt oft darauf‹, so etwa schrieb sie, ›daß ich anstatt wie sonst vorwärts, in die Zukunft zu blicken, stehenbleibe und mich zurückwende. Sollte das die Besinnung des Alters sein? Ach nein, wie konnte ich auch erwarten, daß ich jemals anderswohin sollte blicken können als dahin, wo mein Kind war, in die Vergangenheit! Für mich gibt es keine Zukunft auf Erden mehr.‹ Diese Stelle ergriff mich, weil ich damals, nach dem Tode meiner Frau, selbst anfing, nach rückwärts statt nach vorwärts zu leben, und sie hat sich mir aus diesem Grunde eingeprägt.«

Diese Briefstelle, sagte der Vorsitzende, deute nicht darauf, daß die Verstorbene eine zweite Heirat ersehnt hätte und nur durch Furcht vor dem Angeklagten davon zurückgehalten wäre.

»Dazu möchte ich folgendes bemerken«, sagte der Professor. »Aus anderen mündlichen oder schriftlichen Äußerungen der Verstorbenen wäre vielleicht auf jenen Wunsch und jene Furcht zu schließen. Hätte man aber noch so viele Beweise von Derugas damaligem Geladensein, so scheint es mir doch fraglich, ob das mit einem so viele Jahre später begangenen Mord in Verbindung gebracht werden könne. Es ist wahr, daß die menschlichen Handlungen Ketten sind, deren Glieder ein Götterauge ins Unendliche muß verfolgen können; aber ob wir Menschen uns in den labyrinthischen Verzweigungen nicht verirren müssen?«

Der Vorsitzende blickte schweigend vor sich nieder, während der Staatsanwalt unter kritischen Grimassen den Kopf wiegte. Dann stellte Dr. Zeunemann die Schlußfrage an den Professor, ob ihm noch andere Gründe bekannt wären, mit denen die Scheidung der Derugas damals erklärt worden wäre oder erklärt werden könnte.

»Meine Frau wußte«, sagte der Professor, »daß Frau Deruga ihren Mann bis zu einem gewissen Grade für den Tod ihres Kindes verantwortlich machte und deshalb einen krankhaften Haß auf ihn warf. Es ist das so zu verstehen, daß Deruga für Abhärtung und Rücksichtslosigkeit in der körperlichen Erziehung des Kindes war, während seine Frau es eher verzärtelte. Dieser Gegensatz bildete öfters Anlaß zu Streitigkeiten. Auf die Dauer konnte die verständige Frau sich aber doch nicht dagegen verblenden, daß Deruga das Kind, auf seine Art, ebenso wie sie geliebt hatte und den Verlust ebenso wie sie betrauerte, und sie suchte die ungerechte Abneigung zu überwinden, worauf auch meine Frau mit der ganzen Lebhaftigkeit ihres Temperamentes drang. Ich kann also nicht glauben, daß diese durch den übermäßigen Schmerz zu erklärende Gefühlsverkehrung den Entschluß zur Scheidung bewirkt habe, wenn auch vielleicht das Verhältnis dadurch gelokkert wurde.«

Es entspann sich nun zwischen den Juristen ein Wortwechsel über den vom Staatsanwalt gestellten Antrag, Fräulein Schwertfeger noch einmal zu vernehmen, ob sie etwas Aufklärendes über Frau Swieters geplante und nicht vollzogene Ehe aussagen könne. Justizrat Fein verwarf es als zeitraubend und überflüssig, welcher Meinung sich Dr. Zeunemann anschloß, der sagte, noch mehr Einzelheiten, wie sie auch ausfielen, würden den Prozeß nicht weiterbringen. Für die Eigenart Derugas, die darin bestehe, daß er sich im labilen Gleichgewicht befinde, ließen sich vermutlich noch zahlreiche Beispiele aufbringen. Es handle sich hier aber nicht darum, die Geschichte seiner Seele zu erforschen, sondern die Geschichte seines Lebens vom 1. bis zum 3. Oktober festzustellen. Darauf bezüglich habe Fräulein Schwertfeger nichts mehr zu sagen.

»Ich bitte die Herren dringend«, sagte der Justizrat, »sich auf Tatsachen zu beschränken, damit wir den Knoten nicht noch mehr verwirren, anstatt ihn aufzulösen.«

»Was für Tatsachen?« fragte der Staatsanwalt, so plötzlich von seinem Sitz aufschnellend, daß der Justizrat die Antwort nicht gleich bereit hatte.

»Tatsachen, die sich auf den angeblichen Mord beziehen«, entgegnete er nach einer Pause. »Aus Mangel an Tatsachen werden Alltäglichkeiten hervorgezerrt und aufgebauscht. Verliebte pflegen den Gegenstand ihrer Liebe im Falle der Untreue mit dem Tode zu bedrohen, ohne daß der Gegenstand selbst oder jemand anders darauf Wert legt. Dergleichen hat nicht mehr Bedeutung als die Schwüre der Liebe.«

»Es kommt darauf an, was nachfolgt«, sagte der Staatsanwalt. »Übrigens wären uns alle Tatsachen auf der Handfläche lieber; da der Angeklagte, der es könnte, sie uns aber nicht liefert, so bleibt uns nichts übrig, als den Grund zu untersuchen, aus dem die Handlungen wachsen, nämlich das menschliche Gemüt.«

»Der Angeklagte liefert sie uns nicht?« begann der Justizrat.

Allein Dr. Zeunemann bat, den fruchtlosen Streit zu beenden, und forderte Fräulein Schwertfeger auf, dem erhobenen Wunsche genugzutun und noch einige wenige Fragen zu beantworten.

Fräulein Schwertfeger, die blasser und elender aussah als am ersten Tage, ließ das unsichtbare Visier über ihr Gesicht herab und fragte, indem sie zögernd vortrat, ob sie dazu verpflichtet sei, durchaus private Angelegenheiten hier an die Öffentlichkeit zu bringen. Sie könne sich das nicht denken.

»Im Staate ist das Private durchgehend mit dem Öffentlichen verknüpft«, sagte Dr. Zeunemann sanft belehrend. »Nur soweit die Öffentlichkeit Interesse daran hat, bitte ich Sie um einige Aufschlüsse über die Verhältnisse Ihrer verstorbenen Freundin. Frau Swieter hatte vor ihrer Heirat mit dem Angeklagten freundschaftliche Beziehungen zu einem Manne, der sie abbrach, da sie zu einer Ehe nicht führen konnten, und die vermutlich, solange die Ehe mit dem Angeklagten bestand, nicht wieder angeknüpft wurden.«

»Natürlich nicht«, sagte Fräulein Schwertfeger hochmütig. »Sie sahen sich erst wieder, als Frau Swieter hierher übersiedelte.«

»Dabei lebte die beiderseitige Neigung auf, und die Wiedervereinten beschlossen, sich zu heiraten. Ist es nicht so?« fragte Dr. Zeunemann.

»Ja«, antwortete das Fräulein trocken.

»Was war die Ursache, daß dieser Beschluß nicht ausgeführt wurde?« fragte Dr. Zeunemann weiter. »Es ist unmöglich, daß Sie, als nächste Freundin der Verstorbenen, nicht davon unterrichtet sein sollten.«

»Es lag nicht in der Natur meiner Freundin, sich bis aufs letzte auszusprechen«, sagte Fräulein Schwertfeger, »und es liegt nicht in meiner, Verschwiegenes zu erpressen. Meine Freundin war damals sehr aufgeregt und äußerte sich ungleich. Einmal sagte sie mir unter Tränen, ihre alte Liebe sei so stark wie je, wolle sie sich aber an die Brust des Geliebten werfen, so stehe ihr Mann, das Kind an der Hand, dazwischen, und dieser Schatten ihrer Einbildung sei undurchdringlicher als eine Mauer.«

»Haben Sie das so aufgefaßt«, fragte Dr. Zeunemann, »als fürchte sie sich vor ihres Mannes Rache, oder als dränge sich die Erinnerung zwischen sie und ein neues Glück?«

»Ich habe es damals so aufgefaßt«, lautete die Antwort, »als sei Dr. Deruga schuld daran, daß meine Freundin den Mann nicht heiratete, den sie liebte. Es tat mir sehr, sehr leid, daß diese Heirat nicht zustande kam. Ich kannte diesen Mann viel besser als Dr. Deruga und hatte viel mehr Sympathie für ihn, schon deshalb, weil ich glaubte, meine Freundin würde es gut bei ihm haben.«

»Wenn Sie jenen Herrn gut kannten«, sagte Dr. Zeunemann, »so haben Sie vielleicht mit ihm darüber gesprochen und wissen, wie er es auffaßte?«

»Er faßte es so auf«, sagte Fräulein Schwertfeger mit sehr bösem Gesicht, »als fürchte Frau Swieter, Deruga würde ihn töten, wenn er sie heiratete. Es kann auch sein, daß er das glauben wollte, weil es seinen Stolz am wenigsten verletzte. Er war stolz und herrschsüchtig.«

»Wenn Ihre Freundin ihn so sehr liebte«, sagte Dr. Zeunemann, »so muß ein starkes Motiv sie abgehalten haben, ihn zu heiraten.«

»Natürlich«, sagte Fräulein Schwertfeger. »Sie hat damals auch sehr gelitten. Sie überwand es aber bald und sagte später, sie glaube, richtig gehandelt zu haben.«

Es war Abend, als Dr. Bernburger müde in seine Wohnung

kam. Er warf sich auf den schäbigen Diwan, den er alt gekauft hatte, und sah sich fröstelnd nach irgend etwas um, womit er sich zudecken könnte. Drinnen war es kälter als draußen, aber abgesehen davon, daß er aus Sparsamkeit am Abend womöglich nicht mehr einheizte, fühlte er sich auch zu erschöpft und unlustig dazu. Mißvergnügt sah er sich in dem kahlen, an ein Zimmer in einem Hotel zweiten Ranges erinnernden Raum um und dachte darüber nach, woher und wozu er diesen Hang nach einer schönen, behaglichen Umgebung habe, den er vielleicht nie würde befriedigen können. Um seiner Verstimmung zu entrinnen und sich zu wärmen, beschloß er, in ein Café zu gehen. Da fand er vor der Glastür, die seine Wohnung abschloß, eine kleine, verhutzelte Frau stehen, die schon eine Weile nach der Klingel gesucht hatte und ihn fragte, ob hier ein Herr Rechtsanwalt wohne. Der sei er, sagte Dr. Bernburger; aber jetzt werde nicht mehr gearbeitet, sie solle am folgenden Tage in seine Sprechstunde kommen. Die kleine Frau setzte auseinander, daß sie das nicht könne, weil sie tagsüber bei den Herrschaften sei, um zu waschen; ihr Mann habe sie ja verlassen, und sie müsse die Kinder allein durchbringen. Sie komme auch jetzt von der Arbeit, und zwar komme sie, weil der Herr Tönepöhl vom Vorderen Anger sie geschickt habe.

Bei der Nennung dieses Namens durchfuhr den Anwalt ein Gedanke, der ihm das Blut ins Gesicht trieb und ihn bewog, mit der kleinen Frau in sein Zimmer zurückzukehren. Während er Licht machte, bat er sie, sich zu setzen und zu erzählen, was sie herführe, und da sie, als er damit fertig war, noch immer bescheiden an der Tür stand, nötigte er sie selbst auf einen Stuhl und nahm ihr den großen Deckelkorb ab, den sie in der Hand trug. Sie lächelte verlegen und dankbar und begann ihre Erzählung:

Vorgestern sei sie zu Herrn Tönepöhl, dem Tändler im Vorderen Anger, gekommen, um ein Paar Schuhe für ihren Ältesten zu kaufen, und da habe ihr ein Paar besonders gut gefallen, weil es ungefähr die rechte Größe gehabt hätte; aber es sei zu teuer gewesen. Da habe sie zu Herrn Tönepöhl gesagt, sie habe einen Arbeitskittel von ihrem seligen Mann – sie sage nämlich immer ›ihr seliger Mann‹, seit er auf und davon gegangen sei –, der sähe wie neu aus, ob er den nicht dagegen annehmen wolle. Herr Tönepöhl habe barsch gesagt, wie er überhaupt sehr hochfahrend gegen die armen Leute sei, für solches Lumpenzeug habe er keine Kunden. Da habe seine Frau, die in einem alten Koffer gekramt habe, dazwischen geschrien, er solle nicht ein solcher Tölpel sein, der Herr Rechtsanwalt habe ihm doch viel Geld für einen alten Kittel versprochen, und er, der Mann, habe dem Herrn Rechtsanwalt fest zugesagt, sich danach umzusehen, und nun sähe man, was für ein Windbeutel er sei. Darauf habe Herr Tönepöhl seinerseits geschimpft, sie sei dümmer als ein Hering. Der Herr Rechtsanwalt würde ihm den Kittel an den Kopf werfen, denn er wolle einen, der auf der Straße gefunden sei. Nun sei nämlich der alte Anzug, den sie gemeint habe, gar nicht von ihrem seligen Manne gewesen, sondern sie habe ihn gefunden, aber wegen der Grobheit des Herrn Tönepöhl habe sie sich nicht getraut, das zu sagen, damit er nicht eine große Angelegenheit daraus mache und behaupte, sie habe ihn gestohlen.

Sie sei also fortgegangen, habe aber an der Tür noch mit Frau Tönepöhl geschwatzt und sie gefragt, was für ein Herr Rechtsanwalt das sei, und sie habe ihr alles erzählt und auch, daß es sich um einen großen Prozeß handle, und daß man ein gutes Stück Geld verdienen könnte, wenn man den rechten Anzug brächte. Darauf habe sie gedacht, sie wolle den Kittel in Gottes Namen dem Herrn Rechtsanwalt bringen, er werde ihr ja nichts Böses antun und sie ins Unglück stürzen, wo sie ja nur komme, weil ihm so viel daran gelegen sei.

Nun freilich, sagte Dr. Bernburger, er sei ihr sehr dankbar, und ob er den Anzug brauchen könne oder nicht, er wolle sie für die Mühe entschädigen. Sie sei eine brave kleine Frau und solle recht gründlich erzählen, wie sie zu diesem Kittel gekommen sei.

Es sei der 3. Oktober gewesen, erzählte die Frau. Sie erinnere sich deswegen so gut daran, weil sie an dem Tage schon vor fünf aus dem Hause gegangen sei. Die Frau Kommerzienrat Steinhäger habe sie nämlich ersucht, eine Stunde früher zu kommen und eine oder zwei Stunden länger zu bleiben, damit sie womöglich an einem Tage mit der Wäsche fertig würde; es habe sich ein auswärtiger Besuch auf den folgenden Tag bei ihr angemeldet, und das passe so schlecht, wenn Wäsche sei. Weil nun die Frau Kommerzienrat sonst eine gute Frau wäre, habe sie es ihr zugesagt, und so sei sie denn schon vor fünf Uhr durch die Bahnhofsanlagen gekommen, als noch kein Mensch unterwegs gewesen sei. Ein starker Wind habe geweht, so daß die hohen Bäume sich gebogen hätten, und die dürren Blätter wären wie Fledermäuse um den Kopf geflogen. Auf der Brücke habe sie einen Augenblick stillstehen müssen, so habe der Wind gegen sie angeblasen, und da habe sie etwa hundert Schritte weiter am Ufer etwas Schwarzes gesehen. Zuerst habe sie gemeint, es sei ein Kind oder ein Hund, weil es scheinbar Arme oder Beine ausgestreckt hätte, und sie sei schnell hingelaufen; anstatt dessen sei es ein mit Bindfaden umschnürter Anzug gewesen. Offenbar sei er in Papier gewickelt gewesen, das habe aber das Wasser größtenteils aufgelöst und weggerissen. Sie haben den Anzug losgemacht und ausgewrungen und beschlossen, ihn mitzunehmen. Denn der, dem er gehört habe, müsse ihn doch weggeworfen haben, also sei es kein Unrecht, und vielleicht könne ihr seliger Mann ihn gebrauchen, wenn er etwa einmal wiederkäme, oder sonst ihr Ältester, wenn er erwachsen sei. Ob der Herr Rechtsanwalt meine, daß sie unrecht getan hätte?

Sie betrachtete ihn ängstlich gespannt aus ihren braunen Augen, die wie zwei kleine, fleißige Nachtlämpchen aus dem verschrumpften Gesicht herausleuchteten.

Aber nein, sagte Dr. Bernburger, da könne mancher reiche und angesehene Mann froh sein, wenn er nicht mehr als das auf dem Gewissen hätte. Das sei ja herrenloses Gut gewesen. Sie habe recht getan, sie sei ein wackeres Frauchen. Gewiß habe sie den Kittel in ihrem Henkelkorbe?

Ja, sagte die kleine Frau erleichtert; sie habe ihn gleich mitgebracht, um nicht noch einmal kommen zu müssen. Denn es sei ein großer Umweg für sie, und ihre Kinder pflegten sie abends ungeduldig zu erwarten.

Sie nahm das Paket aus dem Korb, und Dr. Bernburger faltete den Anzug auseinander.

»Wissen Sie«, sagte er, »ich kaufe Ihnen den Anzug ab, ob es nun der rechte ist oder nicht. Sind Sie zufrieden, wenn ich Ihnen vorderhand zehn Mark gebe? Sie sollen aber noch mehr bekommen, wenn sich herausstellt, daß es der ist, den ich suche.«

Die kleine Frau wurde rot vor schreckhafter Freude. Nun könne sie ihrem Ältesten die schönen Schuhe kaufen, sagte sie.

Aber sie solle Herrn Tönepöhl nichts von dem Geschäft sagen, das sie miteinander gemacht hätten, rief Dr. Bernburger ihr die Treppe herunter nach. Der brauche nichts davon zu wissen.

Heiß, fast blind vor Triumph trat Dr. Bernburger in das Zimmer zurück, dessen Kälte und Leere er nicht mehr fühlte! Sein Gedankengang war also richtig gewesen! Einmal kreuzte doch der Weg des Glückes den seines Verstandes. Wie würden sie staunen, wenn er ihnen das Rätsel löste und zugleich das Beweisstück vorlegte! Würde man angesichts dessen noch zweifeln können? Vielleicht war irgendein Abzeichen an dem Anzuge, welches die Ermittlung des Geschäftes, wo er gekauft war, erlaubte. Eine genaue Untersuchung des Anzuges ergab nichts Derartiges, dagegen war deutlich zu erkennen, daß ein neues, gutes Stück vorlag, dem durch absichtlich eingesetzte Flicken der Schein eines dürftigen, oft getragenen Arbeitergewandes zu geben versucht worden war.

Indem Dr. Bernburger den Rock hin und her wendete, entdeckte er eine zugeknöpfte Seitentasche, öffnete sie, griff hinein und zog einen Briefumschlag heraus, der eine von der Nässe verwischte, aber lesbare Aufschrift trug. Er las: »Herrn Dr. S. E. Deruga«, dann die Stadt und die Straße.

Trotzdem dieser Brief ihm nur bestätigte, was er erwartet hatte, war er nicht nur überrascht, sondern fast erschrocken. Versteinert starrte er auf den Brief, der da lag wie die Gaukelei erregter Einbildungskraft und doch Wirklichkeit war, der Zauberschlüssel, der ihm die Pforte zu Ansehen und Reichtum öffnen würde. Daß der Umschlag einen Brief enthielt, hatte er gefühlt, aber noch zögerte er, ihn herauszunehmen und zu lesen. Ihm selbst zum Ärger klopfte ihm das Herz. Wozu die Aufregung? Er zwang sich, die peinliche Spannung zu beendigen, indem er las. Der Brief lautete:

›Dodo, lieber Dodo, ich bin todkrank und muß sterben, aber vorher muß ich schrecklich leiden und habe niemand, der mir hilft. Du bist der einzige, der mich lieb genug hat, um mich zu töten. Komm und befreie Deine arme Marmotte, von der Du weißt, wie sie sich vor Schmerzen fürchtet. Dies ist das erste Wort, das ich nach siebzehn Jahren an Dich richte, und es ist eine Bitte. Ach, Dodo, an kein anderes Herz als an Deines würde ich eine solche Bitte zu richten wagen. Komme bald, Du wirst wissen, wie es geschehen kann. Daß ich Dir geschrieben habe, wird kein Mensch erfahren.

Deine Marmotte‹

Dr. Bernburger las und las wieder. Es war ihm ernüchtert und ermüdet zumute. War dieser Brief vielleicht eine List, ein nachträglich angefertigtes Machwerk, das Deruga oder seine Freunde ihm in die Hände gespielt hatten? Nachdem er ihn sorgfältig untersucht und eingesehen hatte, daß ein Betrug ausgeschlossen war, schob er ihn in den Umschlag und steckte ihn in seine Brieftasche. Dann nahm er Hut und Mantel, um ins Café zu gehen. Als er nur wenige Schritte von dem Restaurant entfernt war, wo er zu Abend zu essen pflegte, kehrte er um und suchte ein anderes Lokal auf, um nicht von Bekannten angesprochen zu werden; er hatte das Bewußtsein, zerstreut zu sein, und wollte nicht auffallen.

Während er aß, mußte er denken, daß ihn nichts abhielte, den Brief in den kleinen eisernen Ofen zu werfen, der ein paar Schritte von ihm brannte. In einem Nu würden die hastigen Flammen das verhängnisvolle Zeugnis vernichtet haben. Er hatte nicht die Absicht es zu tun, aber die Vorstellung war so lebhaft in ihm, daß ihm angst wurde, er müsse es dennoch, wie man unter dem Eindruck des Schwindels wohl fürchtet, man würde sich wider Willen von einer Höhe in den Abgrund werfen.

Wie dumm, dachte er, daß er der alten Frau, durch die er in eine so peinliche Lage versetzt war, zehn Mark gegeben hatte! Würde er es über sich bringen, von dem Mantel Gebrauch zu machen und den Brief zu verschweigen? Wenn er es tat, so war er der Bewunderung und Dankbarkeit der Baronin sicher. Welche Genugtuung würde es ihm geben, sie von seinem Scharfsinn, von der Richtigkeit seiner Auffassung, die er von Anfang an gehabt hatte, zu überzeugen! Was würde sie dagegen sagen, wenn er ihr den Brief zeigte: ›Sie versprachen mir, Deruga als Verbrecher zu entlarven, und Sie verschaffen ihm einen Heiligenschein! Sie verstehen es, Wort zu halten!‹ Wahrscheinlich würde sie ihm verbieten, von dem Brief Gebrauch zu machen; und das war schließlich für ihn die glücklichste Lösung, indem sie ihm zur Pflicht machte, was er aus eigener Verantwortung ungern getan hätte. Und wie würde Deruga sich verhalten? Dr. Bernburger begriff nicht, warum er den wahren Hergang verschwiegen hatte. Sollte er auch seinem Anwalt nichts davon gesagt haben?

Plötzlich überkam ihn der Wunsch, in die Anlagen zu gehen und die Stelle aufzusuchen, wo die Waschfrau den Anzug gefunden haben wollte; in der Restauration mochte er ohnehin nicht bleiben, und schlafen hätte er ebensowenig können. Er hatte fast eine Stunde zu gehen, bis er an die Brücke kam, die über den Kanal führte. Der Schnee, der in der letzten Nacht gefallen war, hatte sich aufgelöst und in Schmutz verwandelt, und er hörte in der Dunkelheit die Nässe unter seinen Füßen klatschen. Die hölzerne Brücke war schlüpfrig, und das Wasser stand sehr hoch; schwarz und heimlich-hastig flog es unter ihm fort. Nach einer Weile unterschied er etwas weiter unten die wild sich aufbäumenden Wurzeln einer alten Ulme, die das Ufer umklammerte; dort mochte das Bündel Kleider, das der Fluß trieb, sich festgehängt haben.

Lange starrte der späte Wanderer auf die Stelle und ging dann weiter, bis er nach einigen Schritten vor einer halbkreisförmigen Steinbank stand, von der aus man in der schönen Jahreszeit einen angenehmen Blick auf die Wiesen hatte, die sich weithin zwischen dunklen Gebüschen erstreckten. Vielleicht, dachte er, hatte in der stürmischen Oktobernacht Deruga dort gesessen und, nachdem er sich umgekleidet, die Stunde erwartet, wo der Zug abging, mit dem er heimfahren wollte. Vielleicht war er sehr bewegt und zugleich sehr erschöpft gewesen und hatte hier ausgeruht, wo niemand ihn beobachtete. Unwillkürlich durchwatete auch Dr. Bernburger die aufgeweichte Erde und setzte sich auf die steinerne Bank, ohne zu beachten, wie naß sie war. Was mochte Deruga gefühlt oder gedacht haben, nachdem er die Frau, die er einst geliebt und gehaßt hatte, wiedergesehen und für immer verlassen hatte? Was für Erinnerungen mochten ihn zusammen mit den raschelnden Blättern umschwirrt haben?

Indes er so sann, troff es kalt auf ihn herunter, und plötzlich überlief ihn ein Schauer, und er stand auf und ging schnell, ohne sich umzusehen, der Stadt zu.

XIV

Am anderen Morgen fühlte Dr. Bernburger sich so abgespannt, daß es ihm erlaubt schien, sich als krank zu entschuldigen, und nachdem er das telefonisch besorgt hatte, legte er sich wieder zu Bett in der Hoffnung, noch einmal einschlafen zu können. Das Klingeln des Telefons weckte ihn, und mit einem lebhaften Gefühl des Überdrusses beschloß er zu tun, als gehe es ihn nichts an. Aber als es von neuem begann, stand er mit einem Seufzer auf, um zu hören, was es gebe. Er erkannte sofort die Stimme der Baronin, der der Apparat eine schrille Färbung gab.

»Sie sind krank?« sagte sie. Das sei im höchsten Grade ungeschickt. Sie sei im Begriff abzureisen, und es sei darum gerade jetzt notwendig, daß er persönlich am Platze sei.

Er sei nicht zum Vergnügen krank, antwortete Bernburger. Die Krankheit sei wohl nicht so arg, sagte die Baronin, daß er nicht auf eine Viertelstunde ins Hotel kommen könne. Sie müsse ihn durchaus vor der Abreise sprechen. Er bedauere, antwortete Bernburger, er läge zu Bett.

»Aber Herr Doktor, Sie sind ja am Telefon«, sagte die Baronin mit dem Lachen, von dem er wußte, wie verführerisch es klang, wenn es ihr darauf ankam.

»So komme ich in Gottes Namen«, rief er ärgerlich auf sich und sie.

»Das ist recht, Doktor«, antwortete ihre Stimme, »Sie können sich ja einen Wagen nehmen.«

»Sie sehen gar nicht krank aus, Doktor«, so empfing ihn die Baronin. »Mein Mann und ich haben uns plötzlich entschlossen, nach Paris zu reisen«, fuhr sie fort, »da mich der schreckliche Prozeß, wie ich Ihnen schon sagte, so sehr angegriffen hat.«

»Die Stellungnahme Ihres Fräulein Tochter«, sagte Dr. Bernburger mit absichtlicher Dreistigkeit, »muß sehr erschwerend für Sie sein.«

Die Baronin errötete. »Sie wissen«, sagte sie, »daß ich meine Handlungen durch das Urteil der Jugend nicht beeinflussen lasse. Meine Tochter wird uns begleiten.«

»Sie sind um den Aufenthaltswechsel sehr zu beneiden«, sagte Dr. Bernburger.

»Ja, der Frühling ist in Deutschland unerträglich«, sagte die Baronin. »Vielleicht wird er gerade deshalb von deutschen Dichtern so besonders viel besungen; man rühmt ja das, was man nicht kennt.«

»Sich niemals kennenzulernen wäre also das Geheimnis der glücklichen Ehe«, erwiderte Dr. Bernburger und setzte, sich selbst verweisend, hinzu: »Aber ich sehe, meine Schwäche macht mich zerstreut und geschwätzig. Was wünschen Frau Baronin mir zu sagen?«

»Ich wollte Ihnen den Prozeß auf Herz und Gewissen legen«, sagte sie. »Als wir uns das letztemal sahen, war ich schwankend geworden; eine Folge meiner Unklugheit, persönlich anwesend zu sein, wie ich jetzt eingesehen habe. Die vielen Einzelheiten, die wechselnden Aussagen, alle die starken Eindrücke machen einen nervös, wenn man nicht daran gewöhnt ist. Ich will nun, ohne mich persönlich darum zu kümmern, dem Prozeß seinen Lauf lassen und das Ergebnis erwarten. Daß es gerecht ausfällt, dafür sind die Anwälte und Richter da.«

»Jawohl«, sagte Dr. Bernburger.

»Ich kann mich doch auf Sie verlassen?« fragte sie. »Ihre Krankheit wird doch nicht lange dauern? Ich wäre Ihnen sehr dankbar, wenn Sie mir zuweilen Bericht erstatten wollten. Sie sagten das letztemal, daß Sie eine entscheidende Entdeckung zu machen hofften.«

Dr. Bernburger hatte die Baronin starr angesehen und fuhr bei ihren letzten Worten zusammen. »Leider«, stieß er etwas gewaltsam hervor, »muß ich Ihnen mitteilen, daß ich mich gezwungen sehe, die Vertretung Ihrer Angelegenheit niederzulegen.«

Die erste Regung der Baronin bei diesen unerwarteten Worten war gekränkte Entrüstung, die sie so stark erfüllte, daß sie kaum Fassung gewinnen konnte, sich zu äußern.

»Das ist unerhört, das ist unmöglich«, rief sie endlich aus, während ein kalter, stechender Ausdruck in ihre grauen Augen trat. »Sie wollen sich aus der Verlegenheit zurückziehen, in die Sie mich verwickelt haben. Aber ich entlasse Sie nicht. Und diese Krankheit haben Sie nur vorgeschützt, ich durchschaute es gleich. Es ist der erste Schritt, uns, mich ehrlos im Stiche zu lassen.«

Dr. Bernburger wurde bleich, aber er blieb bei wachsender Entschlossenheit ruhig. »Ich fühle mich in der Tat krank«, sagte er, »und der Aufgabe nicht mehr gewachsen. Es ist um Ihretwillen, daß ich zurücktreten will.«

»Ich danke für Ihr rücksichtsvolles Opfer«, sagte die Baronin spöttisch. »Aber ich nehme es nicht an. Ich vertraue Ihnen trotz Ihrer Krankheit.«

Inzwischen hatte die aufgeregte und scharfe Stimme ihrer Mutter Mingos Aufmerksamkeit erregt, die sich im Nebenzimmer befand. Sie trat ein und betrachtete die Streitenden mit verwundert fragenden Blicken. Ohne daß er sich dessen bewußt wurde, flößte ihre Anwesenheit dem jungen Rechtsanwalt Mut ein.

»Wenn ich Ihnen den Namen und die Art meiner Krankheit nennen, Frau Baronin«, sagte er, »werden Sie mich besser begreifen. Sie besteht darin, daß ich anderer Überzeugung geworden bin.«

»So plötzlich?« fragte die Baronin. »Noch vor zwei oder drei Tagen sprachen Sie sich ganz anders aus.«

»Es kommt vor, daß einem die Augen ganz plötzlich geöffnet werden«, sagte Dr. Bernburger.

Er hatte noch nicht ausgesprochen, als Mingo seine heiße, feuchte Hand ergriff, deren Berührung sie sonst vermieden hatte, und ausrief: »Oh, Herr Doktor, sagen Sie uns alles! Ich danke Ihnen, Mama freut sich ebenso wie ich, wenn sie es auch nicht gleich zugibt! Wie gut von Ihnen, daß Sie Ihren Irrtum eingestehen!« Sie hielt seine Hand noch immer mit leidenschaftlichem Druck fest, und ihre Augen standen voll Tränen, während ihre Lippen zitterten. Auch in dem Gesicht der Baronin lösten sich die gespannten Mienen, obwohl sie Zurückhaltung und Überlegenheit zu bewahren suchte.

»Seien Sie aufrichtig gegen mich, Herr Doktor«, sagte sie mit gemäßigter Strenge. »Das wenigstens darf ich von Ihnen verlangen. Beruht Ihre Sinnesänderung auf psychischen Eindrücken oder auf neuen Tatsachen, die Sie erfahren haben?«

Erst jetzt forderte sie ihn auf, sich zu setzen, und da er einen Stuhl nehmen wollte, bot sie ihm mit lächelnder Anspielung auf seine Krankheit einen Sessel an.

»Auch ein Glas Wein müssen Sie trinken«, fügte sie hinzu, indem sie Mingo durch einen Blick bedeutete, zu klingeln. »Sie sehen wirklich angegriffen aus. Ich glaube, ich war vorhin zu hart gegen Sie, aber Sie haben es selbst durch Ihre Unaufrichtigkeit und vor allem durch Ihre Zweifel verschuldet. Ich glaube, wenn Sie die schlechte Meinung in Rechnung ziehen, die Sie von mir hatten, bin ich Ihnen nichts mehr schuldig.«

Als Dr. Bernburger seine Erzählung beendet hatte, war Mingos blasses Gesicht von Tränen überströmt, die zu verbergen sie keinen Versuch machte; zu sprechen war sie nicht imstande. Ihrer Mutter war es nicht anzusehen, daß sie bewegt war. »Erklären Sie mir nun, Herr Doktor, in welcher Weise sich durch Ihren Fund die Lage verändert hat«, sagte sie. »Was werden die Folgen sein?«

»Die Lage hat sich nur verändert, wenn Sie wollen«, sagte Dr. Bernburger. »Wenn Sie es verlangen, habe ich die Pflicht, meinen Fund zu verschweigen.«

»Das kommt natürlich nicht in Frage«, rief die Baronin schnell aus. »Ich habe nie etwas anderes gewollt, als daß ein Verbrechen gesühnt würde. Was Herr Deruga getan hat, halte ich eher für eine großmütige Tat. Ich weiß aber nicht, wie die Justiz sich dazu stellt.«

»Durch den Brief«, erklärte der Anwalt, »ist einwandfrei festgestellt, daß Dr. Deruga seine geschiedene Frau auf ihre Bitte getötet hat, und seine Tat fällt demnach unter eine Rubrik, die ›Tötung auf Verlangen‹ betitelt ist. Vermutlich wird er zu einigen Jahren Gefängnis verurteilt. Wird er aber auch nicht freigesprochen, so haben Sie, Frau Baronin, mit einem Versuch, ihm die Erbschaft streitig zu machen, doch kaum noch Aussicht auf Erfolg.«

Ein schnelles, tiefes Rot flog über das Gesicht der Baronin. »Davon ist nicht mehr die Rede«, sagte sie mit einer abwehrenden Handbewegung. »Jetzt begreife ich die Verfügung meiner verstorbenen Kusine vollkommen. Alles, was ich getan habe, ging aus vollkommener Verkennung der Verhältnisse hervor. Ihrem Eifer, lieber Herr Doktor, habe ich es zu verdanken, daß ich noch rechtzeitig meinen Irrtum einsehen konnte.« Sie reichte ihm die Hand, die er an seine Lippen führte.

Mingo vermochte immer noch nicht zu sprechen. Erst als Dr. Bernburger fortgegangen war, rief sie, indem sie ihrer Mutter um den Hals fiel: »Was für ein guter Mensch, dieser unscheinbare Bernburger! Wie unrecht habe ich ihm getan! Und was für schöne traurige Augen hat er hinter der Brille!«

Die Baronin küßte Mingo auf die Stirn und sagte: »Süßliche Augen, gut, daß die Brille davor ist.«

XV

Dr. Zeunemann eröffnete die nächste Sitzung durch eine überraschende Mitteilung: Dr. Bernburger, der von der Baronin Truschkowitz mit Nachforschungen über den Tod ihrer Kusine betraut gewesen sei, habe einige Tatsachen gesammelt, die geeignet wären, dem Prozeß eine andere Wendung zu geben. Nachdem er die Genehmigung der Baronin erhalten habe, bitte er, dieselben dem Gericht vorlegen zu dürfen.

Das unvorhergesehene Ereignis schreckte selbst Deruga aus seiner bisher beobachteten schläfrigen Haltung. Unwillkürlich spannten seine Muskeln sich wie zu einem Kampfe, als Dr. Bernburger vortrat, von dem er sich eines tückischen Angriffs aus dem Hinterhalt versah.

»Meine Herren Richter und Geschworenen«, begann Dr. Bernburger, »ich habe einen wichtigen Fund gemacht, den ich Ihnen keine Stunde vorenthalten zu sollen glaube, da er den dunklen Fall, der Sie beschäftigt, mit einem Schlage ins klare Licht setzt. Meine Herren, ich ging von der Überzeugung aus, daß Deruga den Mord an Frau Swieter begangen haben müsse, weil er erstens der einzige war, der ein Interesse an ihrem Tode hatte, und zweitens der einzige, dessen Schicksal mit dem ihrigen eng und in tragischster Weise verflochten gewesen war; sodann, weil es mir schien, daß ohne den Willen der Frau Swieter oder ihres Dienstmädchens oder beider niemand ihre Wohnung hätte betreten können. Diese meine Ansicht wurde durch die Zeugenaussagen bestärkt und darin verändert, daß ich von Frau Swieters Dienstmädchen absah und sie allein für diejenige ansah, die den Mörder eingelassen hatte.

Ich stellte mir den Vorgang so vor, daß entweder Frau Swieter ihren geschiedenen Gatten zu sich gerufen habe, um von ihm Abschied zu nehmen, oder aber, was ich für wahrscheinlicher hielt, daß er sie aufgesucht habe, um Geld von ihr zu erbitten, und daß irgendeine unvorhergesehene Wendung des Gesprächs ihn zum Mörder gemacht habe. In beiden Fällen ließ sich das durch die besonderen Beziehungen, die zwischen ihnen bestanden hatten, sowie durch Derugas unbezähmbares Temperament erklären. Ich nahm an, daß er sich angemeldet oder sich durch irgendein ihnen aus früherer Zeit bekanntes Zeichen bemerkbar gemacht habe. Er brauchte ja nur unter ihrem Fenster ihren Namen zu rufen, eine Melodie zu singen oder zu pfeifen, um von ihr erkannt zu werden.

Als die wackere Ursula von dem Slowaken erzählte, der um die Mittagszeit angeläutet hatte und nachher verschwunden war, stand es bei mir fest, daß dies Deruga gewesen sei. Ich stellte mir vor, daß er irgendwo im Hause, vermutlich im Keller, die Zeit erwartet hatte, wo Ursula ausging, dann von Frau Swieter eingelassen wurde und das Haus verließ, kurz bevor Ursula zurückzuerwarten war. Auf dem Wege zum Gartentor begegnete er dem Hausmeister, der ihn neugierig betrachtete und dadurch, oder nur durch seine Anwesenheit, das Bewußtsein des begangenen Frevels und die Gefahr der Entdeckung in ihm rege machte. Er wollte sich unbefangen stellen, und es fiel ihm nichts Besseres ein, als eine Zigarette aus der Tasche zu ziehen und zu fragen: ›Haben Sie Feuer, Euer Gnaden?‹ Da er aber nicht in der Stimmung war, zu rauchen, und zu aufgeregt, um folgerichtig zu handeln, beging er eine Unvorsichtigkeit und warf die eben angezündete Zigarette in das Gebüsch am Gartentor.«

Die Zuhörer folgten der Erzählung mit einer Spannung, als ob sie die angeführten Ereignisse zum ersten Male hörten. Die Aufmerksamkeit war zwischen Dr. Bernburger und Deruga geteilt, der nicht daran dachte, sein Gesicht wie sonst den Blikken zu entziehen, indem er es in der Hand verbarg.

»Meine Überzeugung, daß der Slowak Deruga gewesen sein müsse«, fuhr Dr. Bernburger fort, »war so stark, daß ich sagen kann, ich wußte es. Ich verfolgte nun alle seine Schritte von dem Augenblick an, wo er am Bahnhof in Prag die Fahrkarte, wie ja festgestellt war, löste. Er trug damals einen gewöhnlichen Anzug, vermutlich einen Gehrock, denn wenn er im Kittel seine Wohnung verlassen hätte, wäre es aufgefallen und gemerkt worden; den Kittel hatte er im Paket bei sich. Die Frage war nun, wo er sich umgekleidet hatte. Geschah es im Eisenbahnzuge? Irgendwo in den Bahnhofsräumen? Oder etwa des Nachts im Freien? Er mußte einen solchen Ort wählen, wo er sich nicht nur umkleiden, sondern auch den gewöhnlichen Anzug zurücklassen, später wiederfinden und gegen den Kittel vertauschen konnte. Den Kittel hatte er entweder im Paket mit nach Hause genommen oder, wahrscheinlicher, unterwegs weggeworfen oder versteckt. War das letztere der Fall, so konnte er gefunden und an einen Trödler verkauft worden sein, und trotz der schwachen Aussicht auf Erfolg, die eine darauf gerichtete Nachforschung haben konnte, machte ich mir die Mühe, in einer großen Reihe derartiger Geschäfte nachzufragen.

Ich erhielt keine irgendwie brauchbare Auskunft und hatte bereits die Hoffnung, auf diesem Wege eine Spur zu finden, aufgegeben, als sich eine alte Frau bei mir meldete, die zufällig in dem Laden eines Trödlers von meinem Wunsche Kunde erhalten hatte. Diese Frau, eine Wäscherin, war am Morgen des 3. Oktober bald nach fünf Uhr morgens durch die Bahnhofsanlagen gegangen und hatte von der Brücke herunter, die über den Kanal führt, etwas Dunkles im Wasser gesehen, das sie zuerst für etwas Lebendiges hielt. Als sie es näher untersuchte, ergab sich, daß es ein Anzug war, in der Art, wie Arbeiter ihn tragen, der sich an der Wurzel eines Baumes festgehängt hatte, und nachdem sie ihn ausgewrungen hatte, nahm sie ihn als herrenloses Gut mit.«

Bei diesen Worten trat Dr. Bernburger an den Tisch, legte das Paket, das er unter dem Arm gehalten hatte, auf den Tisch, wickelte es auf und breitete den Anzug auseinander, über den die Richter und der Staatsanwalt, von ihren Sitzen aufstehend, sich beugten. »Der Anzug«, fuhr Dr. Bernburger fort, »würde nur eben eine Spur gewesen sein. Den Beweis, daß er dem Angeklagten gehörte, erbrachte mir ein Brief, den ich in einer zugeknöpften Seitentasche des Kittels fand. Er ist trotz der stellenweise verwischten Schrift vollkommen lesbar, und ich bitte um die Erlaubnis, ihn vorlesen zu dürfen.«

Im Laufe seines Berichtes hatte sich die Erregung des Erzählers mehr und mehr verraten. Beim Lesen des Briefes überschlug sich seine Stimme mehrere Male, und als er ihn zum Schlusse auf den Tisch legte, zitterte seine Hand.

»Donnerwetter!«

Mit diesem Ausdruck des Erstaunens unterbrach Justizrat Fein zuerst die eingetretene Stille.

Dr. Zeunemann hatte inzwischen den Brief ergriffen, hielt ihn dicht vor die Augen, prüfte sorgfältig die Schrift, den Poststempel und das Papier und fragte: »Wie mag er denn befördert worden sein?«

»Darüber wird uns wohl Fräulein Schwertfeger Auskunft geben können«, sagte Dr. Bernburger.

Nach einer neuen Pause wendete sich der Vorsitzende langsam zu Deruga mit der Frage, ob er etwas zu der Mitteilung des Dr. Bernburger zu bemerken habe. Deruga schüttelte stumm den Kopf, ohne aufzublicken.

»Wir möchten gern eine Bestätigung von Ihnen hören«, begann Dr. Zeunemann von neuem, »daß die Darstellung des Dr. Bernburger zutreffend ist, oder eine Richtigstellung.«

Bevor er jedoch den Satz vollendet hatte, unterbrach ihn der Staatsanwalt, mit seinen langen Armen gestikulierend und auf Deruga deutend. »Sehen Sie denn nicht, Herr Kollege«, sagte er, »daß der Mann krank geworden ist? Lassen Sie ihm doch jetzt Ruhe, das muß ja den stärksten Magen angreifen! Ein Glas Wasser! Schnell!« winkte er dem nächsten Gerichtsdiener, ihn mit drohenden Blicken zur Eile antreibend.

Justizrat Fein hatte inzwischen seinen Arm um Derugas Schulter gelegt und auf ihn eingeredet. Dann wandte er sich gegen den Richtertisch und sagte: »Mein Klient fühlt sich nicht wohl und bittet um die Erlaubnis, sich zurückziehen zu dürfen. Er wird morgen alle wünschbaren Erklärungen geben.«

Die beiden verließen zusammen den Saal, und als sie draußen waren, sagte der Justizrat: »Hören Sie, Doktor, ich komme mir zum erstenmal in meinem Leben wie ein gemeiner Kerl vor.«

»Da seien Sie froh«, erwiderte Deruga mit seinem gewinnenden Lächeln. »In Ihrem Alter könnte es leicht das zehnte oder hundertste Mal sein. Übrigens hatten Sie ganz recht, die Menschen sind dumme, schwache Tiere. Warum hätten Sie mir glauben sollen?«

Der Justizrat schüttelte den Kopf. »Ein alter Praktiker wie ich«, sagte er, »müßte unterscheiden können. Aber daß ich Sie von Anfang an gern leiden mochte, Deruga, das haben Sie hoffentlich bemerkt.«

»Ja, obwohl Sie mich nebenbei für einen Hundsfott hielten«, sagte Deruga.

Der Justizrat musterte ihn mit liebevollen Blicken.

»Sie sehen schlecht aus. Trinken wir eine Flasche Wein zusammen!«

Deruga entschuldigte sich mit starken Kopfschmerzen. »Ich weiß nicht, was mich so mitgenommen hat«, sagte er. »Ich glaube, es war das Gefühl, wie dieser Herr mir Schritt für Schritt nachgeschlichen ist.«

»Eigentlich«, sagte der Justizrat, sich besinnend, »habe ich der Kanaille unrecht getan. Er hat sich wie ein anständiger Mensch benommen.«

»Schade, nicht?« sagte Deruga, worauf sie sich trennten.

Im Gerichtsgebäude standen die am Prozeß beteiligten Juristen noch zusammen, um Dr. Bernburger geschart, den sie nach verschiedenen Einzelheiten ausfragten. Der Staatsanwalt schüttelte ihm zum dritten Male seine Hände und lobte seinen Eifer. Seine dünnen Haare waren zerzaust, und seine hellen Augen blinkten feucht unter den fuchsschwänzigen Augenbrauen. »Ich gelte für scharf«, sagte er, »und das bin ich auch und will es bleiben. Aber diesem Italiener gegenüber mag man gern einmal Mensch sein. Der ist durch und durch Mensch, ohne gemein zu sein, das gefällt mir an ihm.«

»Sie sind durch und durch Staatsanwalt, ohne gemein zu sein«, sagte Dr. Zeunemann. »Das ist vielleicht noch schwerer.«

»Was ist seltener, Schönheit im Kostüm oder Schönheit bei nacktem Leibe?« sagte der Staatsanwalt gedankenvoll. »Nun, ich will jedenfalls das Kostüm nicht ganz abreißen, sondern juristisch-menschlich sein, indem ich alle die von Dr. Bernburger beigebrachten Tatsachen ignoriere und, als wäre nichts geschehen, die Anklage auf Totschlag aufrechterhalte.«

»Vorzüglich, vorzüglich«, sagte Dr. Bernburger. »Sonst hätte ich ihm am Ende einen schlechten Dienst geleistet.«

»Auf die Art ginge Feins Plan durch«, sagte Dr. Zeunemann. »Etwas willkürlich finde ich es aber bei der Lage der Dinge.«

»Wieso, mein Bester?« rief der Staatsanwalt lebhaft aus. »Wie ist denn die Lage der Dinge eigentlich? Allerdings, wir wissen jetzt, daß die gute Frau Swieter ihre Leiden durch den Tod abzukürzen wünschte, daß sie ihren geschiedenen Mann bat, ihr diesen Dienst zu leisten, und daß Deruga sie daraufhin tötete. Aber wissen wir denn, ob er es wirklich aus Mitleid getan hat? Ob er nicht eigennützige Nebenabsichten hatte? Wissen wir, ob er ihren Tod nicht längst herbeiwünschte? Ob er nicht über den Brief frohlockte, der ihm die gewünschte Handhabe bot? Dergleichen wäre nicht zum ersten Male vorgekommen. Vergegenwärtigen Sie sich nur die Geschwindigkeit, mit der er den heiklen Auftrag übernahm! Das Gift hatte er augenscheinlich schon bereit.«

»Hören Sie auf«, unterbrach Dr. Zeunemann lachend. »Wenn das so weitergeht, erheben Sie die Anklage auf Mord.«

»Juristisch wäre es vielleicht richtiger«, meinte der Staatsanwalt nachdenklich, »aber ich habe mir vorgenommen, menschlich zu urteilen, und außerdem liefe ich, glaub ich, Gefahr, von den Mänaden zerrissen zu werden, wenn ich ihren Liebling angreife.«

»Im anderen Falle werden sie Sie aus Dankbarkeit zerreißen«, sagte Dr. Zeunemann. »Ein Opfer der Frauen zu sein, ist nun einmal Ihr Los!«

XVI

Nachmittags ließ sich die Baronin bei Deruga melden. Er erhob sich aus dem unbequemen Sofa, auf dem er gelegen und geschlafen hatte, und blinzelte verdrossen gegen das Licht. »Lieber Doktor«, sagte sie, indem sie ihm die Hand entgegenstreckte, »ich komme, mir Ihre Verzeihung zu holen. Dem reuigen Sünder vergibt selbst Gott. Sie werden nicht unerbittlicher sein.«

»Ich maße mir nicht an, mit Gott vergleichbar zu sein«, sagte Deruga, »aber es kommt nicht darauf an, da ich Ihnen nichts zu verzeihen habe. Sie verfolgten ja nicht mich, sondern traten für das vermeintliche Recht ein.«

»Sie weichen einer Versöhnung aus«, sagte die Baronin. »Ich verstehe Sie wohl; aber ich lasse mich nicht so leicht abweisen. Von einem Manne, der so lieben kann wie Sie, erträgt man wohl auch Haß und Schlimmeres. Welche Frau gäbe nicht alles hin, was sie hat, um einmal so geliebt zu werden, wie Sie geliebt haben!«

»Wahrhaftig!« rief Deruga, »von Ihnen will das, glaub ich, etwas sagen.«

»Das klingt boshaft«, sagte die Baronin, »und doch kränkt es mich nicht, weil ich fühle, daß Sie es nicht böse meinen. Es ist wahr, ich wüßte nicht, wie ich ohne Geld und sogar ohne ziemlich viel Geld sollte leben können. Mein Gott, jeder hat seine Gewohnheiten. Aber habsüchtig bin ich nicht, am Gelde an und für sich liegt mir nichts. Und wissen Sie, warum ich so außer mir war, daß die Erbschaft mir entging? Ich war sehr erpicht auf das Geld gewesen, das leugne ich nicht, und Ihnen, nur Ihnen will ich sagen, warum. Ich habe mich in meiner Ehe unbeschreiblich gelangweilt.«

»Ja, die Langeweile ist das größte Problem und die größte Gefahr des Lebens«, sagte Deruga. »Aber Ihr Mann scheint eine liebe, feine Person zu sein.«

»Natürlich«, stimmte die Baronin zu, »man kann sich nichts

Angenehmeres denken. Er ist wie reine Luft, man spürt ihn gar nicht, und ich bildete mir auch fast ein, ihn ein wenig zu lieben, als ich ihn heiratete. Aber ich habe mich in seiner Gesellschaft so gelangweilt, daß ich ihm wahrscheinlich untreu geworden wäre, wenn sich das mit meinen Grundsätzen vertragen hätte. Da es sich aber um den einzigen Grundsatz handelt, zu dem ich mich bekenne, habe ich daran festgehalten.«

»Sie hatten doch eine Tochter«, wandte Deruga ein.

»Sie fand es vermutlich bei uns ebenso langweilig wie ich«, sagte die Baronin, »denn seit sie herangewachsen war und mir eine Gesellschafterin hätte sein können, ergriff sie jede Gelegenheit, um von zu Hause fort zu sein. Inzwischen verkürzte ich mir die Zeit mit einem Zukunftsplane: dem, mich von meinem Manne freizumachen, sobald meine Tochter versorgt, das heißt verheiratet wäre.«

In Derugas Mienen malte sich aufrichtiges Erstaunen. »Sie denken wirklich daran, sich jetzt noch scheiden zu lassen?« sagte er.

Ein reizendes Lächeln, das sie jung machte, glitt über das Gesicht der Baronin.

»In meinem Alter, wollen Sie sagen? Solange ich den Wunsch habe, bin ich offenbar jung genug dazu«, entgegnete sie.

»Und dann wollen Sie einen amüsanteren Mann heiraten?« fragte Deruga.

»Oh, heiraten!« wiederholte sie. »Darauf kommt es mir nicht an, auch nicht auf förmliche Scheidung, nur darauf, frei zu sein und die Atmosphäre der Langweile zu verlassen.«

Deruga zuckte die Schultern.

»Im Grunde herrscht auf der ganzen Erde dasselbe Klima«, sagte er.

»Nein, nein« rief sie lebhaft, »ich kann mir zum Beispiel nicht denken, wie man sich in Ihrer Gesellschaft je langweilen sollte!«

Sie hatte so eine frei Art, die Dinge naiv wie ein Kind herauszusagen, daß selbst Deruga, der sich für einen Kenner der

Frauen hielt, nicht unterscheiden konnte, ob die Blüte echt oder künstlich war.

»Das hat auch seine Kehrseite«, antwortete er gutmütig. »Erinnern Sie sich nicht an den Vers, den mir die arme Marmotte in ein Buch schrieb:

›Deruga, du bist eben
So schön als wunderlich;
Man kann nicht ohne dich
Und auch nicht mit dir leben.‹«

Die Baronin errötete ein wenig, vermochte aber noch mit leidlicher Unbefangenheit zu sagen: »Nun ja, das tägliche Sichaneinanderreiben, das die Ehe mit sich bringt, das würde ich freilich wohl nicht wieder auf mich nehmen, und ich halte es auch für verderblich und gemein. Aber nun«, setzte sie hinzu, indem sie aufstand, »geben Sie mir zum Abschied einen Versöhnungshändedruck!«

»Gern, Baronin«, sagte er, indem er ihr die Hand reichte. »Ihre Strafe haben Sie ja ohnehin, indem das Geld Ihnen entgangen ist.«

»Ja, das Geld«, sagte sie wehmütig, »das mir den Käfig öffnen sollte. Wir waren vorhin davon abgekommen: Einzig der Umstand, daß ich kein eigenes Vermögen habe und nicht wüßte, wovon ich leben sollte, wenn ich meinen Mann verließe, stand vor der Erfüllung meines Wunsches. Das Erbe meiner armen, kranken Kusine sollte mir das neue Leben geben! Nun aber genug von mir! Erlauben Sie mir, Ihnen dies Zimmer, für die Zeit, wo Sie es noch bewohnen werden, ein wenig zu erheitern? Mit Blumen?«

»Wenn es Ihnen Freude macht«, sagte er.

Während sie zögernd auf der Schwelle stand, ruhten ihre Augen auf seiner wohlgeformten braunen Hand, die sie immer noch hielt, und dann ging sie mit einem Lächeln.

Ihr war zumute, wie sie die etwas abgelegene düstere Straße

entlangging, als habe sie sich noch nie, in ihrem ganzen Leben nie, in einer solchen das ganze Leben durchglühenden Aufregung befunden. Es war eine prickelnde, zugleich ängstigende und wohltuende Empfindung, in der sich, so schien es ihr, alle ihre Kräfte steigerten und veredelten. Freilich, noch ein wenig mehr, so könnte es unbehaglich werden, ja, schon jetzt lief ein leises Angstgefühl mit unter, das jedoch die Wonne des allgemeinen Aufruhrs noch übertönte.

Die Baronin beschloß, einen Spaziergang zu machen. Es war noch nicht spät, die Lichter auf den Straßen und in den Schaufenstern wurden allmählich entzündet und loderten wie feuergelbe Tupfen in das Durcheinander der dämmernden Farben. Langsam und lächelnd ging sie ziellos weiter. Wie reizend war es, sich so jung zu fühlen und wie ein verliebtes Mädchen verbotene Wege zu gehen! Ja, es war fast, als ginge sie zu einem Stelldichein. Als sie an einem Blumengeschäft vorbeikam, das das Aussehen eines pompösen Urwaldes hatte, fiel es ihr ein, etwas für Derugas Zimmer auszusuchen. Sie wählte lange und fragte kaum nach den Preisen, die sie sonst, besonders wenn es sich um Geschenke handelte, durchaus nicht unberücksichtigt ließ. Zufällig erblickte sie in einem Spiegel ihre Gestalt: schlank, tadellos, voll natürlicher Eleganz. Ein frohes Gefühl von Glück und Stolz durchzuckte sie. War sie auch keine frische, im Morgentau glitzernde Blume, so ersetzte den fehlenden Schmelz und das Farbenprangen die sichtbar gewordene Form und ein Parfüm, das erst die Dämmerung entwickelt. Sie fühlte, daß sie noch anziehen, noch bezaubern konnte; und hätte sie selbst nicht lieben können sollen? Sie hatte ja noch nie geliebt. Sie kämpfte mit sich, ob sie am folgenden Morgen zur Sitzung gehen sollte, denn es war ihr, als könne es Deruga mißfallen und als liege überhaupt etwas Geschmackloses und Gefühlswidriges darin, wenn sie sich jetzt auf dem Platze zeigte, den sie früher aus Neugier und dem ungeduldigen Wunsche eingenommen hatte, ihre Sache triumphieren zu sehen. Doch war es ihr unmöglich, dem Drange zu widerstehen, der sie in Derugas Nähe trieb, sei es auch nur, um sich Gewißheit über sein Befinden zu verschaffen.

»Hat man unrecht gehabt«, sagte sie beim Frühstück zu ihrem Mann und ihrer Tochter, »so muß man es dadurch wiedergutmachen, daß man es eingesteht. Ich möchte nicht nach Paris reisen, ehe ich weiß, was aus Deruga wird und was wir etwa für ihn tun können.«

Der Baron war derselben Meinung, und Mingo errötete vor Freude.

»Liebe Mama«, sagte sie, »ich bin froh, daß du doch ein guter Mensch bist.«

»Aber Mingo«, sagte die Baronin verweisend, indem sie sich doch nicht enthalten konnte, zu lachen.

»Darf ich mitgehen, Mama?« bat sie, die aufgesprungen war und ihre Mutter umarmt hatte. »Du weißt, wie ich darunter gelitten habe, nun möchte ich auch dabei sein, nachdem es sich so schön gewendet hat. Er wird doch sicher freigesprochen?«

»Daran ist wohl nicht zu zweifeln«, sagte der Baron, indes die Baronin sich von Mingos Umarmung frei machte und ein peinliches Gefühl von Eifersucht, das plötzlich in ihr aufstieg, zu unterdrücken suchte. Ihr Blick glitt schnell prüfend über Mingo hin, deren Dasein sie plötzlich als Einengung und Hemmung empfand. Aber sie wollte ja studieren, sagte sie, und das war ja ein gutes, richtiges Gefühl von ihr, daß sie noch an sich arbeiten und sich entwickeln wollte. Die Berührung der frischen Lippen war doch unsäglich lieblich. Die Baronin legte ihre Hand liebkosend unter das noch kinderrunde Gesicht ihrer Tochter und sagte:

»Ich werde Deruga gelegentlich erzählen, daß du von Anfang an sein tapferer, kleiner Ritter gewesen bist.«

Mingo leuchtete vor Stolz. »Und ich stecke mein Schwert nicht ein, bis er frei ist«, sagte sie.

XVII

Die Ungeduld des auf die Aussage Derugas gespannten Publikums wurde nicht sofort befriedigt, da als erste Zeugin Fräulein Gundel Schwertfeger vernommen wurde. Der Vorsitzende legte ihr den Brief der verstorbenen Frau Swieter an Deruga vor und fragte sie, ob er ihr bekannt sei.

»Ja«, sagte Fräulein Schwertfeger, kaum einen flüchtigen Blick darauf werfend, »es ist derselbe, den ich einige Tage vor Mingos Tod zur Post gegeben habe.«

Dr. Zeunemann räusperte sich ein wenig und sah vor sich auf den Tisch. »Sie haben uns das im Beginn des Prozesses verschwiegen«, sagte er.

»Nein, ich habe gelogen«, sagte Fräulein Schwertfeger mit trotziger Tapferkeit, während ihre großen, grauen Augen sich verdunkelten. »Es war das erstemal in meinem Leben, und ich mußte es tun, weil ich sonst meiner verstorbenen Freundin das Wort gebrochen hätte. Dazu konnte ich mich nicht entschließen, gerade weil sie tot ist.«

»Wollen Sie uns jetzt vielleicht«, sagte Dr. Zeunemann sanft, »kurz erzählen, was sich wegen des Briefes zwischen Ihnen begab?«

»Meine Freundin fragte mich, ob ich ihr etwas zuliebe tun wolle. Ich sagte, ich würde alles tun, was in meinen Kräften stände, die leider gering wären. Sie küßte mich und sagte, es wäre nicht viel an sich, aber für mich bedeutete es vielleicht viel: ich sollte nämlich einen Brief an Deruga besorgen, ohne daß es jetzt oder später jemand erführe. Ich versprach zu tun, was sie wünschte, und fragte, ob sie mir sagen könnte, was sie ihm schreibe, und warum es niemand erfahren dürfte. Sie sagte, sie habe das Bedürfnis, ihm für den Fall, daß sie nicht lange mehr leben sollte, Lebewohl zu sagen, und daß sie das heimlich halten wolle, entspringe nur der vielleicht törichten Furcht, man würde sie nicht verstehen und lächerlich finden.«

»Haben Sie sich damals«, fuhr der Vorsitzende fort, »gar keine Gedanken gemacht, ob es sich wirklich so verhalte?«

»Damals dachte ich«, sagte Fräulein Schwertfeger, »sie habe ihm vielleicht geschrieben, sie wünsche ihn noch einmal zu sehen, bevor sie stürbe, und habe sich gescheut, mir das zu sagen. Als dann die Anklage gegen Deruga erhoben wurde, sah ich ein, wie gefährlich der Brief für ihn werden könne, sei es, daß sie ihn gebeten hatte zu kommen, oder daß sie ihn von dem Inhalt des Testamentes in Kenntnis gesetzt hatte; und ich nahm mir vor, lieber zu lügen, als ihn ins Unglück zu bringen, da ich wußte, welchen Schmerz das meiner Freundin bereitet hätte.«

»Steht vielleicht damit in Zusammenhang«, sagte Dr. Zeunemann, »daß Sie das Vermächtnis Ihrer Freundin ausschlugen und später sogar die Ihnen vermachten Wertsachen verschenkten?«

Fräulein Schwertfeger wurde dunkelrot.

»Es schien mir allerdings nun so auszusehen«, sagte sie, »als wolle meine Freundin mich für mein Stillschweigen belohnen. Später vollends, als der Verdacht gegen Deruga aufkam, den ich teilte, wäre ich mir selbst vorgekommen wie eine Bestochene und wie eine Helfershelferin bei der abscheulichen Tat, wenn ich das geringste von den Kostbarkeiten meiner Freundin behalten hätte.«

»Es ist Ihnen also niemals«, fragte der Vorsitzende, »die Möglichkeit des Zusammenhangs aufgetaucht, so wie sie sich jetzt dargestellt hat? Ihre Freundin hat Ihnen doch selbst einmal gesagt, wie Sie gelegentlich erwähnten, daß sie demjenigen dankbar sein würde, der ihrem Leiden ein Ende bereitete, indem er sie tötete?«

»Ich hielt das nur für eine augenblickliche Regung«, sagte Fräulein Schwertfeger. »Jetzt erst habe ich eingesehen, wie sehr sich meine Freundin im allgemeinen beherrschte, wenn ich bei ihr war. Dazu kommt, daß ich Deruga nichts Gutes, aber wohl Schlechtes zutraute. Ich habe ihm sehr unrecht getan.«

»Aber das bedachten Sie nie«, sagte Dr. Zeunemann mit mildem Vorwurf, »daß der Gerechtigkeit dadurch Abbruch geschähe, wenn Deruga seine geschiedene Frau gemordet hätte und unbestraft bliebe?«

»Ich dachte«, sagte Fräulein Schwertfeger trotzig, »ich wollte tun, was mein Gewissen mich hieße, und das übrige Gott überlassen.«

»Als Mensch«, sagte Dr. Zeunemann nach einer Pause, »kann ich Ihre Handlungsweise nicht tadeln, obwohl sie nicht als Muster für andere Fälle gelten dürfte.«

Nachdem Fräulein Schwertfeger entlassen war, kam Derugas Vernehmung. Um von den Geschworenen besser verstanden zu werden, wurde er aufgefordert, die Anklagebank zu verlassen und sich auf den für die Zeugen bestimmten Platz zu begeben. Er sah blaß, gleichgültig, verdrossen und verschlossen aus, fast als habe er es auf eine abstoßende Wirkung abgesehen und empfinde Genugtuung darüber. »Sie haben zugestanden«, begann der Vorsitzende ernst, »Ihre geschiedene Gattin getötet zu haben, was Sie bis jetzt leugneten. Sie reisten zu diesem Zwecke und mit dahinzielender Absicht von Prag ab?«

»Ich weiß nicht«, sagte Deruga unmutig, »warum Sie mich noch einmal mit Fragen behelligen. Sie wissen, daß meine Frau sich sehnte, von unerträglichem Leiden befreit zu werden, und daß sie sich an mich wandte, weil sie das Zutrauen zu mir hatte. Ich fühlte menschlich genug, um ihre Bitte zu erhören. Die Ärzte im allgemeinen haben den Mut zu einer so vernünftigen Tat nicht. Ich reiste sofort hin und tat es. Das sollte genügen.«

»Es kommt uns nicht nur darauf an, die Tat zu wissen«, sagte Dr. Zeunemann, »sondern auch die Absichten kennenzulernen, die den Täter leiteten.«

»Was wollen Sie damit sagen?« fuhr Deruga heftig auf. »Was für Absichten könnte ich gehabt haben, außer, der armen Person zu helfen? Daß ich von der Erbschaft nichts wußte, geht aus ihrem Brief hervor.«

»Aus dem Brief geht allerdings hervor«, sagte der Vorsitzende mit gelassener Würde, »daß Sie mit Ihrer geschiedenen Frau seit Ihrer Scheidung in keiner Verbindung standen, daß sie also damals von der Erbschaft nichts wußten.«

»Damals!« rief Deruga. »Wollen Sie damit sagen, daß ich hingereist wäre, um meiner Frau anzubieten, ich wolle ihr den Gefallen tun, wenn sie mir soundsoviel Geld dafür gäbe? Und um den Preis ihres Vermögens hätte ich mich kaufen lassen? Ich weiß nicht, nach was für einem Maßstab Sie die Menschen beurteilen. Ekelhafte Welt, wo Menschen richten, die nur gemeine Triebe zu kennen scheinen!«

»Ich muß Sie bitten«, sagte der Vorsitzende, »Ihre Ausdrücke zu mäßigen. Die gefallenen Worte lasse ich deshalb hingehen, weil ich eine krankhafte Erregung bei Ihnen voraussetze. Nachdem ich Sie aber gewarnt habe, würde ich mich im Wiederholungsfalle zu ernsten Maßnahmen gezwungen sehen.«

Inzwischen war Justizrat Fein aufgestanden und bat, ein paar Worte mit seinem Klienten reden zu dürfen. »Aber, liebster Doktor«, sagte er halblaut, indem er ihn am Rock faßte, »was für Geschichten machen Sie? Es hängt jetzt alles davon ab, daß Sie einen guten Eindruck machen. Nachher ist alles vorüber. Nehmen Sie sich doch zusammen, tun Sie es mir zuliebe! Bilden Sie sich ein, Sie erzählten die ganze Begebenheit mir! Der arme Teufel tut am Ende nur seine Pflicht, wenn er alle Möglichkeiten ins Auge faßt. Sie könnten ja auch ein Schweinehund sein, wie es viele gibt.«

»Ich weiß nicht, warum sich mein Blut empört«, entgegnete Deruga, »wenn ich diesen Areopag von Stallhammeln sehe, die über hungrige Wölfe zu Gericht sitzen. Wäre ich doch ein Raubmörder oder Brandstifter! Hier schäme ich mich, ein anständiger Mensch zu sein.«

»Das sind Sie ja gar nicht«, sagte der Justizrat beruhigend, »das heißt, nicht in dem Sinne, wie Sie es eben meinten. Und haben Sie denn gar kein Gefühl für das wackere alte Jüngferchen auf der Zeugenbank? Erzählen Sie der die Geschichte! Denken Sie, wie froh sie sein wird, wenn sie Sie für keinen Bösewicht mehr zu halten braucht.«

»Dumme, eigensinnige Gans«, brummte Deruga, aber sein Blick war freundlicher geworden, und er erklärte sich bereit, die Fragen, die man an ihn richten würde, zu beantworten.

»Als Sie den Brief Ihrer geschiedenen Frau erhielten«, begann Dr. Zeunemann von neuem, »faßten Sie da sofort den Beschluß, ihren Wunsch zu erfüllen?«

»Als ich ihre Handschrift sah«, sagte Deruga in ruhig erzählendem Tone, »die ich seit Jahren nicht mehr gesehen hatte und die ganz unverändert war, so daß ich sie sofort erkannte, da erfaßte mich sofort das Gefühl von Unruhe, Wut und Haß, das mich immer überkommen hatte, wenn ich zufällig einmal an sie erinnert wurde, was aber in den letzten Jahren nur sehr selten geschehen war. Was kann sie von mir wollen? dachte ich. Will sie mir sagen, es tue ihr leid, daß sie mein Leben zerstört habe? Bildet sie sich ein, es bestehe noch irgendein Band zwischen uns? Bildet sie sich ein, ich könne je vergessen, was ich durch sie gelitten habe? So ungefähr. Als ich den Brief gelesen hatte, war das alles verschwunden, und ich empfand nur Mitleid und Liebe. Ich empfand, was ich noch nie zuvor empfunden hatte: reine, große, ungetrübte Liebe für das leidende Geschöpf, das ich soviel gequält hatte, eine Liebe, die nur in dem Wunsche bestand, sie zu trösten und ihr zu helfen. Ich erinnerte mich an ihre Angst vor Schmerzen, und wie oft sie mich gefragt hatte, ob ich sie lieb genug haben würde, sie zu töten, wenn sie einmal von einer sehr schmerzhaften Krankheit befallen werden sollte, wie dankbar sie mir war, wenn ich es versprach, und wie dann ihre Sicherheit und Überlegenheit verschwand und sie wie ein Kind sich an mich schmiegte. Es war alles ausgelöscht, was mich einst an Eifersucht, Empfindlichkeit und Rachsucht gegen sie verbittert hatte, vor dem einen Gefühl, daß sie mich nicht vergeblich angerufen haben sollte, und daß ich sie von ihrem Leiden befreien wollte, wenn ich sie nicht etwa heilen könnte.«

Die Pause, die Deruga machte, benützte der Staatsanwalt, um durch weitausholende Gestikulationen und im Flüsterton gezischte Anweisungen einen Diener zu beauftragen, daß er dem Angeklagten, der angegriffen zu sein scheine, einen Sessel brächte.

Nachdem er sich bedankt hatte, fuhr Deruga fort:

»Meine Regung war, sofort abzureisen, aber ich überlegte mir, was für höchst bedenkliche Folgen die Tat für mich haben könnte, und ich beschloß, dieselben, wenn möglich, abzuwenden. Die Art und Weise betreffend, wie ich Mingo töten wollte, beschloß ich, es durch Curare zu tun, wovon ich zufällig eine genügende Dosis besaß. Chloroform, das in gewisser Beziehung vorzuziehen gewesen wäre, schloß ich deshalb aus, weil der Geruch es sofort verraten hätte. Allerdings hätte man gerade dabei am ersten auf Selbstmord geschlossen, außer wenn sich feststellen ließ, daß kein Chloroform im Hause gewesen war; sicherer erschien es mir, auf alle Fälle ein Gift zu wählen, das im Augenblick keine Spur hinterließ, damit der Verdacht eines gewaltsamen Endes überhaupt nicht aufkam.

Da meine Frau nicht geschrieben hatte, wie ich zu ihr gelangen könnte, dachte ich, zuerst deswegen bei ihr anzufragen, unterließ es jedoch, weil ich mir sagte, der Brief würde vielleicht einer Dienerin oder Pflegerin in die Hände fallen, die voraussichtlich nicht in das Geheimnis gezogen werden durfte. Nachdem ich vielerlei geplant und verworfen hatte, entschloß ich mich, als Vagabund oder Hausierer verkleidet in ihrer Wohnung vorzusprechen und die Gelegenheit auszukundschaften; ich traute mir zu, daß ich auf diese Art irgendeinen Weg ausfindig machen würde, und rechnete auf die glücklichen Einfälle, die dem Unternehmenden gewöhnlich zu Hilfe kommen. Darauf brachte mich auch der Umstand, daß ich vor Jahren einmal auf einem Maskenballe als Mausefallenverkäufer aufgetreten und nicht nur von niemandem erkannt, sondern von verschiedenen sogar für einen echten, zum Spaß eingeschmuggelten Slowaken gehalten worden war. Ich wickelte den Anzug, den ich aufgehoben hatte, in ein Papier ein und nahm ihn als einziges Gepäck mit, um mich entweder in der Eisenbahn oder im Bahnhof umzukleiden.

Unterwegs überlegte ich mir, daß der Kleiderwechsel im Zuge bemerkt werden und Verdacht erregen könnte, wodurch ich vielleicht aufgehalten würde, und im Bahnhof fand ich keine Gelegenheit. Da es noch sehr früh, etwa halb sechs Uhr war, nahm ich an, daß ich in den Bahnhofsanlagen vollkommen unbeobachtet sein würde. In der Tat war es rings öde und still, und als ich die halbrunde, steinerne Bank sah, die uns Herr Dr. Bernburger beschrieben hat, schien mir das der geeignete Ort zu sein, wo ich mich umkleiden und meinen bürgerlichen Anzug, den ich ja zur Heimreise brauchte, verbergen könnte. Nachdem ich den Vagabundenkittel angezogen hatte, wickelte ich den anderen Anzug ein und verbarg ihn unter der Bank. Zum Überfluß häufte ich noch welkes Laub darüber, das überall verstreut war.

Zunächst ging ich in ein kleines Café in der äußeren Stadt und frühstückte, weniger, um mich zu erfrischen, als um den Eindruck zu prüfen, den ich machte, und ich stellte fest, daß ich durchaus für das genommen wurde, was ich vorstellen wollte. Bis zum Mittag trieb ich mich herum, dann begab ich mich in die Gartenstraße. Ich war durchaus nicht aufgeregt, außer daß ich mich sehnte, die Marmotte wiederzusehen. An den Zweck, der mich hergeführt hatte, dachte ich kaum noch, nur daran, wieviel wir uns zu erzählen haben würden.

Als Ursula mir die Tür öffnete, wurde es mir schwer, mich nicht zu verraten, denn ich freute mich, sie wiederzusehen; ich hätte sie gern begrüßt und gefragt, ob sie mich denn nicht erkennte. Als Mingo läutete und Ursula im Weglaufen die Tür zuschlug, steckte ich rasch einen der hölzernen Löffel, die ich als Verkaufsgegenstände bei mir hatte, dazwischen. Es war eine

Eingebung des Augenblicks, der ich vielleicht nicht gefolgt wäre, wenn ich Zeit zur Überlegung gehabt hätte, denn das Wagnis konnte leicht mißglücken. Immerhin traute ich mir zu, mich mit Ursula, wenn sie mir auf die Spur käme, auf irgendeine Weise zu verständigen. Ich stellte den Teller Suppe, den Ursula mir gebracht hatte, auf die Treppe und ging aufs Geratewohl in die nächste Zimmertür; sie führte in das Fremdenzimmer, das unbenutzt war. Von dort aus hörte ich, wie Ursula wiederkam, die Wohnungstür öffnete und brummte, als sie draußen den vollen Teller fand. Nachdem sie in der Küche verschwunden war, ging ich vorsichtig weiter und erblickte durch die offenstehende Tür des Nebenzimmers Mingos Bett. Ich sagte leise: ›Marmotte, da ist Dodo!‹ und sie antwortete ebenso: ›Dodo! Warte, bis Ursula fort ist.‹

Während ich allein in dem Fremdenzimmer saß und wartete, habe ich die Seligkeit des Himmels genossen. Mehrere Stunden lang fühlte ich die mit nichts auf Erden vergleichbare Wonne, die vielleicht gemarterte Heilige empfunden haben, wenn der Schmerz aufhörte und Engel mit der Krone des ewigen Lebens sich aus den Wolken auf sie niederließen. Mein Herz war ganz und gar voll von der göttlichen Liebe, die nichts will als das Glück des Geliebten. Ich hatte sie nun wiedergesehen, die Frau, deren bloßer Name früher einen Ausbruch von Leidenschaften, Liebe, Haß, Rachsucht in mir entfesselt hatte. Was ist noch an uns von dem Kinde, das wir vor dreißig, vierzig, fünfzig Jahren einmal waren? Unser ganzer Körper hat sich seitdem erneuert, wir haben vielleicht keinen Gedanken und keine Empfindung mehr von denen, die wir damals hatten, und doch, daß wir es sind, ist das Sicherste, was wir wissen. Ach, von der Marmotte, die ich einmal mein genannt hatte, war nichts mehr da, und doch hatte ich in dem einzigen Augenblick in ihrem von den Jahren und der Krankheit zerstörten Gesicht dasselbe Gesicht gesehen, das ihr als Kind schon eigen gewesen sein mochte: aus Unschuld, Liebe und Güte zusammengezaubert. Es war nur als eine geistige Erscheinung da, und ich weiß nicht, mit was für Augen ich es gesehen habe. Das Körperliche war das einer alternden, todkranken Frau, einer Pflanze ähnlich, die, vom Nachtfrost überrascht, mumienhaft im Sonnenschein steht. Es war nichts mehr an meiner armen Marmotte, was die Leidenschaft eines Mannes hätte erregen können, aber sie war mir so teuer, mein Leben hinzugeben, wenn ich ihr Glück damit hätte erkaufen können. Armes, ohnmächtiges Geschöpf, dachte ich, du sollst nicht mehr leiden! Was es mich auch kosten mag, wie hart die Folgen für mich sein mögen, ich will dir Frieden bringen. Und wenn alle deine Qualen auf mich übergingen, so wollte ich sie annehmen und mich freuen, daß du statt dessen ruhen könntest.

Vorher hatte ich gedacht, ich müsse mir erst Gewißheit über den Charakter und Grad ihrer Krankheit verschaffen, aber ihr Anblick zeigte mir überflüssig, wie fortgeschritten sie war. Sowie ich Ursula die Tür hinter sich schließen und die Treppe hinuntergehen hörte, erhob ich mich, und gleichzeitig rief mich auch die Marmotte. Ich setzte mich auf den Rand ihres Bettes und sagte, wie ich mich gefreut hätte, daß Ursula noch bei ihr wäre, und wie ich kaum hätte unterlassen können, sie auszulachen, weil sie mich nicht erkannt hätte. ›Ich hätte dich gleich erkannt‹, sagte sie, und dann schwatzten wir von der Vergangenheit und tauschten kleine Erinnerungen aus. Auch von ihrer Krankheit, ihren Operationen, und wie sie behandelt wurde, erzählte sie mir auf mein Befragen. Ihre Stimme war unverändert, nur fast süßer als früher. Sie klang so, wie man wohl des Abends im Gebirge ein entferntes Alphorn hört, in dem die rosigen, grünen und grauen Farben des dämmernden Horizonts mitzutönen scheinen. Während wir sprachen, hielt sie eine meiner Hände fest zwischen den ihren, und einmal küßte sie sie und sagte: ›Du liebe, gute schöne Hand, ich habe oft an dich gedacht, und daß du mich erlösen würdest!‹ Es mochte eine halbe Stunde vergangen sein, da sah ich in ihrem Gesicht, daß ein Anfall von Schmerzen im Anzuge war, und ich dachte, nun sei der Augenblick gekommen. Ich hätte etwas mitgebracht, um ihr die Schmerzen zu vertreiben, sagte ich, und wolle es jetzt in der Küche zurechtmachen, damit wir ungestört weiterplaudern könnten. ›Wird es weh tun?‹ fragte sie, indem sie mich ängstlich ansah, und ihre Mundwinkel zitterten. Arme, kleine, furchtsame Marmotte! Trotzdem sie den Tod herbeiwünschte, fürchtete sie sich vor ihm. Ich lachte und sagte: ›Was denkst du, so schnell geht es nicht. Erst will ich dich ein wenig beobachten, denn vielleicht kannst du durch verständige Behandlung noch einmal gesund gemacht werden.‹ Mit den Worten ging ich in die Küche, suchte mir ein Glas und mischte das Gift so mit Limonade und Zucker, daß man seine Bitterkeit nicht schmeckte. Als ich zurückkam, hatte sie starke Schmerzen, und während ich sie aufrichtete, um sie trinken zu lassen, erzählte sie mir, daß sie in der letzten Nacht von unserm Mingo geträumt hatte. ›Wie sehne ich mich danach, sie wiederzusehen‹, sagte sie, ›und später, wenn du auch kommst, stehen wir Hand in Hand und warten auf dich.‹ Ich nickte, stützte sie mit meinem Arm und setzte das Glas an ihre Lippen. Sie sah mich dankbar an und trank begierig.

Ich wartete, bis sie gestorben war, dann legte ich sie nieder, küßte sie auf die Stirn und sagte: ›Adieu, liebe, süße Marmotte.‹ Dann stellte ich in den beiden Zimmern alles so, wie es vorher gewesen war, ging in die Küche, reinigte das Glas, vertilgte überhaupt jede Spur meiner Anwesenheit und ging fort. Im Hause begegnete mir niemand, aber auf dem gepflasterten Wege, der zum Gartentor führte, sah ich den Hausmeister stehen. Bis dahin war ich vollkommen ruhig gewesen oder hatte geglaubt, es zu sein. Aber als ich den Hausmeister sah, kam es mir vor, als müsse ich ihm auffallen und müsse irgend etwas tun, um unbefangen zu erscheinen. Unwillkürlich faßte ich in die Tasche und zog eine Zigarette heraus, stellte mich vor ihn hin und sagte: ›Haben Sie Feuer, Euer Gnaden?‹ Als ich einen Zug getan hatte, ekelte es mich, und ich warf die Zigarette ins Gebüsch, ohne in dem Augenblick daran zu denken, daß das auffallen könnte.

Der nächste Zug nach Prag ging in der Frühe, und es war erst halb sechs Uhr nachmittags. Ich schlenderte wieder in die äußeren Stadtteile und setzte mich dort in ein Café. Als es Nacht wurde, begab ich mich in die Bahnhofsanlagen. Es schien mir noch zu früh zu sein, um mich umzukleiden. Da ich jedoch nicht mehr gehen mochte, setzte ich mich auf die steinerne Bank, unter der ich meinen Anzug verborgen hatte, um die Dunkelheit zu erwarten. Die himmlischen Gefühle, die mich bei Marmotte gehoben hatten, waren verschwunden, ich war schrecklich ernüchtert, und mich fror. Ich hatte den ganzen Tag nichts zu mir genommen als etwas schwarzen Kaffee, und ich war so schwach und abgespannt, daß ich kaum wußte, wozu ich eigentlich dasaß. Ich kam mir abgeschmackt und lächerlich vor.

Gegen Mitternacht erhob sich ein starker Wind, der mich bis in die Knochen schaudern machte und die trübe Erstarrung, in die ich versunken war, durchbrach. Da weit und breit Totenstille herrschte, stand ich auf, zog das Paket unter den welken Blättern hervor, mit denen ich es bedeckt hatte, und kleidete mich um. Den Arbeitskittel wollte ich nicht mitnehmen und dachte erst daran, ihn wieder unter die Bank zu legen. Da fiel mir plötzlich ein, daß ich ihn, um ihn aus der Welt zu schaffen, noch besser in den Kanal werfen könnte.

Ich stand schon auf der Brücke, als ich an mein Geld dachte, das noch in dem Kittel war. Auf dem Wege zum Bahnhof malte ich mir aus, wie verhängnisvoll es für mich hätte werden können, wenn ich ohne Geld geblieben wäre, und dabei fiel mir endlich ein, daß ich auch Mingos Brief bei mir gehabt hatte für den Fall, daß ich ihre Wohnung vergäße. Es tat mir leid, den Brief verloren zu haben, aber ich war zu müde und zu gleichgültig, um umzukehren und einen Versuch zu machen, ob ich das Paket noch aus dem Wasser fischen könnte, was ohnehin unwahrscheinlich war. Auch graute mir, obwohl ich solchen Stimmungen sonst nicht unterworfen bin, vor der verlassenen Stelle, und es war mir zumute, als würde ich mich selbst auf der weißen Bank vor dem schwarzen Wasser sitzen sehen, wenn ich zurückkehrte. Im Eisenbahnwagen schlief ich sofort ein und schlief fest, bis ich zu Hause ankam. Ich hatte den Eindruck, daß niemand mich kommen sah und niemandem meine Abwesenheit aufgefallen war.«

»Warum haben Sie den Sachverhalt nicht sofort der Wahrheit gemäß dargestellt?« fragte der Vorsitzende, der während der langen Erzählung mit seinem Bleistift gespielt hatte und in den Anblick desselben versunken schien. »Das hätte Ihnen von vornherein eine andere Stellung gesichert.«

»Ja, wenn man mir geglaubt hätte!« sagte Deruga. »Den einzigen Beweis, den ich beibringen konnte, den Brief meiner Frau, hatte ich verloren, und ich dachte nicht an die Möglichkeit, ihn wiederzufinden. Auch ich war überzeugt, selbst wenn sich der Kittel herbeischaffen ließe, würde das Wasser den Brief zerstört haben.«

»Sonderbare Geschichte das!« sagte Dr. Zeunemann nach der Sitzung zu den übrigen Herren. »Ich gestehe, der Mensch hat mich beinahe gerührt. Ein derartiges gegenseitiges Wohlwollen findet man selten bei Eheleuten.«

»Die waren ja auch geschieden«, sagte der Staatsanwalt listig.

Alle Herren lachten. »Übrigens«, sagte Dr. Zeunemann, »für ein bißchen nervös und empfindsam halte ich unseren Italiener doch. Ich hatte nicht unrecht, wenn ich ihn mit einem Chamäleon verglich.«

Das wurde zugegeben. Aber es sei schließlich kein Verbrechen, ein Chamäleon zu sein. Viele fänden es sogar reizvoll.

»Ein Spielzeug für Damen«, sagte der Staatsanwalt vergnügt, »und um der Damen willen muß er freigesprochen werden. Ich hoffe, unsere Geschworenen vergessen nicht, daß es die Damen sind, die im öffentlichen wie im privaten Leben den Ausschlag geben.«

»Besonders vergessen Sie hoffentlich nicht«, sagte Dr. Zeunemann, »daß es noch Frauen gibt, die weder im öffentlichen noch im privaten Leben hervortreten und doch tapferer sind als unser starkes Geschlecht.«

Man wollte allerseits an dem Vorsitzenden eine Vorliebe für Fräulein Gundel Schwertfeger bemerkt haben und neckte ihn damit.

Ja, er sähe auf den Kern, rechtfertigte sich Dr. Zeunemann, lasse sich nicht durch Schein und Schimmer verblenden wie der ewig junge Staatsanwalt.

»Sie hat gelogen wie eine Heilige«, sagte dieser, »und mir ist es recht, wenn das Gericht ihr eine Aureole statt der Strafe zuerkennt, denn das Martyrium hat sie schon hinter sich. Hernach werde ich aber mit verdoppelter Kraft den Buchstaben des Gesetzes schwingen.«

XVIII

Es dämmerte schon, als Mingo ins Hotel kam, wo ihre Mutter am Kamin saß und in einem Buch blätterte.

»Wo warst du denn?« fragte sie mißbilligend, indem sie das Buch in den Schoß legte. »Ich habe mich deinetwegen beunruhigt.«

»Aber Mama«, sagte Mingo erstaunt, »das habe ich nicht vorausgesetzt. Wenn wir getrennt sind, hast du doch keine Ahnung, wann ich nach Hause komme, und sorgst dich nie um mich.«

»Das ist etwas anderes, Mingo«, antwortete die Baronin gereizt. »Ich wäre nicht mehr am Leben, wollte ich mir Gedanken um dich machen, wenn du anderswo bist. Hier mußt du dich nach mir und den herrschenden Sitten richten. Ein junges Mädchen aus guter Familie darf in der Dunkelheit nicht allein durch die Straßen laufen.«

»Daran dachte ich nicht«, entschuldigte sich Mingo kleinlaut, »weil ich es so gewöhnt bin. Ich bin so glücklich, Mama.«

»Glücklich? Warum?« fragte die Baronin. »Weil wir nach

Paris reisen, oder weil Peter Hase uns begleitet? Oder weil du studieren darfst?«

»Ach, nein, Mama«, antwortete Mingo, »weil der schreckliche Prozeß nun bald zu Ende ist, und weil er freigesprochen wird. Er wird doch freigesprochen?«

»Ich glaube bestimmt«, sagte die Baronin.

Mingo, die sich inzwischen auf ein Kissen zu Füßen ihrer Mama gekauert hatte, rief aus: »Aber seine Unschuld ist doch sonnenklar!«

»Nach dem Buchstaben des Gesetzes ist er doch nicht unschuldig«, sagte die Baronin.

Mingos Gesicht drückte ängstlichen Zweifel aus, allmählich verzog es sich, so daß es kläglich und hilflos wie das eines kleinen Kindes aussah, und in Tränen ausbrechend umklammerte sie mit beiden Armen die Knie ihrer Mutter. »Oh, Mama, das ertrüg ich nicht, das ertrüg ich nicht«, schluchzte sie.

Die Baronin schob sie sacht mit den Händen zurück und fragte befremdet, fast tadelnd: »Was ist dir? Was hast du, Kind?« während sie sich eines stechenden Schmerzes zu erwehren suchte, der ihr Herz zusammenzog.

»Stoß mich doch nicht fort, Mama«, schluchzte Mingo, ihre Mutter fest umklammernd, »ich kann ja nichts dafür, daß es so ist! Hilf mir doch, ich habe ja nur dich! Ich kann nicht ohne ihn leben.«

Die Baronin beugte sich herab, zog die kleine Gestalt auf ihren Schoß und preßte das tränenüberströmte Gesicht an ihres. »Meine kleine Mingo«, sagte sie zärtlich, »so sehr liebst du ihn?«

Noch schluchzend drängte sich das Mädchen dicht an ihre Mutter. »Ich wollte gern sterben, wenn ich ihn damit glücklich machen könnte«, sagte sie leise.

Die Baronin streichelte sie und drückte sie fest an sich. »Meine liebe Kleine«, sagte sie besänftigend, »es ist natürlich, daß er in dieser Lage einen starken Eindruck auf dein liebevolles, phantastisches Gemüt gemacht hat. Er übt einen großen Zauber aus, das ist wahr. Aber glaube mir, das ist nicht der Mann, der dich beglücken könnte, ganz abgesehen davon, daß sein Alter und seine Stellung im Leben den Gedanken an eine Heirat mit dir von vornherein ausschließen.«

»Seine Stellung im Leben«, rief Mingo, sich entrüstet aufrichtend. »Oh, Mama, und wenn er Straßenkehrer wäre, er stände hoch, hoch über mir und allen Männern, die ich kenne. Oh, Mama, ich kann es nicht ertragen, daß du so kleinlich denkst oder sprichst. Und was frage ich nach seinem Alter? Will ich denn etwas von ihm? Wenn meine Jugend sein Herz einen Augenblick erfreuen könnte, wie man sich an einer Blume erfreut, so wäre ich glücklich, sie ihm hingeben zu dürfen.« Plötzlich brach sie ab, da sie sah, daß die schönen grauen, schwarzumsäumten Augen ihrer Mutter feucht waren. Sie nahm das kleine, spitzenbesetzte Taschentuch, das die Baronin in der Hand hielt, trocknete damit behutsam ihr Gesicht und fragte nachdenklich: »Sind das meine Tränen?«

»Wessen wohl sonst?« fragte die Baronin lächelnd.

»Aber du hast ja auch Tränen in den Augen«, fuhr Mingo fort. »Ach, Mama, was für ein böses Kind bin ich, dir solchen Kummer zu machen! Aber ich kann ja nichts dafür, es ist ganz gewiß stärker als ich! Alles, alles, was ich habe, wollte ich geben, wenn er mich nur ein bißchen liebhaben könnte! Wenn er mich wenigstens um sich leiden möchte! Ich weiß nicht, was aus mir werden soll ohne ihn.«

»Meine süße, kleine Mingo«, begann die Baronin.

»Sage: mein süßer, kleiner Mingo«, bat Mingo.

»Mein süßer, kleiner Mingo«, wiederholte die Baronin, »kühle vor allen Dingen dein Gesicht, denn du möchtest gewiß nicht gern, daß dein Vater, der jeden Augenblick kommen kann, dich so überraschte. Ich fürchte, er würde wenig Verständnis für deine Gefühle haben. Und dann laß uns zunächst ruhig das Urteil erwarten! Sollte er nicht freigesprochen werden, so kann er weitergehen; wir brauchen also selbst im schlimmsten Falle die Hoffnung nicht aufgeben. Was dann wird, hängt nicht von uns ab. Dich zu lieben, können wir ihn nicht zwingen, aber ich glaube, daß er schon um seiner verstorbenen Tochter willen Sympathie für dich hat.«

»Glaubst du?« fragte Mingo, während sie sich das erhitzte Gesicht mit einem nassen Tuche betupfen ließ. Die ungewohnte mütterliche Zärtlichkeit hatte etwas lieblich Einwiegendes, und sie hielt unwillkürlich die Mutter fest umarmt, als wolle sie die wohltätige Anwandlung verhindern, einem Traume gleich zu verschwinden.

»Du scheint plötzlich wieder ein kleines Kind geworden zu sein«, sagte die Baronin, »und zu denken wie kleine Kinder: Mama wird mir Sonne und Mond geben, wenn ich will.«

Mingo sah die Baronin mit großen, wundergläubigen Augen an und nickte. »Das kommt, weil du so gut zu mir bist«, sagte sie.

Erst gegen Morgen schlief die Baronin ein und erwachte mit müdem, unfrohem Herzen. Mingos zärtliche Begrüßung, kleine Aufmerksamkeiten und verstohlene Blicke ermunterten sie doch allmählich.

»Nun, Mingo«, sagte sie, »ich nehme dich heute nur mit in die Sitzung, wenn du brav sein willst. Auftritte sind mir verhaßt, besonders in der Öffentlichkeit.«

Mingo versprach es und wurde auf keine zu schwere Probe gestellt. Denn die Reden waren kurz, und die Geschworenen lehnten nach kaum halbstündiger Beratung die Schuldfrage ab.

In der allgemeinen Bewegung, die entstand, erschien nur Deruga gleichgültig; einzig als er, nachdem die Baronin ihn beglückwünscht hatte, Mingos Augen voll Sorge und Liebe auf sich gerichtet sah, wurden seine Mienen weich. »Kleiner Mingo«, sagte er, indem er ihr zunickte, »sind Sie nun zufrieden? Sehen Sie, die Menschen sind gar nicht so böse!«

Im ersten Augenblick überwältigte sie das Glück dieser Anrede; aber als sie neben ihrer Mutter im Wagen saß und alles Erlebte wieder durchträumte, schien es, als habe der bewunderte Mann sie doch recht karg abgespeist. Mit wem mochte er seinen Triumph jetzt so recht ausgiebig feiern? War er überhaupt froh? Es hatte so viel Widerwillen und Verachtung in dem Gesicht gelegen, das doch so innig lächeln konnte. Ob er glücklicher sein würde, wenn er wüßte, wie ganz und gar sie ihm ergeben war?

»Mingo«, sagte die Baronin am Nachmittag, als sie allein miteinander waren, »ich werde jetzt Deruga aufsuchen, um zu erfahren, welches seine Absichten für die nächste Zukunft sind, und ihn bitten, daß er mich als seine Verwandte betrachtet. Dich nehme ich nicht mit, weil du sehr wenig imstande bist, deine Empfindungen zu beherrschen, und es nicht schicklich ist, wie du auch finden wirst, wenn ein Mädchen sich einem Manne anträgt.«

Mingo war nicht der Meinung. Sich diesem einzigen Manne gegenüber hinter Schicklichkeitsregeln zu verschanzen, schien ihr unwürdig, das einzige Natürliche und Richtige vielmehr, ihm zu sagen: Ich bin dein, nimm mich hin. Da sie aber wußte, daß sie ihre Mutter für diese Auffassung nicht würde gewinnen können, und da sie sich außerdem vor einer Begegnung mit Deruga ebensosehr fürchtete, wie sie sie herbeisehnte, erklärte sie sich dankbar einverstanden.

»Aber ich darf ihn doch grüßen lassen«, fragte sie. Die Baronin lächelte und küßte sie. »Geh inzwischen mit deinem Vater spazieren«, sagte sie, »daß dir die Zeit nicht lang wird.«

Als die Baronin bei Deruga eingetreten war, der an einem Tische saß und schrieb, blieb sie einen Augenblick stehen und sagte dann: »Sie sehen nicht aus wie ein Sieger. Mir entfällt der Mut, Ihnen Glück zu wünschen.«

»Sie irren sich«, antwortete Deruga, »ich habe soeben einen Entschluß gefaßt, um dessentwillen ich zu beglückwünschen bin: Ich will den Schauplatz, der mir nicht gefällt, verlassen.«

»Das habe ich vorausgesetzt«, sagte die Baronin. »Hätten Sie nicht Lust, uns nach Paris zu begleiten?«

»Nein, ich will weiter, viel weiter fort«, sagte Deruga.

»Nun, das ist auch gut«, meinte die Baronin. »In der Ferne werden Sie die häßlichen Eindrücke, die Sie hier gehabt haben, vergessen, und wenn Sie wissen, daß Sie in dem trüben Wulst einen kostbaren Schatz gewonnen haben, nämlich ein reines, warmes, treues Herz, so wird Sie das allmählich zurückziehen.«

»Ich bin nicht so verwegen, mir einzubilden, ich hätte Ihr Herz gewonnen, Frau Baronin«, sagte Deruga, gutmütig spottend, »auf das Ihre Schilderung auch wohl nicht paßt.«

»Nein, nicht so ganz«, sagte die Baronin, indem sie mit wehmütiger Koketterie den Kopf wiegte, »immerhin dachte ich an eines, das dem meinigen nah, sehr nahe verwandt ist.«

»Kleiner Mingo«, sagte Deruga träumerisch, und dann rascher, zu seinem Gast gewendet: »Ach, glauben Sie denn, Baronin, ich könnte es ertragen, ein Wesen an meiner Seite zu haben, das mich immer an meinen kleinen Mingo erinnerte, den ich verloren habe? Wenn Sie das für möglich halten, so wissen Sie nicht, was Elternliebe ist.«

»O doch, ich habe es erfahren«, sagte die Baronin, indem sie langsam den verschleierten Blick auf ihn richtete.

»Ich glaube Ihnen«, sagte Deruga, »aber vielleicht können Sie sich nicht in meine Lage denken.«

»Es ist natürlich«, sagte die Baronin, »daß ich zunächst die meine und die meines Kindes empfinde. Daß eine Mutter ihre Tochter nicht gern einem um so viel älteren Manne gibt, das versteht sich doch wohl von selbst. Wenn ich trotzdem mich entschlossen habe, Ihnen von dieser Neigung zu sprechen, so geschah es, weil Ihre Stärke und unschuldige Zuversicht mich rührten und mir den Glauben erweckten, es könne doch vielleicht – wie man so sagt – Gottes Wille sein. Dazu kommt freilich, daß ich mich davor fürchte, das Kind leiden zu sehen.«

»Wirkliches Leiden«, sagte Deruga, »würde ihr die Erfüllung ihres Wunsches bringen. Sie kennt mich nicht. Und auch Sie, Baronin, kennen mich offenbar nicht genügend.«

»Die Natur will nicht, daß wir Frauen die Männer ganz kennen«, sagte die Baronin leicht errötend. »Hat sie uns nicht blind gemacht, so müssen wir uns wohl oder übel die Augen verbinden. Aber von Ihnen, gerade von Ihnen glaubte ich, daß es nur von Ihrem Willen abhinge, wenn nicht ein großer, so doch ein sehr guter Mensch zu sein.«

»Wenn das wahr wäre«, sagte Deruga, »so wäre ich es ja. Mein Wille hängt ja nicht von mir ab, sondern von meinem Blut, von meinen Nerven, von den Eindrücken, die ich empfange, von tausenderlei Strömungen und Stockungen, über die ich nicht Herr bin. Ich habe Augenblicke gehabt, wo es mir selbst ekelte, und ich will verhindern, daß sie wiederkommen, nachdem ich einmal hoch über allen irdischen Niedrigkeiten war.«

»Und könnten Sie das nicht am besten dadurch verhindern«, sagte die Baronin, liebevoll dringend, »daß Sie Ihr Leben mit einem jungen, reinen, vertrauenden verbänden?«

»Wenn ich stark wäre, ja«, sagte Deruga. »Aber da ich schwach bin, bleibt mir doch nur der andere Weg, daß ich fortgehe.«

Etwas in seinen Mienen oder im Ton seiner Worte machte, daß die Baronin ihn plötzlich verstand. Ihre Hand, die auf der Lehne seines Stuhles lag, zitterte, und sie wurde bleich. Eine schreckliche Angst, er könne jetzt gleich, ihr gegenüber Hand an sich legen, befiel sie, und zugleich durchzitterte sie der Gedanke, daß dies die beste Lösung für sie wäre.

»Es ist entsetzlich, mir das zu sagen«, stöhnte sie, die Augen schließend und den Kopf zurücklehnend.

»Nicht so sehr«, sagte Deruga, »ich hätte es nicht gesagt, wenn ich nicht wüßte, wie verständig Sie sind. Ich will Ihnen gestehen, als mich Ihre Augen zum ersten Male mit einem Blick trafen, der aus Abneigung und plötzlich erregter Zuneigung gemischt war, wurde eine starke Begierde zu leben in mir wach, wie ich sie jahrelang nicht empfunden hatte. Denn eigentlich lebte ich nur so hin, weil ich einmal da war, ohne daß etwas mich sonderlich reizte. Der Trieb, den Sie in mir entzündeten, war nichts Hohes oder Schönes, es war ein Durcheinander von Genußsucht, Eitelkeit und Selbstliebe, was eben bei uns Männern der Leidenschaft hauptsächlich zugrunde liegt. Der Reichtum, der mir in den Schoß gefallen war, bekam plötzlich doppelten Wert für mich. Von ihm getragen, wollte ich leben um jeden Preis, was für Opfer es auch kosten möchte, leben, um unbeschränkt zu genießen. Wer weiß, wie es gekommen wäre, wenn der gute Dr. Bernburger nicht den Brief von meiner armen Marmotte gefunden hätte!«

»Da verblaßte die neue vor der alten Liebe«, sagte die Baronin leise.

»Sie mögen es immerhin so ausdrücken«, sagte Deruga. »Vom Finger der Erinnerung berührt, stieg die göttliche Zeit vor mir auf, die mir einmal geschenkt war. Ich sah, wie flach, zerbrechlich, alltäglich und ekelhaft alles das war, was mich glänzend und genußreich umgaukelt hatte, verglichen mit der Seligkeit, die ich empfand, als ich meiner armen, kranken Marmotte den Tod gab. Ja, ich würde reicher und angesehener sein, es würden mir feinere, höhergestellte Frauen zur Verfügung stehen als früher, aber ich würde mit jedem Schritt tiefer in den Schlamm der Alltäglichkeit versinken und mich weiter von jenem Götterglück entfernen, bis ich meine Fähigkeit dazu endlich vergessen und verloren hätte.«

»Man kann nicht immer auf den Höhen verweilen«, wandte die Baronin zaghaft ein.

»Ich wenigstens kann es nicht«, sagte Deruga. »Aber ich war doch einmal begnadet, in ähnlicher Luft zu atmen. Mir schmeckt eure Zeit nicht mehr nach jenen ewigen Augenblikken.«

»Vielleicht«, sagte die Baronin zögernd, »könnte Mingo Sie umstimmen, wenn Sie zu Ihnen käme.«

»Das wäre zum Unglück für uns beide«, sagte Deruga. »Lassen Sie dem Kinde eine schöne, heilige Erinnerung, die vielleicht einmal dunkle Stellen des Lebens verklären kann. Mich beglückt der Gedanke, daß sie ein unbeflecktes Bild von mir in liebevollem Herzen festhält. Versprechen Sie mir, es nicht zu zerstören, Baronin!«

»Es ist ja mir so teuer wie ihr«, sagte sie mit erstickter Stimme. Sie drückte das Taschentuch an die Augen und saß ihm lange stumm gegenüber. Plötzlich kam ihr inmitten verworrener Gefühle und Gedanken ein Einfall, dem nachgebend sie sich schnell aufrichtete und fragte: »Und die verhängnisvolle Erbschaft? Was wird aus der, wenn Sie – fortgehen?«

Deruga lachte. »Wahrhaftig, Baronin«, sagte er, »wenn Gundel Schwertfeger nicht wäre, würde ich sie Ihnen von Herzen gönnen. Aber, sehen Sie, Gundel Schwertfeger kommt das Geld eigentlich zu, weil die Marmotte es ihr zugedacht hatte und weil sie es in ihrem Sinne anwenden wird. Und um mich hat sie es verdient, das treue, tapfere Herz, obwohl ich ihr einmal böse war, weil sie mich zu hart beurteilte. Im Grunde galt mein Zorn nur ihrer Unbestechlichkeit.«

»Ach«, sagte die Baronin schmollend, »Sie und das Fräulein Schwertfeger gehören zu den Leuten, die nur ein Herz für die Leiden der Armen haben. Glauben Sie mir, verhältnismäßig bin ich ärmer als die ärmste Taglöhnersfrau.«

»Ja, aber nur verhältnismäßig«, lachte Deruga.

»Nun, lassen wir das«, sagte die Baronin, »nur um eines bitte ich Sie: Lassen Sie die Nadel, den Mohrenkopf, den Sie in der Krawatte tragen, nicht in fremde Hände fallen!«

»Sie sollen ihn als Andenken erhalten«, sagte Deruga, »wenn ich meine Reise antrete. Machen Sie sich aber niemals Gedanken, Baronin, als hätten Sie den Aufbruch verschuldet! Schon oft, lange vor diesem Prozeß, habe ich die Absicht gehabt, diese öde Station zu verlassen, wo ich mich ebenso langweile wie Sie in Ihrer Ehe. Vielleicht erinnern Sie sich, daß ich einmal im Anfang der Verhandlungen erzählte, wie ich fortgereist und aufs Geratewohl querfeldein gegangen sei, um irgendwo draußen in der Einsamkeit wie ein Tier zu sterben. Das war keine Erfindung, wenn es auch nicht gerade an dem Tag vorgefallen war.«

Die Baronin war aufgestanden und hielt ihm zögernd die Hand hin. »Lieber Doktor«, sagte sie, »alles, was Sie mir eben sagten, war der Ausdruck einer Stimmung, die nach den vorausgegangenen Eindrücken erklärlich ist, die aber vorübergehen wird. Ihre zahlreichen Freunde werden darauf hinzuwirken suchen, und ich bin überzeugt, schon morgen werden Sie irdischer, menschlicher empfinden. Ich wäre nicht imstande, Ihnen Lebewohl zu sagen, wenn ich nicht fest darauf rechnete.«

»Küß die Hand, Baronin, und grüßen Sie Mingo!«

Auf der Treppe zog die Baronin einen Spitzenschleier aus der kleinen Handtasche, die sie in der Hand trug, und band ihn vor das Gesicht, über das unaufhaltsam Tränen flossen. Erst nachdem sie eine Zeitlang in den entlegenen, einsamen Straßen dieser Gegend auf und ab gegangen war, versiegten sie und vermochte sie sich zu fassen. Nach Hause zu gehen, fühlte sie sich immerhin noch nicht fähig und beschloß, auf Umwegen in die innere Stadt, wo die eleganten Geschäfte waren, zurückzukehren und einige für die Abreise notwendige Einkäufe zu machen.

Der Gedanke an Paris hatte etwas Befreiendes für sie. Auf der neuen Szene, dachte sie, würden neue Auftritte mit neuen Eindrücken kommen und sie heilen; denn sie bedürfte es doch mehr als Mingo. Ja, für Mingo war es gut so, das fühlte sie mit jedem Augenblick deutlicher. Eine kurze Zeit leidenschaftlicher Wonne hätte sie vermutlich, wenn sie Deruga geheiratet hätte, mit einem Leben voll Enttäuschungen und mannigfacher Bitterkeit erkauft; denn was für Schätze sein Herz auch bergen mochte, ihr gegenüber wäre er bald der alternde, launenhafte, überdrüssige, erloschene Mann geworden. Der Schmerz hingegen, den sie jetzt erfuhr, würde sich bald, wie Deruga vorausgesagt hatte, in eine heilig behütete Erinnerung verwandeln, bei der man gern in Träumen verweilt. Vielleicht war sie infolge der Erregungen, die sie durchgemacht hatte, gerade in der rechten Verfassung, um für Peter Hases Werbung empfänglich zu sein, der sie begleitete, oder es würde einem anderen gelingen, sie zu interessieren. Dies Erlebnis hatte den Boden ihrer Seele erst lockern müssen, der sich bisher vor der Liebe verschlossen hatte. Es lag jetzt nur an ihr, sich eine reiche Ernte zu sichern.

Sie dagegen, so dachte die Baronin, hatte einen dürren Herbst und einen öden Winter zu erwarten. Es schauderte sie, und sie zog das Pelzgehänge, das sie an den kühlen Frühlingstagen noch trug, dicht um sich zusammen. Gab es denn irgendwo auf Erden die göttliche Zeit, das himmlische Klima, wovon Deruga gefabelt hatte? Ach, mit was für fremdartigen Gedanken hatte er sie gestört! Nein, das Verstiegene und Überschwengliche, das ihrem guten Geschmack widerstrebte, hatte sie sich immer ferngehalten und wollte es auch ferner tun. Das Leben war reich an heiteren, reizenden Augenblicken; die Kunst, diese Schmetterlinge einzufangen, sich an ihrem Schmelz zu erfreuen, ohne sie zu betasten, wollte sie sich immer mehr zu eigen machen. Konnte sie dazu eine bessere Gelegenheit finden als in Paris, in Gesellschaft ihrer Tochter und Peter Hases? War nicht endlich auch ihr Mann ein schätzbarer Begleiter? Ansehnlich, elegant, zuvorkommend, eben durch seine langweilige Farblosigkeit bequem? Ihr Schritt wurde immer elastischer und ihre Miene heiterer. Als sie im Hotel ankam, strömte ihr Wesen einen so frischen Reisemut aus, daß ein wenig davon auf Mingo überging.

Ein paar Tage später erhielt sie in Paris ein Paketchen, in dem Derugas Nadel mit dem Mohrenkopf war. Ihre Augen wurden feucht, aber sie verbarg das Kleinod schnell in einer Schatulle, wo sie ihre Kostbarkeiten zu verschließen pflegte, um es erst dann wieder hervorzunehmen, wenn ihr Herz ganz still und sicher geworden wäre.

Hinweis zu dieser Ausgabe

insel taschenbuch 4313: Der Text folgt der Ausgabe: Ricarda Huch, *Der Fall Deruga*. Aus: Ricarda Huch, *Ausgewählte Werke in Einzelausgaben*. Insel-Verlag Leipzig 1980.

Sherlock Holmes im insel taschenbuch

Erstmals komplett im Taschenbuch: sämtliche Sherlock-Holmes-Geschichten und -Romane in neuen Übersetzungen. Die neunbändige Ausgabe versammelt vier Romane und 56 Kurzgeschichten um den exzentrischen und hellsichtigen Kriminologen. Jeder Band ist mit Anmerkungen und einer editorischen Notiz versehen. Diese Reihe bietet somit neben einem umfassenden Lesevergnügen auch die beste verfügbare Textgrundlage.

Sir Arthur Conan Doyle

Eine Studie in Scharlachrot. Roman. Aus dem Englischen von Gisbert Haefs. it 3313. 189 Seiten

Das Zeichen der Vier. Roman. Aus dem Englischen von Leslie Giger. it 3314. 196 Seiten

Der Hund der Baskervilles. Roman. Aus dem Englischen von Gisbert Haefs. it 3315. 244 Seiten

NF 100/1/9.11

Das Tal der Angst. Roman. Aus dem Englischen von Hans Wolf. it 3316. 259 Seiten

Die Abenteuer des Sherlock Holmes. Erzählungen. Aus dem Englischen von Gisbert Haefs. it 3317. 432 Seiten

Die Memoiren des Sherlock Holmes. Erzählungen. Aus dem Englischen von Nikolaus Stingl. it 3318. 356 Seiten

Die Rückkehr des Sherlock Holmes. Erzählungen. Aus dem Englischen von Werner Schmitz. it 3319. 461 Seiten

Seine Abschiedsvorstellung. Erzählungen. Aus dem Englischen von Leslie Giger. it 3320. 318 Seiten

Sherlock Holmes' Buch der Fälle. Erzählungen. Aus dem Englischen von Hans Wolf. it 3321. 369 Seiten

NF 100/2/9.11

»Ein phantastisches, neues Holmes-Geheimnis.« ***Bookseller's Choice***

Der neue Sherlock-Holmes-Roman

Über einen Fall von Sherlock Holmes schwieg Dr. Watson bis ins hohe Alter: Zu schockierend war das Geschehen, zu weitreichend die Verschwörung. Jetzt, mehr als ein Jahrhundert später, ist es so weit: Das Spiel hat begonnen!

»Ein brillanter neuer Sherlock-Holmes-Roman. Die Stimme ist vollkommen, die Darstellung von Ort und Zeit treffend. Ich will nicht zu viel über die Handlung verraten, aber man findet raffinierte Wendungen und eine Menge ›echt‹ Holmes'scher Momente.«
Bookseller's Choice

Anthony Horowitz, Das Geheimnis des weißen Bandes
Roman. Aus dem Englischen von Lutz-W. Wolff
Insel Verlag. 360 Seiten. Gebunden

NF 101/1/10.11

Von falschen Idealen und verratenen Herzen

Ungarn, 1914. Edith, die siebzehnjährige Tochter eines Großindustriellen, ist an den Rollstuhl gefesselt. Als sie sich in den jungen Leutnant Anton Hofmiller verliebt, schöpft sie neuen Lebensmut. Anton scheint ihre Gefühle zu erwidern, doch ihn leitet lediglich Mitleid mit der jungen Frau. Er ahnt allerdings nicht, welch schwerwiegende Konsequenzen dies nach sich ziehen wird …

Stefan Zweig, Ungeduld des Herzens. Roman.
insel taschenbuch 4203. 461 Seiten

NF 160/1/9.12

NF 159/1/9.12